LES MORTS NE S'INQUIÈTENT PAS

JEUX D'ESPRIT

TOME 4

MEGHAN O'FLYNN

CHAPITRE 1
REID

L'escalier était une porte vers l'enfer, bien qu'on ne puisse s'en douter de l'extérieur. Assez simple, les marches métalliques striées tintaient comme des cloches sous ses chaussures, les murs de béton étaient ébréchés, la peinture criblée comme des cicatrices d'acné — imparfait, mais pas intrinsèquement dangereux. Pourtant, Reid sentait le danger dans ses os, le sentait dans l'air, dans le picotement métallique au fond de sa gorge. Peu importe ce vers quoi il se dirigeait, ce ne serait pas beau à voir. La beauté était pour les artistes, pas pour les inspecteurs des homicides.

L'obscurité au bas de la cage d'escalier était épaisse et brumeuse, une humidité qui correspondait à l'air de juillet. Il y avait peu de bâtiments abandonnés dans ce quartier, mais l'entrepôt à l'étage supérieur avait récemment été occupé par une entreprise d'emballage — un véritable tas de bois sec. Ce n'avait pas été une surprise quand un incendie avait détruit le côté sud, et aucune entreprise, pas même les emballeurs qui avaient fait de cet endroit leur foyer, n'était revenue réclamer les décombres. À l'étage, le carton épais, moisi et encore imbibé d'eau riche en minéraux des lances à incendie, rendait l'air chaud brumeux comme dans la jungle.

Mais ici en bas... *il ne devrait pas faire si sombre ici.* L'équipe médico-légale était déjà sur place, la porte maintenue ouverte par un morceau de bois triangulaire. Pendant une fraction de seconde, Reid imagina qu'il s'était trompé d'endroit, qu'il avait été attiré ici pour une raison qui lui était inconnue. Une raison mortelle. Mais il pouvait entendre les autres au-delà de la porte sombre, le bruissement des chaussures, le murmure bas des voix des officiers, le cliquetis des instruments. C'était une cacophonie distinctive qui composait une scène de crime. La simple présence d'un cadavre étouffait les voix des vivants, rongeant les âmes aussi sûrement que les rats dévorant la chair d'une victime.

Mon Dieu, il espérait qu'il n'y avait pas de rats.

Reid atteignit le bas de la cage d'escalier. Comme s'il anticipait sa présence, une lumière s'alluma quelque part au-delà de la porte ouverte. La lueur sodique éblouissait le mur à sa droite, puis s'éloigna tandis qu'ils ajustaient le col, probablement pour se concentrer sur la scène et non sur le derrière massif de Reid qui se faufilait par l'ouverture dans son costume et son mouchoir de poche — toujours plus soigné que nécessaire. Reid avait besoin de cette netteté comme d'une ancre dans la tempête. Il avait besoin d'être physiquement soigné quand le reste du monde était un désordre sanglant.

Mais... tiens. Des sols vierges, complètement dépourvus de débris — inattendu. Le tueur avait-il nettoyé ? Si oui, sa diligence s'était arrêtée au sol. Les murs de ciment étaient striés de crasse, des stries noires et brunes comme des barreaux de prison inégaux, des écoulements provenant des produits en papier gorgés d'eau au-dessus. Le projecteur était actuellement braqué sur le coin éloigné de la pièce. Bien que Reid ne puisse pas encore voir la victime, il pouvait sentir la mort au-dessus de la moisissure et de la poussière épaisse qui s'accrochait à sa gorge comme des cendres.

Il prit une inspiration et ferma les yeux pendant un battement plus long qu'un clin d'œil, essayant de voir la pièce comme l'aurait vue le tueur. Les techniciens disparurent. La lumière s'atténua. L'air bourdonnant devint silencieux.

Reid ouvrit les yeux et s'approcha, les murs se resserrant à chaque pas, le projecteur mal dirigé faisant briller le mur du fond de telle sorte que la victime était plongée dans l'ombre. Tout ce que Reid pouvait voir était une vague silhouette, une forme amorphe assise sur le sol — un objet inanimé, dépourvu de substance, d'espoirs ou de rêves. Alors que ses yeux s'habituaient, il pouvait distinguer ses mains, les poignets attachés au-dessus de sa tête, la corde enroulée autour d'un épais tuyau métallique au plafond, les bords effilochés hérissés dans la faible lumière grise de la fenêtre lointaine. Ses bras bougeaient, sursautant alors qu'elle luttait contre les liens. Il pouvait entendre le timbre de ses derniers cris — l'entendre le supplier de la laisser partir.

— Merde ! dit l'un des techniciens, tripotant le projecteur, et la voix de la victime se tut tandis que le reste de la pièce revenait brusquement à lui. Maintenant, il n'y avait plus que le cliquetis du support du projecteur, la voix du technicien à sa gauche, dépoussiérant le sol à la recherche d'empreintes. Alors qu'il réduisait la distance entre lui et la femme morte, une forme massive à côté du corps se leva comme une apparition, puis entra dans la lueur projetée par les fenêtres carrées du sous-sol.

— Qu'est-ce qui t'a pris si longtemps, Hanlon ?

Clark Lavigne était un bulldozer d'homme, noir avec une tête chauve et un sourire facile. Avec un diplôme en littérature française, il était la dernière personne que Reid s'attendait à voir devenir flic, mais Reid l'avait vu en action — personne ne devrait s'en prendre à lui. Personne d'intelligent. Reid ne le ferait certainement pas.

Clark attendait toujours une réponse, ses épais sourcils froncés d'inquiétude, et pour une bonne raison. Reid avait été coincé dans une réunion pour le programme d'école d'été de son fils — enfin, de son fils adoptif. Encore un *incident*, chacun plus sanglant que le précédent. Des poings aux ongles, et cette fois, à un crayon. Le garçon avait besoin d'une nouvelle école — une sans autres enfants, si l'on en croyait le directeur.

— J'avais une réunion, dit Reid.

— Ah. C'était un mot chargé, lourd. Clark l'avait mis en garde contre l'accueil du garçon — Ezra avait des tendances psychopathiques. Même Maggie, sa partenaire psychologue, l'avait averti que le chemin vers la guérison serait long et pourrait ne pas se dérouler comme il le souhaitait. Il semblait qu'elle avait raison. Elle avait généralement raison. Mais personne d'autre ne se bousculait pour prendre l'enfant — c'était Reid ou un foyer de groupe, probablement la détention juvénile... ou pire.

Quand Reid ne répondit pas, Clark poursuivit :

— Un couple de gamins l'a trouvée en rentrant de l'école. Ils s'amusaient à casser des fenêtres. Ils ne recommenceront pas.

— Ou ils le feront encore plus, à la recherche de cette montée d'adrénaline. Ezra le ferait certainement.

Clark le regarda, clignant des yeux. Ils se tournèrent tous les deux lorsque la lumière changea à nouveau, illuminant enfin la victime comme si elle était sur scène pour ses grands débuts. Les formes amorphes se solidifièrent en forme et couleur et...

Clark se raidit. Reid fixa, son cœur bégayant, sa trachée se serrant, si serrée qu'il ne pouvait pas forcer une respiration. *Oh non. Oh non, non, non.*

Les cheveux roux de la victime scintillaient comme du feu. Mais ce n'était pas n'importe quelle victime. Il avait pensé que ses cheveux ressemblaient au souffle d'un dragon à plus d'une occasion, plus récemment quand ils étaient étalés sur son oreiller. Il avait espéré une répétition de la performance une fois que son fils se serait habitué à l'idée, mais...

Il était trop tard.

Ses poumons brûlaient, bouillonnant de charbons ardents, sa poitrine serrée et douloureuse. Reid fit un pas en avant, mû par l'inertie plutôt que par la volonté, le monde le traînant dans son orbite. Ses poignets étaient attachés avec une corde en nylon, comme il l'avait remarqué auparavant, mais maintenant il pouvait voir les blessures le long du bas de ses bras. Un zigzag furieux avait été creusé profondément dans une aisselle comme si le tueur avait joué à *Zorro* à travers les poils hérissés. Des blessures plus profondes sur son ventre. Des ecchymoses couvraient ses avant-bras et ses jambes pâles, exposées sous son short en jean. Elle avait été maltraitée avant d'être tuée — sauvagement.

Mais le short... Maggie ne possédait pas de short en jean, n'est-ce pas ? Il ne l'avait jamais vue en jean du tout. Ni en short, d'ailleurs.

Reid se glissa de l'autre côté du corps, son cœur tonnant dans ses oreilles, noyant les techniciens. Il s'agenouilla, essayant de voir son visage. Sa tête pendait mollement sur le côté, ses cheveux bouclés couvrant le creux de sa joue, cachant son œil.

Reid tendit une main gantée et écarta doucement ses cheveux roux de sa tempe poisseuse, tenant la masse coagulée comme un rideau.

— Merde, dit Clark.

Reid déglutit avec difficulté, mais ne détourna pas le regard. Sa joue était un amas de sang séché et de tissus gonflés, la chair tranchée jusqu'au muscle, la blessure si profonde que les bords se détachaient comme des lèvres pour exposer son os de la pommette d'un blanc pâle. Et ses yeux...

Ils le fixaient, vitreux et grand ouverts — bleus. Pas marrons.

Ses épaules se détendirent. Ses poumons se relâchèrent. Reid inspira un souffle métallique. *Pas Maggie. Dieu merci, ce n'est pas Maggie.* Mais sa poitrine restait serrée. Cette femme était quand même l'enfant de quelqu'un, l'épouse de quelqu'un, l'amie de quelqu'un. Et ce que le tueur lui avait fait...

Il fronça les sourcils, s'enfermant dans son regard mort. Il pouvait voir ses yeux, mais ce n'était pas parce que ses paupières étaient ouvertes. De fines coupures uniformes couraient le long de la chair juste en dessous de chaque arcade sourcilière. Et à en juger par la quantité de sang qui striait ses joues, elle était encore en vie quand il l'avait fait. Elle respirait encore quand il lui avait tranché les paupières — quand il l'avait mutilée.

— Tu sais à qui elle ressemble, n'est-ce pas ? dit Clark. Ses cheveux, sa silhouette...

Reid ne pouvait détacher son regard, et n'avait pas besoin de répondre. La ressemblance avec Maggie était frappante. N'importe quel imbécile pouvait le voir. Cela ne semblait pas être une coïncidence.

Pas plus que cet entrepôt ne semblait être la fin.

Reid cligna des yeux devant les joues ensanglantées de

la victime, la chair arrachée de ses os, les lacérations profondes et pénétrantes de son abdomen. Le suspect avait pris son temps. Il avait savouré chaque minute à écouter cette pauvre femme hurler.

Les poils fins de la nuque de Reid se hérissèrent. Non, ce n'était pas fini. C'était un jeu pour leur tueur.

Et ce n'était que le début.

CHAPITRE 2

Maggie Connolly rejeta ses boucles d'un rouge flamboyant par-dessus son épaule gauche et scruta la route, l'autoroute plongée dans l'obscurité. La vitre de la voiture laissait passer un doux air nocturne sous ses narines. Mais tout ce qu'elle pouvait sentir, c'était le club. L'odeur humide des escaliers du sous-sol, la façon dont la salle principale vibrait de l'énergie sensuelle d'une danseuse du ventre, rythmique et séduisante, imprégnée d'excitation comme si, en se concentrant, on pouvait devenir pure énergie - libre d'être absorbée. C'était pour ça qu'elle y était allée, bien sûr : elle avait voulu s'y abandonner. Lâcher prise, ne serait-ce que pour une heure.

Ses doigts se crispèrent sur le volant. *Reprends-toi, Maggie.* C'était ce dont elle avait besoin. Se recentrer sur sa vie et arrêter d'agir comme si elle réalisait un film intitulé *Quelques facteurs de stress sont apparus, maintenant mes pensées sont enfermées dans une spirale émotionnelle : Une autobiographie.*

Maggie soupira. Ce n'étaient pas de simples facteurs de stress quotidiens ; elle le savait. Deux mois plus tôt, le corps de son petit frère avait été découvert après vingt-quatre ans. Ce n'était pas rien. Sa mère, une détenue, avait quitté le pays - Maggie n'était toujours pas sûre de l'endroit où elle était partie. Le secret entourant ce départ était sûrement intentionnel, pour éviter à Maggie d'avoir à mentir ou à s'angoisser à l'idée de devoir le dire à son coéquipier détective. Et Alex, sa meilleure amie... elle était la raison pour laquelle Aiden était mort. Et son autre meilleur ami, Sammy, savait où se trouvait le corps d'Aiden. Lui aussi lui avait menti.

Son chagrin était palpable, même maintenant. La douleur. Et bien que l'acuité incessante de ces trahisons ait commencé à s'estomper, il s'avérait que l'absence de panique absolue n'était qu'une autre opportunité pour des bouffonneries cosmiques - pour que quelque chose d'autre aille mal. Elle ne serait pas allée au club ce soir si son père ne s'était pas gravement blessé la semaine dernière. Une glissade dans la douche, une fracture de la hanche et des fractures composées des os de sa jambe inférieure. Cela aurait pu être pire - cela aurait pu être un autre AVC - mais c'était déjà assez grave. Terrible, en fait. Il était à l'hôpital maintenant, mais il serait renvoyé à la maison de retraite d'ici quelques jours. Et ensuite ?

De Charybde en Scylla, dans le feu de poubelle qu'était sa vie. Mais même un tas d'ordures dégage assez de chaleur pour cuire un hot-dog si on s'en approche suffisamment. Peut-être qu'elle pensait aux hot-dogs simplement parce qu'elle venait de manger une quantité de saucisses de petit-déjeuner avec des pancakes chez Denny's. Mais ça n'avait pas vraiment aidé. Ça ne l'avait pas aidée à oublier.

Pas comme le club.

Elle baissa davantage la vitre et laissa l'air sécher la sueur sur son visage. Sa distraction aujourd'hui avait été un grand homme aux épaules larges, ses poignets attachés à la tête de lit, ses chevilles liées au pied du lit, les liens de cuir luisant à la lumière des bougies. Elle pouvait encore sentir les poils rêches qui descendaient le long de ses abdominaux sculptés, voir les manches de tatouages qui couvraient ses bras et se déversaient sur son omoplate pour peindre son dos : des crânes rouges et noirs avec des serpents qui se tordaient et s'agitaient tandis qu'elle faisait ce qu'elle voulait de lui. Ils lui rappelaient les tatouages de son ex-fiancé - un homme qu'elle aurait pu épouser s'il n'avait pas conduit sa voiture hors du pont de Fernborn. Au cours des deux années depuis sa mort, elle avait vu le visage de Kevin plus souvent qu'à son tour dans les masques de ces étrangers. Et chaque fois qu'elle remontait dans sa voiture après coup, c'était comme si elle le perdait à nouveau.

Un klaxon retentit et Maggie sursauta, le cœur dans la gorge. Elle se recentra dans la voie du milieu - sa voie. *Bien joué, Mags ; un accident de voiture aurait tellement amélioré cette semaine.* Elle plissa les yeux dans le rétroviseur, les phares du klaxonneur brillant de plus en plus fort, puis soudain l'obscurité lorsqu'il se déporta sur la voie de gauche et fila autour de sa Sebring décapotable - une Scion carrée. Elle regarda le rougeoiement de ses feux arrière alors qu'il frôlait son pare-chocs avant, s'intensifiant alors qu'il essayait de décider s'il pouvait se faufiler entre elle et le camion déjà trop proche de ses phares, puis la cessation de l'éclat rouge lorsqu'il accéléra à nouveau. D'habitude, c'était elle qui slalomait entre les véhicules, mais apparemment, la course de son stupide cerveau après cette longue journée stupide sur cette stupide route ne suffisait pas à battre une stupide Scion dans une stupide course.

Maggie mit son clignotant et se rabattit sur la voie de droite. Encore deux sorties, et elle serait presque chez elle... enfin, techniquement, chez son père. Elle avait choisi de vendre sa propre maison, qui n'était plus qu'un terrain couvert de cendres après qu'un tueur en série ait brûlé le bâtiment. Mais son père n'allait plus jamais vivre dans la maison où elle avait grandi. Son père se souvenait parfois de la maison, mais il n'avait aucune idée que Maggie avait *grandi*, et il ne réalisait généralement pas qu'il avait eu un fils. Oublier qu'on avait perdu un enfant était un effet secondaire de la démence que beaucoup de ses patients en deuil tueraient pour avoir. Mais il n'existait pas de pilule contre l'oubli. Aucune thérapie n'était assez efficace pour effacer complètement la douleur d'avoir perdu un enfant.

Sa sortie approchait, et elle prit le virage, puis freina au bas de la rampe. Le feu rouge peignait le dos de ses phalanges d'un bordeaux marron, une ecchymose rougeâtre horrifiante. Ses yeux brûlaient de fatigue. Depuis que les os de son frère avaient été retrouvés dans ce puits, elle se réveillait souvent dans l'obscurité, terrifiée et trempée de sueur, voyant le point minuscule de lumière lointaine comme son frère l'aurait vue, sentant la blessure du couteau dans sa poitrine. C'était une autre raison pour laquelle elle était retournée au club du sous-sol. L'obscurité dans ce sous-sol n'était pas faite pour dormir - ni pour se souvenir. Insomniaques du monde entier, unissez-vous.

Soudain, elle pouvait sentir l'odeur de la sueur dans son nez. Elle pouvait entendre la façon dont cet homme gémissait quand elle resserrait les liens, voir la façon dont ses yeux se révulsaient. Sentir la façon dont ses lèvres effleuraient ses seins. La vieille cicatrice à l'arrière de sa tête lui faisait mal aussi, douloureuse et méchante, les serpents tatoués de l'homme frissonnant en même temps que leurs corps. C'était étrange à quel point le plaisir et la douleur s'entremêlaient certaines nuits, à quel point ils se tissaient étroitement, comme si l'un sans l'autre était trop fade pour susciter une quelconque sensation.

Le feu passa au vert.

Maggie appuya sur l'accélérateur, les lèvres de l'homme toujours brûlantes contre sa peau, ses yeux toujours en feu, son cœur battant au rythme de la pulsation lancinante de la cicatrice à la base de son crâne. La cicatrice était un rappel du jour où elle et Kevin étaient tombés amoureux, à la fois le meilleur et le pire jour de sa vie. Car c'était aussi le jour où son frère avait été enlevé - le jour où Aiden avait été assassiné. Tué par ceux qu'elle aimait.

Elle avala sa salive par-dessus la boule dans sa gorge. Elle pouvait respirer, mais Maggie avait toujours l'impression de se noyer.

Le quartier de son père était calme à cette heure de la nuit, la route menant à sa maison chargée d'ombres - il manquait un lampadaire au coin de la rue. Les projecteurs du garage éclairaient suffisamment bien la façade, brillant humidement contre la porte peinte du garage et les buissons à feuilles persistantes épineux, chaque pointe comme une aiguille de feu. Elle se gara dans l'allée.

Si elle devait rester, elle devrait décorer la maison à son goût, au moins moderniser les luminaires et enlever le papier peint. Mais elle n'était pas prête à effacer son père. Et...

Elle n'était pas prête pour *ça* non plus.

Maggie sortit de la voiture et claqua la portière d'un coup de pied, fronçant les sourcils à la vue de la boîte sur le porche — de la taille d'une boîte à pain avec un gros nœud en velours. Si elle avait été de Sammy, elle aurait deviné qu'il s'agissait d'une autre fontaine à urine, compagne de celle qu'elle avait dans le jardin, qui pervertissait l'intégrité de plusieurs personnages de *Rue Sésame*. Mais Sammy ne lui avait pas fait de cadeaux récemment, l'avait à peine appelée depuis le jour où elle avait découvert qu'il savait depuis toutes ces années qui avait tué son frère.

Et bien qu'il n'y ait pas de carte, elle savait de qui venait la boîte.

Bon sang, Tristan. Elle lui avait dit d'arrêter de lui envoyer des cadeaux. Pour son anniversaire, c'était des fleurs et un bracelet en diamant. Au cours de l'année et demie précédente, elle avait reçu des billets d'avion, des places de concert pour voir son artiste préféré, et même des livraisons de ses sandwichs préférés — au corned-beef. Mais malgré ses injonctions d'arrêter, et son ignorance subséquente des cadeaux, l'homme n'avait pas cessé. Certes, il était probablement reconnaissant qu'elle ait aidé la police à prouver son innocence ; quand ils s'étaient rencontrés, il était son patient et suspect dans une série d'homicides. Le vrai tueur avait incendié la maison de Maggie. C'était peut-être pour cela qu'elle gardait les cadeaux après tout — une forme de restitution.

Mais la gratitude était une raison de plus pour respecter ses limites. Il restait un ancien patient.

Maggie fixa la boîte d'un regard noir, le vent emmêlant ses cheveux, les oiseaux nocturnes hurlant. Elle n'avait pas abordé le sujet des cadeaux dernièrement, n'avait pas du tout parlé à Tristan depuis que l'homicide de son frère avait été résolu ; elle n'avait plus travaillé avec la police sur aucune autre affaire de tueur en série depuis lors non plus. Mais malgré son absence manifeste du groupe, les cadeaux s'étaient multipliés ces dernières semaines.

Elle cligna des yeux devant la boîte, le nœud en velours rouge ondulant dans la brise. La chaleur monta dans sa poitrine. Elle tenait à peine le coup — sa vie partait en morceaux, et ce n'était pas son rôle de gérer les pitreries de Tristan. Elle lui avait déjà dit d'arrêter. Elle n'allait pas le supplier. Peut-être qu'un jour, quand elle serait moins épuisée, elle donnerait les paquets non désirés à une œuvre de charité.

Ou... elle les ouvrirait.

Maggie déglutit difficilement. C'était malsain, elle le savait, mais les boîtes non ouvertes étaient la preuve que quelqu'un se souciait d'elle maintenant que ses meilleurs amis étaient partis, ainsi que la plupart de sa famille. Une fois qu'elle l'ouvrirait, elle devrait voir le cadeau lui-même en relation avec le donneur ; le mauvais cadeau et elle devrait accepter qu'il ne la connaissait pas vraiment — qu'il ne pouvait pas se soucier autant d'elle qu'il le pensait. Mais pour l'instant... le carton brun était un symbole. Aussi tordu que cela puisse paraître, la boîte elle-même l'aidait déjà à se sentir moins seule.

Anonymes des Suranalytiques, me voilà.

Maggie se pencha pour récupérer le cadeau — plus léger qu'elle ne s'y attendait — et glissa la clé dans la serrure. Elle jetterait la boîte dans le placard en passant vers la chambre.

Avec les autres.

CHAPITRE 3

La nuit suintait comme le pus d'une plaie infectée, lourde, sombre et horrible. Son frère, mort. Sa mère, partie. Kevin, un homme qui l'avait aimée depuis l'enfance, un homme qu'elle aurait pu épouser — un jour — mort, à cause d'elle. Elle perdait son père lentement mais sûrement ; la démence semblait s'aggraver chaque jour, et chaque jour le besoin de lui trouver un logement plus adapté devenait plus pressant. Alex, l'une de ses meilleures amies, avait tué son frère quand elle avait treize ans, et Sammy, l'autre meilleure amie de Maggie, avait aidé à dissimuler le crime. Elles lui avaient toutes les deux menti. Comment avait-elle pu ne pas s'en rendre compte ? Quelle piètre psychologue elle faisait.

Tous les chemins l'avaient menée ici, et il n'y avait pas de pot d'or au bout, juste de l'insomnie parsemée de cauchemars occasionnels. Au moins, elle avait sa carrière et son associé. Owen avait toujours été un peu précieux, mais il n'avait poignardé personne dans sa famille ni jeté qui que ce soit dans un puits, ce qui jouait en sa faveur.

Et puis il y avait Reid. Son collègue détective, le seul

autre homme en qui elle avait eu confiance, avait été chaud bouillant pendant une nuit... puis avait tout arrêté à cause de son fils adoptif. Ezra avait commencé à mal se comporter quand il l'avait surprise en train de s'échapper de la maison. En voulait-elle à un écolier ? *Ouais*. Était-ce mal ? Aussi oui, surtout que le garçon avait été son patient à l'époque. Mais plus maintenant — elle avait réussi à le transférer dans un autre cabinet. Et elle restait toujours en dehors de l'orbite romantique de Reid ; la facilité avec laquelle Reid s'était éloigné d'elle lui avait poignardé le cœur. Certes, il avait appelé quelques fois, mais entre le deuil de son frère, de sa mère et de la plupart de ses amis, elle n'avait pas l'énergie pour des complications. Devait-il en être ainsi ? Ils auraient pu gérer une relation sans le physique. Ils auraient pu avoir du sexe au téléphone sans qu'elle n'aille chez lui. Les gens mentaient aux enfants à propos du Père Noël, ils ne pouvaient pas mentir sur le fait qu'ils couchaient ensemble ?

Ridicule, Maggie. Tu es juste seule. L'homme que tu aimais t'a demandée en mariage, tu as dit non, et il s'est jeté d'un pont en voiture. Tes amies te manquent même si elles ont participé au meurtre de ton frère. Quelle sorte de sœur es-tu ?

Elle avala un Benadryl à sec, mais cela ne fit que rendre les couvertures plus agréables au toucher — fit glisser le musc subtil du parfum de Kevin dans ses narines, réchauffa son épaule comme s'il la tenait. Fit brûler ses yeux parce qu'il n'était pas là. Dans le bruit des branches contre les carreaux, elle entendait le souffle chuchoté de ses amies — ex-amies — dans la pièce avec elle. Quand les temps étaient durs, elle, Sammy et Alex s'étaient toujours blotties dans l'une de leurs maisons, regardant des films ridicules. Souffrant ensemble pour alléger le fardeau.

Maintenant, elles souffraient toutes seules. Au moins Sammy avait Imani. Elle avait Imani aussi, mais c'était la femme de Sam — le père des enfants de quelqu'un passait avant l'amitié. Maggie avait parfois l'impression d'avoir perdu Imani dans un divorce.

Quand le soleil grisonna les fenêtres, sa bouche était sèche, ses mains moites, et sa poitrine serrée par l'épuisement. Une douche n'aida pas beaucoup. Chaque goutte d'eau frappait sa chair trop fort — comme des aiguilles — et elle n'avait plus qu'une serviette propre. Plus de dentifrice. Merde. Sa cuisine était aussi en désordre, mais au moins le thé chai sentait délicieusement bon.

Peut-être devait-elle commencer à prendre un antidépresseur. Juste pour un mois ou deux, jusqu'à ce qu'elle reprenne pied. Les problèmes dans sa vie venaient surtout de l'extérieur — lui arrivaient, et étaient donc hors de son contrôle — mais elle aurait recommandé à n'importe quel patient dans cette situation de consulter un psychiatre il y a des semaines. Une publicité de son enfance lui revint à l'esprit : *Voici votre cerveau sous l'effet de la drogue... des questions ?* Le cerveau drogué dans la publicité était un œuf cassé, mais parfois les médicaments étaient la coquille. Certes, la meth était plus comme un bâton de dynamite à l'intérieur d'un poulet, mais les producteurs des publicités anti-drogue n'étaient pas regardants sur leur métaphore. La plupart des choses avaient plus de sens quand on n'y réfléchissait pas trop.

Maggie s'habilla soigneusement et délibérément d'un chemisier en soie blanche, d'un pantalon noir et d'une veste à carreaux rouge et noire sur laquelle on aurait pu jouer aux échecs. Des ballerines rouges complétaient sa tenue signature chic-ringarde, si tant est qu'on puisse dire qu'elle avait du style. Elle attrapait son téléphone quand il vibra.

Un message. De Tristan :

— Salut. Que fais-tu aujourd'hui ?

Rien avec toi, plaisantin. Elle n'avait rien dit à propos du cadeau hier soir, encore une fois ; bien sûr, il appellerait maintenant pour lui rappeler qu'il existait. Le jour de son anniversaire, il lui avait envoyé un message *pendant* qu'elle ouvrait le cadeau sur le porche. Elle n'était pas sûre s'il — Maître Tech Bro — avait réellement un moyen de la surveiller, mais elle savait qu'il avait une fois pisté son téléphone portable pour savoir où elle était. Le demi-frère de Reid n'était rien sinon agaçant et persistant, mais au moins il savait ce qu'il voulait. Au moins il était prêt à se battre pour elle, contrairement à Reid, qui avait été plus que disposé à la larguer parce que ça énervait son gamin.

Tu ne veux pas de quelqu'un qui pousse les limites comme ça. Même si les cadeaux étaient... plutôt sympas. *Non, Maggie — tu dois arrêter ça.* Ses pouces hésitèrent au-dessus des boutons, puis elle tapa :

— Je dois ranger mon placard. Jeter un tas de boîtes non ouvertes.

La réponse arriva immédiatement :

— Bizarre. Mais d'accord. Je viens te voir, ok ?

Bien joué pour ne pas avoir compris l'allusion. Maggie secoua la tête, puis se dirigea vers la cuisine pour prendre ses clés. Vaisselle sur le comptoir, vaisselle dans l'évier, pizza vieille d'une semaine encore dans la boîte, le fromage devenu rance. *Plus tard.* Elle était à mi-chemin d'une autre réponse — « Ne viens pas, occupée » — quand elle entendit la voiture. Elle plissa les yeux, écoutant le crissement du gravier, le ronronnement bas d'un moteur. Ses cheveux se dressèrent sur sa nuque. Pourquoi se donner la peine d'envoyer un message s'il allait venir quoi qu'elle dise ? Maggie effaça le message alors que les coups résonnaient dans la cuisine.

Toc-toc, toc.

Maggie devait aller travailler, alors à moins qu'elle ne s'échappe par la porte du garage, ne sprinte jusqu'à sa

Sebring, puis ne traverse la pelouse du voisin façon *Shérif, fais-moi peur*, elle ne pouvait pas s'échapper sans le voir. Elle jeta un coup d'œil à la porte du garage, hésita, puis chassa cette idée.

Maggie fourra son téléphone dans sa veste si fort que la couture grinça. Ses pas martelant le linoléum sonnaient en colère, peut-être même un peu collants. La poignée de porte était froide. — Tristan, je-

Elle se figea. Sa poitrine se serra, une unique contraction musculaire qui lui coupa le souffle.

Reid se tenait sur le pas de sa porte, un sourcil levé, son visage tiré et hagard. Il avait vieilli de dix ans depuis la dernière fois qu'elle l'avait vu. Ses yeux ambrés étaient parcourus de toiles d'araignée sanglantes.

Voilà ce qui arrive quand tu ne baises plus une rousse — le manque. L'autre côté de son cerveau riposta immédiatement : *Peut-être que c'est le fait d'être avec toi qui lui a sucé la vie. Regarde juste ce que tu as fait à Kevin.*

Merde. Peut-être devrait-elle s'excuser. Non, attends... ce n'était pas elle qui avait tout gâché. Alors pourquoi ressentait-elle cette envie irrépressible de le serrer dans ses bras ? Parce qu'elle était... seule ? Voilà. Seule.

Reid renifla, son regard fixé sur la maison derrière elle comme s'il cherchait son demi-frère, ou peut-être un autre homme — comme si ça le regardait. — Désolé de te décevoir.

Quoi ? Ah oui, elle l'avait appelé Tristan. — Tu ne m'as pas déçue. Je veux dire, je ne suis pas... Je... Cela faisait des semaines qu'ils ne s'étaient pas parlé, mais son timing était pire que celui d'un écureuil cocaïnomane essayant de traverser une route fréquentée. Et en regardant le visage de Reid, elle sentait une forte énergie d'écureuil, le potentiel d'une explosion de sursauts terrifiés jusqu'à ce qu'une partie du corps finisse écrasée. Un écrasement figuratif du cœur serait dans la lignée de cette journée, mais elle avait beaucoup à accomplir et préférait s'y mettre. De plus, elle ne voulait pas plonger dans ses yeux injectés de sang plus longtemps que nécessaire.

Elle s'éclaircit la gorge. — J'allais justement au bureau. Est-ce que ça *quoi que ce soit* peut attendre ?

— J'aimerais vraiment que ça puisse attendre, dit-il. Il croisa enfin son regard, et les poils sur sa nuque se hérissèrent. La tristesse se cachait derrière ses iris, mais elle était mêlée à quelque chose de bien plus électrique que le regret de leur relation. De la peur.

Quelque chose s'était produit.

Quelque chose de terrible.

CHAPITRE 4

Maggie recula et lui fit signe d'entrer dans la cuisine, changea d'avis en se souvenant de la vaisselle empilée dans l'évier, et le redirigea vers le salon. Quelques couvertures et chemises traînaient sur le canapé, mais au moins ça ne sentait pas la pizza d'une semaine — la sauce tomate moisie, le parmesan pourri. — Ezra est-

— C'est à propos d'une affaire. J'aurais besoin de ton aide pour un profil.

— Oh. Elle n'avait pas consulté sur une affaire depuis des mois, pas depuis qu'elle avait enterré son frère. Ce n'était pas qu'elle le regrettait, exactement — une fois qu'on avait failli être assassiné plusieurs fois, on commençait à prioriser la vie plutôt que le travail, peu importe à quel point on était adepte de sensations fortes. Mais certains soirs, alors qu'elle fixait le plafond, elle se demandait si elle ne pourrait pas faire quelque chose de plus vital pour l'humanité que de rester allongée dans son lit à penser à quel point tout avait si terriblement mal tourné. — C'est pour ça que Tristan m'a envoyé un message ?

Reid haussa les épaules, regardant à gauche et à droite en entrant dans le salon. Ses cheveux bruns courts avaient besoin d'une coupe, mais son costume bleu marine était repassé, comme toujours. — Probablement. Ils l'ont aussi appelé pour cette affaire.

— Oh. Elle jeta un coup d'œil à l'horloge sur son téléphone. Elle avait des patients prévus cet après-midi, mais si elle sautait sa paperasse ce matin, elle avait deux heures. Elle pourrait finir ses notes de cas ce soir. Qu'allait-elle faire à la place ? Dormir ? *Comme si c'était possible.*

Maggie s'installa sur le canapé, le dos appuyé contre l'accoudoir droit. — Alors, que se passe-t-il ?

Reid déplaça une pile de bandes dessinées sur la table basse à côté de boîtes de plats thaïlandais vieilles de deux jours et s'enfonça à l'autre bout du canapé, essayant de rester aussi loin d'elle que possible. Elle ne le blâmait pas. La plupart des gens autour d'elle mouraient ou disparaissaient, et il était difficile de ne pas le prendre personnellement. — Ça va, Maggie ?

— Je vais bien.

Son genou ne touchait pas le sien, mais il était assez proche pour irradier de la chaleur dans sa cuisse. Piquant. Inconfortable. Mais aussi chaud — tellement chaud. Les yeux de Reid se plissèrent. — C'est ce que tu as dit la dernière fois que tu as vraiment répondu au téléphone. Mais tu n'as pas l'air bien. Tu sembles... désorientée.

Alex a tué mon frère, Sammy m'a menti pendant vingt ans, mon frère est mort, mon père est mourant, ma mère est partie, je suis complètement seule — je vais à merveille. Mais il ne la regardait pas. Il fronçait les sourcils en fixant la table, la limonade devenue aigre.

Sa poitrine se réchauffa ; peut-être devrait-elle engager quelqu'un pour venir faire le ménage. — Je jongle juste avec beaucoup de choses, je n'ai pas eu le temps de m'inquiéter du rangement. Elle força un sourire, puis haussa les épaules. — On peut passer à la suite ? J'ai des patients. Et être si proche de lui faisait mal à sa poitrine. C'était une chose de manquer des gens qu'on n'avait pas à voir, mais c'en était une autre d'être confronté aux choses qu'on avait perdues.

Il se retourna et hocha la tête, une seule fois, comme s'il avait pris une décision sur une question qu'elle n'avait pas posée. — Il y a environ deux heures, des voisins ont trouvé un homme mort dans le garage de sa propre maison. Sa gorge avait été tranchée avec un éclat de métal de son établi. Il est mort d'exsanguination.

Elle observa ses yeux, l'inquiétude gravée dans les rides autour d'eux aussi sûrement que s'il avait eu une larme tatouée en encre d'humeur qui n'apparaissait que lorsqu'il était bouleversé. Un corps était préoccupant, bien sûr, mais il traitait des cadavres tout le temps en tant que détective des homicides ; ils n'avaient pas tous le même effet.

Maggie hocha la tête pour l'encourager à continuer, mais la pièce semblait soudain plus petite, son genou plus proche, l'air lui-même se resserrant comme un nœud coulant autour de sa gorge. *Wow, Maggie, tu n'exagères pas un peu ?*

— Ce n'était pas le premier, poursuivit Reid. Un autre corps a été trouvé il y a deux jours. Une victime féminine, découverte dans le sous-sol d'un entrepôt brûlé sur Klington. Attachée, les poignets liés au-dessus de la tête. Elle a été battue, puis tailladée avec un morceau de verre. Des blessures superficielles sur les bras, mais celles de l'abdomen, de la gorge et du visage étaient profondes — jusqu'à l'os. Comme la deuxième victime, elle est morte d'exsanguination.

Maggie fronça les sourcils. Une victime poignardée avec un morceau de verre, une avec un éclat de métal.

Le tueur était confiant dans ses capacités à créer des armes meurtrières en utilisant ce qui était disponible sur les lieux. Et il — très probablement un homme, compte tenu du type d'armes et de la proximité requise — n'avait pas de préférence quant au sexe de ses victimes. Cela rendrait plus difficile de déterminer où il pourrait frapper ensuite.

La cicatrice sur sa tête palpitait, une douleur profonde et pulsante. C'était un peu trop proche du confort. Elle avait poignardé le garçon qui l'avait mordue à la tête avec un morceau de verre — avec un objet trouvé.

Reid sortit son téléphone. Le travail policier moderne impliquait plus de photos sur iPhone que de dossiers, et elle avait suffisamment travaillé avec lui pour savoir ce que ce geste signifiait. Sa colonne vertébrale se raidit, ses épaules tendues — se préparant au sang.

Comme prévu, il fit défiler ses images, en sélectionna une, puis tourna le téléphone vers elle. L'air se raréfia. Maggie s'était attendue à un corps, du sang, du gore, mais elle ne s'attendait pas à... ça.

La femme était attachée, les bras au-dessus de la tête, le visage caché par ses cheveux. Des contusions sur la jambe droite, des blessures profondes à l'abdomen, trois entailles distinctes dans l'aisselle. Habillée — short en jean et débardeur. Aucun bouton défait, aucun tissu déchiré. Pas de viol, à moins qu'il ne l'ait rhabillée après, mais elle ne pensait pas que c'était le cas.

— Pas de signes d'agression sexuelle, n'est-ce pas ? Maggie ne pouvait détacher ses yeux des cheveux roux de la femme. Des boucles de la même teinte que les siennes. De la même longueur que les siennes aussi. Ça semblait anormal. De mauvais augure. Un présage. *Tu es juste fatiguée, Maggie — Reid ne se voit pas dans chaque homme aux cheveux bruns mort.*

Reid secoua la tête. — Aucun, bien qu'avec ce couteau...

— Piquérisme, dit-elle. Quand il leva un sourcil, elle continua : Un couteau ou un autre objet tranchant sert d'objet de pénétration et donc de source de gratification sexuelle. Dans ces cas, on s'attendrait à voir des blessures par coup de couteau, mais moins de signes d'agression sexuelle. Elle pointa la blessure béante dans le ventre, le sang coagulé autour du nombril de la victime cachant les blessures.

— C'est ce qu'avait Dylan, non ?

Dylan. Le frère d'Alex, celui qui avait attaqué Maggie et lui avait mordu la tête — celui qu'elle avait poignardé. — Je ne peux pas être sûre pour Dylan, mais j'ai de forts soupçons. Au lieu d'une lame, il utilisait ses dents pour pénétrer la chair — ce n'est pas rare avec ce trouble. Elle cligna des yeux en regardant à nouveau la photo, voyant son visage dans celui de la femme morte, ressentant ces blessures dans son ventre comme elle ressentait la douleur dans sa tête. Mais au moins, ils savaient que ce n'était pas Dylan. L'homme était mort, depuis vingt-quatre ans. La chemise d'Alex avait été retrouvée avec le corps décomposé de Dylan, imbibée de sang là où il l'avait pressée contre son visage. — Comme Dylan, je m'attendrais à ce que ce tueur se sente sexuellement inadéquat. Un fort historique d'abandon, de rejet. Une vie familiale traumatisante.

Reid s'éclaircit la gorge. — C'était une scène de crime difficile. Au début, j'ai cru que c'était...

— Moi.

— Ouais. Reid baissa le téléphone, et dès que l'image disparut de son champ de vision — ces cheveux d'un roux éclatant —, la pièce se dilata puis se contracta à nouveau comme si elle prenait une respiration. Maggie fit de même, remplissant ses poumons, mais cela ne fit pas grand-chose pour soulager la pression dans sa poitrine. Pourquoi devait-il être si proche d'elle ? Son genou était brûlant.

— Je m'inquiète pour toi, Maggie. Même si nous avons été... sans contact.

Sans contact ? C'est comme ça qu'ils appelaient ça ? Si sa mère avait été là, elle aurait dit à Maggie de lui sauter dessus. Mais c'était à cause de cette impulsivité incontrôlable que sa mère avait dû s'enfuir dans un autre pays. Et Maggie ne pouvait nier qu'elle avait hérité d'une partie de cette impulsivité qui recherchait les sensations fortes. Qui d'autre choisirait de pourchasser des tueurs en série alors qu'il possédait déjà un cabinet de psychologie rentable ?

Le silence s'éternisa. Reid fronça les sourcils. Puis il secoua la tête comme si son cerveau était un Etch A Sketch et qu'il essayait d'effacer ses pensées. — Est-ce que le piquérisme pousse les gens à faire ça ? Reid tourna à nouveau le téléphone vers elle. Une autre photo de la femme : un cliché de la morgue. Propre, pâle, une plaie béante sur une joue, noire et coléreuse, et ses yeux...

Maggie déglutit difficilement. Les iris bleus et vitreux de la femme fixaient l'appareil photo — à travers l'appareil photo. Pas de paupières. — Peut-être, mais il est plus courant de poignarder les yeux, donc il pourrait prendre les paupières comme souvenirs. Est-ce que la deuxième victime avait aussi les paupières enlevées ?

Reid acquiesça. — Oui. Mais les siennes ont été découpées post-mortem.

Ce qui signifiait... que celles de la femme avaient été retirées alors qu'elle était encore en vie ? L'estomac de Maggie se retourna, mais elle pointa du doigt les entailles creusées dans son aisselle. — Qu'est-ce que c'est que ce numéro deux ?

Reid haussa un sourcil. — Je pensais que ça ressemblait plus à la lettre *z*. Mais j'ai supposé que c'était aléatoire.

— Les autres blessures ont un but, dit-elle. Elles sont liées à sa condition. Mais les blessures à l'aisselle sont superficielles — hésitantes. Y avait-il des égratignures superficielles sur l'autre victime ?

Il secoua la tête.

Elle hocha la tête. — Peut-être que ça s'est produit pendant la lutte. Les aisselles ne sont pas un endroit habituel pour poignarder ; il est plus courant de voir des blessures autour des organes sexuels. Mais ce n'est pas une règle absolue. Maggie leva les yeux et rencontra ceux de Reid. — Est-ce que la victime masculine dans le garage a été battue ou attachée ?

— Non. Il semble que le tueur ait attendu dans le garage jusqu'à ce qu'il se gare, puis l'ait pris par surprise. Il lui a tranché la gorge par derrière — le motif des éclaboussures sur la vitre du camion montre que personne ne se tenait devant lui.

— Est-ce que les victimes se connaissaient ?

— Non.

— Mais c'est clairement une situation de série. Les attaques rapprochées, les similitudes dans le mode opératoire.

— Mais il y a des différences significatives entre les cas, dit-il.

Maggie croisa son regard. — Les attaques avec des objets trouvés sur place ne sont pas rares, et l'incertitude quant au déroulement de l'attaque pourrait faire partie du frisson. Les différences entre les scènes de crime pourraient être dues à la capacité physique du tueur, à la différence entre les victimes. Peut-être que le tueur voulait prendre plus de temps avec la victime masculine, mais savait qu'il ne gagnerait pas dans un combat, alors il lui a tranché la gorge à la place, et a terminé le reste de son rituel post-mortem. Et bien qu'il soit étrange qu'une victime soit masculine et l'autre féminine, je pense que cela témoigne simplement d'un type de critère différent dans la sélection des victimes.

— Comme ?

Elle haussa les épaules. — Peut-être qu'elles faisaient toutes les deux obstacle à un objectif plus important. Peut-être qu'elles étaient toutes les deux impliquées dans une activité spécifique que le tueur juge inacceptable. Mais il doit y avoir un lien.

Reid hocha la tête. — Tout cela a du sens. Mais il y a plus. C'est pour ça que je suis ici.

Il était là pour un profil ; c'est ce qu'il avait dit. C'est ce qu'ils faisaient. Son genou était chaud, leurs genoux se touchaient maintenant — elle s'était rapprochée en regardant les photos. Elle recula, posant son coude contre l'accoudoir du canapé. — Ne me fais pas languir.

Reid fit défiler à nouveau son téléphone, et retourna l'écran vers elle. — Tu le reconnais ?

Un gros plan d'un homme mort, le visage dirigé vers le plafond. Probablement l'autre victime. Il aurait été beau de son vivant, avec une mâchoire forte, un menton à fossette et un crâne rasé. Des yeux ternes, sombres sous ses paupières manquantes. — Non, je ne le reconnais pas. Elle fit une pause. — Pourquoi devrais-je ? Il ne lui avait jamais demandé si elle reconnaissait un suspect auparavant, n'est-ce pas ?

Ses épaules se détendirent — un soulagement évident. — Je devais demander, vu ta ressemblance avec la victime féminine.

— En plus, le danger me suit partout, pas vrai ? Tu devais t'assurer que je n'étais pas le lien ?

— Je ne suis toujours pas certain que tu ne le sois pas. Ses lèvres se serrèrent. — Tu travailles avec beaucoup de criminels condamnés, à la fois en prison et après leur libération. Les cheveux roux, surtout de cette longueur et texture exactes, ne sont pas courants, un fait que j'ai vérifié avec Tristan ce matin. Et cette blessure sur la joue de la victime ; une blessure qui reflétait celle qu'elle avait infligée à Dylan. Elle ouvrit la bouche pour le dire, mais il passait déjà à l'image suivante — le dos du corps. Il zooma.

La chair à l'écran était un désordre sanglant, une section de viande écorchée qui s'étendait de l'avant du biceps jusqu'à l'arrière du bras. Une marque de morsure ressortait au-dessus de la peau manquante, placée juste au-dessus de l'omoplate.

— Cette marque de morsure est exactement au même endroit que celle d'Alex, dit Reid. Dylan — c'était le lien. Il avait aussi mordu sa sœur.

La cicatrice sous ses cheveux palpita alors qu'elle fixait l'image, son cœur coincé dans sa gorge ; elle ne pouvait détacher ses yeux de l'encre autour du carré manquant. Une langue fourchue au-dessus de la blessure. Une queue semblable à un ver en dessous.

— Le tatouage... c'étaient des serpents avant, dit-elle doucement. Et des crânes. Des crânes noirs et rouges.

Reid se raidit. — Alors, tu reconnais...

— Je... oui.

— De ton travail en prison ?

Elle ne pouvait pas développer. Maggie n'arrivait pas à trouver son souffle. Elle fixait la photo, mais dans sa tête, elle pouvait voir les serpents tatoués se tortiller comme ils l'avaient fait la nuit dernière. Sur la chair d'un homme masqué bien vivant.

CHAPITRE 5

Non. Ce n'est pas possible.

La main de Reid resta immobile, ses doigts pâles contre le téléphone, les phalanges crispées. — Je croyais que tu avais dit que tu ne le connaissais pas.

— Je n'ai pas reconnu son visage.

Il fronça les sourcils. — Hum. C'était un mot chargé, et elle savait pourquoi - la plupart des gens reconnaîtraient quelqu'un qu'ils connaissent par leur visage et non par leur... peau nue. *Tatouages.* Oui, les tatouages. — Comment le connais-tu ? demanda Reid.

— Je... *Je l'ai baisé hier soir dans un club de sexe underground dont je ne t'ai jamais parlé, parce que nous n'avons été en couple que pendant une seule journée.* Ça ne comptait même pas comme un couple. C'était juste un coup d'un soir. Des collègues avec des avantages.

Comme elle restait silencieuse, il secoua la tête. — Maggie, tu dois m'éclairer ici. Tu connais la victime masculine. Et avec les similitudes physiques de la femme avec... eh bien, toi...

Elle avala la boule dans sa gorge. — Tu penses que tout ça me concerne. C'*était* à propos d'elle - y avait-il un doute ?

Maggie s'appuya plus fort contre l'accoudoir du canapé comme si, en mettant de l'espace entre elle et Reid, elle pouvait aussi mettre de l'espace entre elle et sa théorie selon laquelle elle était la pièce maîtresse. Comment cela pouvait-il se reproduire ? C'était statistiquement impossible - un coup de chance astronomique.

Tu travailles avec la police, Maggie. Tu travailles dans les prisons. Tu pourchasses des tueurs en série. Chaque fois qu'elle prenait une affaire avec Reid, elle augmentait la probabilité qu'un autre meurtrier la poursuive en retour.

Mais ces marques de morsure, les coups de couteau... le coup de couteau à la joue. Quelqu'un imitait les affaires de son passé - son adolescence, bien avant qu'elle ne s'implique dans le département de police.

C'était personnel.

Maggie fixait la table basse, ses pensées fusant. Quand elle avait treize ans, Kevin et elle étaient allés dans un immeuble de bureaux abandonné la veille de sa démolition prévue. Ils avaient passé quelques heures à s'amuser - lançant des briques à travers les fenêtres intérieures, dessinant sur les murs tachés par les intempéries. Mais quand Kevin était sorti, le frère d'Alex était entré et l'avait attaquée, l'avait plaquée au sol et lui avait mordu l'arrière de la tête. Elle s'était échappée en le poignardant au visage avec un morceau de verre. Elle pouvait encore le voir sortir sous sa pommette, transperçant sa langue. Elle pouvait encore sentir l'odeur de son sang se mêlant au sien dans un bouquet métallique écœurant qui s'accrochait au fond de sa gorge. Mais Dylan... ça ne pouvait pas être Dylan lui-même.

Maggie se tourna finalement vers Reid. — Tristan a dit

que Dylan était mort. Il avait été découvert trois semaines après l'attaque dans l'État voisin, décomposé depuis trois semaines. Pas de dossiers dentaires à comparer ; Dylan n'avait pas de radiographies dans son dossier. Mais la cause du décès était révélatrice. Il était mort d'une infection - de la blessure qu'elle lui avait infligée, la chemise d'Alex toujours pressée contre son visage. Il avait été incinéré rapidement.

La voix de baryton de Reid la ramena à la réalité, sa voix fatiguée et rocailleuse. — Je ne dis pas que Dylan n'est pas mort. Un John Doe retrouvé avec exactement la même blessure au visage à quelques heures de Fernborn, avec la chemise d'Alex... c'était suffisant pour qu'ils déclarent officiellement Dylan comme étant le garçon mort après vingt-quatre ans sans être identifié.

— Mais alors quoi avec les marques de morsure ? Le coup de couteau au visage ? Penses-tu vraiment que c'est un imitateur ? Cependant, ce n'était pas vraiment le cas. Dylan n'avait blessé aucun homme à sa connaissance. Il ne s'en était pris qu'à des femmes - des personnes plus petites que lui.

Reid haussa les épaules. — Quelqu'un copiant des crimes dont il a lu est plus probable que Dylan simulant sa mort.

Elle fronça les sourcils. Il n'avait pas tort. Dylan aurait dû trancher le visage de quelqu'un que personne ne manquerait, quelqu'un qui lui ressemblait beaucoup, le maîtriser pour s'assurer que ça s'infecterait, attendre qu'il meure... c'était beaucoup pour un adolescent de seize ans blessé. De plus, il avait été hospitalisé pour ses blessures, et attaquer et maîtriser un autre adolescent qui, par conception, devait avoir la même taille et le même poids... Dylan en avait-il même été capable, quelques heures seulement après s'être échappé de l'hôpital ?

Reid renifla. — C'est un coup de chance, mais je demanderai à Tristan de vérifier à nouveau. Et je ne sais pas pourquoi Dylan t'aurait ignorée toutes ces années. Ce niveau de patience correspond-il à ton profil de lui ?

Non. Ce n'était pas le cas - de cela, elle était sûre. Dylan avait été sadique, mais il était retourné à Fernborn pour une raison logique : déplacer sa première victime et éviter d'être découvert. Quand elle et Kevin l'avaient interrompu, il l'avait attaquée, puis s'en était pris à sa sœur, Alex, dans un accès de rage. Quelqu'un d'aussi instable, d'aussi volatile... — Non, Dylan n'aurait pas attendu jusqu'à maintenant. S'il était obsédé par moi, furieux de ce qui s'était passé, il serait revenu tout de suite. S'il avait voulu me faire du mal par procuration pendant vingt-quatre ans, on aurait trouvé d'autres corps aussi, et probablement quelque part où je l'aurais remarqué.

— De plus, on sait à quoi ressemble Dylan. Un gars avec une énorme entaille sur le visage est assez difficile à manquer. Et même s'il avait d'une manière ou d'une autre simulé sa mort et réussi à obtenir une très bonne chirurgie plastique, il est difficile d'effacer toute trace de qui vous étiez. Pas impossible, mais...

Maggie secoua la tête. — Il y a une autre explication - un autre déclencheur pour celui qui a fait ça. Peut-être... la publicité autour de la mort de mon frère ? Alors que Dylan n'aurait pas eu besoin de l'attention médiatique récente pour déclencher son action, dans les semaines suivant la découverte des os de son frère, quelqu'un avait divulgué les détails de son attaque adolescente ainsi que celle d'Alex. Quelqu'un au sein du département de police - ça devait être ça - bien qu'ils n'aient jamais pu découvrir qui. Maggie soupçonnait le détective Birman, l'homme qui avait enquêté sur l'affaire d'Aiden puis s'était enfui avec sa mère, ce petit enfoiré rancunier.

Reid se pencha en arrière, ses yeux sur la pièce - la table. — C'est ce que je pensais aussi. Un imitateur. As-tu parlé à Alex récemment ?

Ma meilleure amie qui a assassiné mon frère ? Non merci. Elle secoua la tête, mais sa poitrine se contracta juste en entendant le nom d'Alex - elle avait un trou là où elle avait autrefois des amis. Où elle avait autrefois un frère. Une mère. Mais ce n'était pas pour ça qu'il demandait : il voulait probablement savoir si Alex avait remarqué quelque chose d'étrange. Alex avait fait la une des journaux pendant des semaines en lien avec la mort d'Aiden. C'était une histoire sensationnelle, pour être honnête - si ça saigne, ça fait la une, et il y avait eu beaucoup de sang.

— J'ai parlé à Imani la semaine dernière. La femme de Sammy n'avait rien fait de mal, mais c'était toujours difficile d'être près d'elle - ça lui faisait manquer Sammy. Maggie s'éclaircit la gorge et poursuivit : — Elle a dit qu'Alex recevait toujours des lettres de détenus pédophiles, de tueurs d'enfants, certaines de nature congratulatoire. Comme celles qu'elle a reçues il y a quelques mois, juste après la clôture de l'affaire. On ne montre jamais cette partie dans *Scooby-Doo* ; les conséquences où Sammy et Véra doivent faire face à des lettres de menaces de personnes qui soutiennent le propriétaire du parc d'attractions méchant. — Je suppose que notre suspect m'aurait écrit si j'étais la pièce maîtresse, mais c'est difficile à dire. Et évidemment, quelqu'un en prison ne fait pas ça.

— Mais peut-être quelqu'un récemment libéré. Je vais vérifier. Il hocha la tête. — Donc, soit nous avons un imitateur, quelqu'un attiré par la publicité après la découverte du corps de votre frère, soit vous avez un autre type de harceleur - quelqu'un qui veut s'assurer d'obtenir votre attention. Reid renifla et croisa sa cheville sur le genou opposé. Le silence s'étira. Quand elle rencontra enfin son regard, il dit : — Pouvons-nous revenir aux victimes ?

Je préférerais pas. Mais elle hocha la tête.

— Connaissez-vous la femme ? Elle s'appelait Cara Price.

Maggie secoua la tête.

— Comment connaissiez-vous Joel Oliver ?

Ah, le moment de vérité. Ils sautaient aussi cette partie dans *Scooby-Doo*. Cela dit, des chiens de dessin animé dans un club échangiste, ce serait un tout autre genre de dessin animé. — J'appartiens à un... club exclusif. Nous nous sommes rencontrés là-bas.

Reid plissa les yeux. — D'accord. Où se trouve ce club ? Une adresse serait utile. Il tapota son téléphone - le bloc-notes.

— Ce n'est pas si simple. C'est un... Elle baissa les yeux - elle ne voulait pas le regarder dans les yeux pour cette partie. — Bondage, salles de jeux, groupes, peu importe ce qui vous branche, il y a quelqu'un qui cherche la même chose. Elle releva la tête. — Pour autant que je sache, c'est le seul dans l'État, alors certaines personnes conduisent pendant des heures pour... enfin.

Ses sourcils montèrent jusqu'à la racine de ses cheveux au ralenti, comme si chaque mouvement incrémentiel reflétait une nouvelle parcelle de compréhension. — Vous appartenez à un club échangiste ? Ses mots étaient lents, prudents, comme s'il croyait qu'elle pourrait dire non s'il le formulait parfaitement.

— J'y étais hier soir. J'étais avec la victime. Sexuellement. Je suis sûre qu'il y a - *beurk, beurk, beurk* - des fluides sur lui. Vous aurez besoin de mon ADN pour m'écarter.

La mâchoire de Reid tomba, beaucoup plus vite que le mouvement de ses sourcils. — Êtes-vous... Sa phrase s'estompa. Il ne semblait pas trouver les mots pour finir la phrase.

— Sérieuse ? Oui.

Il cligna des yeux vers son téléphone - au moins il ne la regardait plus. — J'aurai besoin de descriptions. Des noms de personnes présentes qui pourraient connaître cet homme.

Une fois de plus, elle secoua la tête. — Je ne connais aucun nom. Je n'ai jamais vu aucun de leurs visages. Et ils ne peuvent pas voir le mien. Nous portons tous des masques. Si vous aviez demandé à la victime - *Joel* - s'il me connaissait, il aurait dit non.

Reid resta assis, silencieux et immobile, les yeux rivés sur son téléphone. Le silence s'étira si longtemps qu'elle crut momentanément qu'il était devenu catatonique, mais il dit alors : — Pourquoi feriez-vous ça ? Il leva les yeux vers elle puis recroisa l'autre cheville sur le genou opposé - de la pitié dans son regard.

De la foutue *pitié* ? Sa poitrine devint brûlante - sa gorge aussi.

Reid soupira. — Je ne savais pas que la situation avec votre frère vous avait autant affectée, dit-il. — Je veux dire, bien sûr que ça vous a touchée, mais vous ne cessiez de me dire que vous alliez bien, qu'il était parti depuis longtemps - que vous aviez déjà fait votre deuil. Maintenant, ce club, le fait de ne pas nettoyer votre maison... vous êtes clairement dans une mauvaise passe. Laissez-moi vous aider.

Pour que tu puisses à nouveau t'en aller dès qu'Ezra s'énerve à ce sujet ? — Je ne suis pas la foutue femme de ménage. Et je n'ai pas besoin de ton aide. Ce n'était pas à propos du désordre dans sa maison. Il la jugeait. Peut-être était-il jaloux.

Son regard transperça le sien. — Ce genre d'autodestruction -

— Ça n'a rien à voir avec Aiden. Je fréquente ce club depuis des années. C'est sûr, c'est simple. C'est juste un fantasme. Un exutoire. Parfois, on ne veut pas des complications émotionnelles.

— Les complications, dit-il lentement. — Comme avec moi ? Ses yeux s'adoucirent, mais sa poitrine était serrée de fureur.

— Ouais, rétorqua-t-elle. — Comme avec toi. Alors, peut-on arrêter de parler de ce club et revenir au profil ? J'ai beaucoup à faire aujourd'hui. Ils devraient y revenir éventuellement - le club était probablement le dernier endroit où quelqu'un avait vu Joel vivant - mais elle préférait se cogner la tête contre un mur plutôt que de traiter ça avec Reid qui la regardait. Peut-être que Clark pourrait prendre cette partie de sa déclaration.

Les narines de Reid se dilatèrent, mais il dit : — Bien. Est-ce que cela... change le profil ? Pourquoi tuerait-il un homme avec qui vous étiez, mais aussi vous assassiner par effigie ? Est-il jaloux, veut-il vous tuer, ou un peu des deux ?

Ses épaules se détendirent très légèrement. C'était une sacrée question - une question valable. Et bien que le domaine psychologique fût son domaine, ce n'était pas une question à laquelle elle avait encore une réponse. — Comme je l'ai dit avant, il est peut-être impuissant, ou autrement limité dans ses prouesses sexuelles. Le tueur est probablement victime d'abus durant l'enfance et est extrêmement sensible au rejet. Vous cherchez un homme blanc dans la trentaine ou la quarantaine, et quelqu'un qui a déjà tué auparavant, compte tenu de l'apparente facilité avec laquelle il a commis les crimes. Reid acquiesça, et elle poursuivit : — Il a un schéma d'attachement fracturé. S'il a des relations intimes, elles sont pleines de tourments. Il ne sera pas capable d'accepter l'affection ou de la donner de manière significative.

— Donc, encore une fois... pourquoi s'en prend-il à *vous* ?

— Il y a quelque chose dans mon histoire, dans la mort d'Aiden, peut-être, qui a résonné en lui. Peut-être a-t-il perdu un frère ou une sœur. S'il se voit en moi, s'identifie à moi, il pourrait à la fois me blâmer de ne pas avoir protégé mon frère et en même temps ressentir une partie de l'affection et du pardon qu'il veut pour lui-même.

— Des motivations contradictoires... cela expliquerait la différence entre les victimes. Mais tuer un homme avec qui vous avez couché ressemble plus à de la jalousie.

— Peut-être que tu devrais faire attention à toi aussi.

Reid leva un sourcil - *trop tôt ?* - et Maggie s'éclaircit la gorge. Merde... ils devraient vraiment examiner le club, et pas seulement parce que Joel l'avait visité la nuit de sa mort. Seul quelqu'un de ce club aurait pu savoir qu'elle avait été avec Joel. Mais ils ne savaient peut-être pas pour Reid. Était-ce la seule raison pour laquelle il était encore en vie ? — Je vais te parler du club. Mais si sa fixation a évolué au-delà, et c'est clairement le cas... je m'attendrais à d'autres comportements de harcèlement.

— Avez-vous remarqué des comportements de harcèlement ?

En dehors des cadeaux constants de ton frère ? Non. — J'ai toujours tendance à sentir des yeux dans mon dos, mais rien d'inhabituel.

Reid hocha la tête. Mais ses yeux semblaient toujours blessés.

Elle se leva. — La chose logique à faire est de mettre en place des patrouilles. Faites-moi surveiller, voyez si vous pouvez attirer ce type. Surveillez ma rue, même. Qui que ce soit, il ne se satisfera pas de substituts pour toujours - il devra au moins passer devant ma maison. Et vous avez déjà eu deux homicides en moins d'une semaine.

Reid se leva, moins rapidement, et balaya du regard son salon en désordre. Encore. *Connard*. Elle ouvrit la bouche pour lui faire connaître son agacement, pour lui rappeler que les génies avaient tendance à être désordonnés, que personne ne pouvait être censé tout faire, mais il portait déjà son téléphone vibrant à son oreille. — Hanlon.

Maggie croisa les bras, l'observant. Il y a deux mois, ils avaient le potentiel d'être autre chose - quelque chose de génial. La vie, les relations... elles étaient fragiles comme du verre. Un faux mouvement, et tout volait en éclats.

— Maggie ! dit Reid, et elle cligna des yeux. Ses yeux étaient écarquillés, son téléphone déjà de retour dans sa poche. Lui avait-il parlé ? Comme pour confirmer ses soupçons, il poursuivit : Tu m'as entendu ?

— Désolée, quoi ?

— Il semble que nous n'ayons pas besoin de te mettre sous surveillance. Ils ont attrapé notre tueur : Harry Folsom. Reid croisa son regard. Et c'est l'un des tiens.

CHAPITRE 6

'est l'un des tiens.

Maggie avait la tête qui bourdonnait lorsqu'elle s'est installée au volant pour se rendre au commissariat. Elle était passée au bureau pour jeter un rapide coup d'œil au dossier de Harry, mais n'avait rien trouvé qui laisse penser qu'il était capable de commettre ces crimes. Enfant d'un père violent et d'une mère manipulatrice, il avait fini en prison après avoir poussé sa petite amie du balcon. Mais l'avocat chargé de l'affaire avait estimé qu'il y avait des circonstances atténuantes ; que Harry avait été maltraité par sa partenaire, une femme ayant des antécédents de violence et, selon tous les témoignages, une sociopathe. Qu'il ne s'était défendu que pour se protéger. C'est alors qu'ils avaient fait appel à Maggie pour une consultation — elle avait été d'accord avec l'évaluation de l'avocat. Maggie n'avait pas cru que Harry représentait une menace pour quiconque, sauf peut-être pour lui-même.

Maggie soupira, ses articulations lui faisant mal autour du volant. Un ancien patient. Avait-elle plaidé pour la libération d'un homme qui aurait dû passer le reste de sa vie naturelle en prison ? Avait-elle traité l'homme qui tuait maintenant des femmes qui lui ressemblaient, assassinant des hommes avec qui elle avait couché ?

Elle gara brusquement la voiture et entra à grands pas dans le commissariat, sa chemise collant à son dos. Maggie fit un signe de la main à Clark Lavigne en passant, un détective costaud avec qui Reid travaillait parfois. Un type sympa — un peu trop gentil pour elle. Ou peut-être qu'il ne semblait tout simplement pas du genre à porter un masque.

La salle d'observation, de la taille d'un placard, se trouvait près du bout d'un couloir stérile, reliée à la salle d'interrogatoire par un miroir sans tain. — Il est attaché au sol — Clark l'a mis sous contrainte, dit Reid alors que Maggie se plaçait à côté de lui et regardait à travers la vitre.

Harry Folsom était déjà assis à la table en acier inoxydable, ses doigts entrelacés en une boule serrée sur le dessus de la table, des bracelets métalliques brillant à ses poignets. Les épaules larges, sa mâchoire carrée bien rasée, aucun tatouage ne dépassait des manches de son T-shirt. Assez grand pour avoir tranché la gorge de Joel sans aide. Ses articulations étaient blanches — nerveux. Tout en lui était si... *pâle*.

— Tu veux que je vienne avec toi ? demanda Reid.

Elle garda les yeux fixés sur Harry en disant : — Ce sera plus efficace si j'y vais seule.

Il hocha la tête, mais elle pouvait sentir la tension dans ses biceps contre son coude. L'idée qu'elle soit dans une pièce avec un meurtrier ne lui plaisait pas. Seule avec quelqu'un qui voulait sa mort.

Mais Harry voulait-il vraiment lui faire du mal, à *elle* ? À quel genre de mobile avaient-ils affaire ? Il avait été libéré il y a plus d'un an, ce qui faisait longtemps pour mettre en pause une vendetta meurtrière. Et bien qu'elle ait pu manquer un harceleur — ils étaient sournois par nature — aurait-elle vraiment pu manquer un homme qu'elle reconnaissait à vue d'œil ?

Elle fronça les sourcils. Harry correspondait-il vraiment, vraiment ? Elle ne l'avait pas traité depuis huit mois. Pourquoi maintenant ? Et il n'y avait aucun moyen qu'il ait été dans ce club — ils n'autorisaient personne avec un casier judiciaire. — Alors il est juste entré aujourd'hui et a avoué ?

Reid hocha la tête. — Il a dit qu'il avait vu les infos, et que ça l'avait fait se sentir mal.

Ça l'avait fait se sentir mal — quel maniaque homicide il faisait. Mais la culpabilité correspondait à la personnalité de Harry. La culpabilité était la raison pour laquelle il avait avoué avoir tué sa petite amie. Elle lui avait planté un couteau dans le côté, et il n'avait dit à personne qu'elle l'avait attaqué jusqu'à ce que les officiers voient la blessure.

Avec un dernier signe de tête à Reid, Maggie quitta la salle d'observation et poussa la porte de la salle d'interrogatoire, très consciente des lumières fluorescentes vives, de la façon dont elles se reflétaient sur le miroir brillant. Une empreinte de main dans le coin inférieur droit de la vitre semblait de mauvais augure, comme si un fantôme piégé à l'intérieur de cette vitre essayait désespérément de s'échapper.

Harry cligna des yeux en la voyant s'asseoir en face de lui. De la reconnaissance, mais pas le feu qu'elle aurait pu attendre d'un homme qui avait assassiné une femme qui lui ressemblait, un homme qui avait couché avec elle... enfin, ils n'avaient pas vraiment dormi. — Ça fait un moment, Harry.

— Ouais. Il déglutit difficilement, le chaume sous son

oreille gauche scintillant — un endroit qu'il avait manqué avec le rasoir. — Je voulais être bon.

La phrase résonna dans sa mémoire — il l'avait souvent utilisée pendant les séances, à la fois en prison et après sa libération. Il avait toujours juste voulu être bon. — Je sais. Et tu l'as été pendant des années, n'est-ce pas ? Tu travaillais comme mécanicien la dernière fois qu'on s'est parlé. Tu avais même une nouvelle petite amie. Je pensais que les choses allaient bien. Elle était enceinte, non ? Et ça faisait si longtemps... ils auraient un enfant maintenant, non ?

Les yeux de Harry se plissèrent, son front se plissant en un masque d'angoisse. — Isabelle est morte.

Morte. Harry l'avait-il tuée aussi ? Cara était-elle la deuxième victime, pas la première ? — Comment Isabelle est-elle morte, Harry ?

La tension sur son visage se relâcha ; ses yeux bruns devinrent vides. *Des yeux bruns, rien à voir avec les yeux verts de Dylan.* Non pas qu'elle ait pensé qu'il était... *Bon sang, Maggie, arrête de penser.*

— Accident de voiture, murmura pratiquement Harry. — Il y a trois semaines.

Maggie étudia son visage. Était-ce vrai ? Ça semblait l'être d'après son regard fixe, le tonus musculaire régulier de son front. La mort de sa petite amie avait-elle été le déclencheur de cette nouvelle série de meurtres ? Cela expliquerait pourquoi il avait attendu si longtemps après sa libération pour basculer en mode homicide. — Parlons de cette semaine, Harry. On dirait que tu as eu quelques jours mouvementés.

Il baissa les yeux vers la table et étudia le bout de ses doigts. Les menottes brillaient. — J'ai fait des choses, marmonna-t-il à ses poings. — J'ai blessé des gens.

— Et puis tu as avoué. Tu as dû te sentir vraiment mal

à ce sujet. Elle attendit un instant pour voir s'il répondrait, et comme il ne le faisait pas, elle poursuivit : — Je veux savoir exactement ce qui s'est passé. Ta version, comme je voulais ta version quand tu étais en prison. Elle avait cru alors qu'il n'était pas un meurtrier de sang-froid. Même si elle s'était trompée, elle devrait avoir sa confiance maintenant.

Il se lécha les lèvres. Le silence s'étira.

— Harry ?

Il leva les yeux. Ses yeux étaient devenus vitreux, des larmes brillant aux coins. Elle attendit encore quelques respirations, rencontra son regard et dit : — Dis-moi pourquoi tu as tué Joel. Utiliser le nom, humaniser la victime, devrait au moins lui donner un signe de remords.

Mais le visage de Harry resta impassible, indifférent. Elle s'y serait attendue de la part d'un psychopathe, mais elle n'avait jamais pris Harry pour tel. — Joel avait une petite amie, dit-il finalement. Il t'aurait fait du mal comme il lui en faisait à elle.

Joel... était mort parce qu'il était infidèle ? Parce que Harry voulait protéger ses *sentiments* après une aventure d'un soir dans un club échangiste ? — Et la femme, Cara ? Elle me ressemblait, Harry. Comme si c'était moi que tu voulais blesser. Ce qui n'avait aucun sens s'il avait tué Joel pour des raisons protectrices.

Il renifla. Il tourna une paume vers le haut, puis l'autre, étudiant ses empreintes digitales ou peut-être le dessous de ses poignets — des cicatrices estompées du creux de sa paume jusqu'au milieu de son avant-bras. Harry déglutit avec difficulté. — Je suppose... que je me suis énervé.

— Pourquoi ? De la jalousie ? De la colère envers les femmes en général à cause des abus qu'il avait subis de la part de ses parents et de son ex ? Cette rage s'était-elle simplement reportée sur Maggie, une autre femme avec laquelle il s'était montré vulnérable ?

— Je ne sais pas. Sa voix était terne, empreinte de désespoir. Son dos se hérissa d'épines qui lui griffaient la peau. Il répondait à ses questions, mais il ne voyait pas les crimes dans sa tête. Il n'y avait aucune gratification sexuelle dans ses souvenirs. Elle essaya de l'imaginer debout au-dessus de Cara, enfonçant cette lame dans sa chair, mais ne parvint qu'à le voir dans un coin, regardant, stupéfait, comme elle l'avait toujours imaginé fixant le corps de son ex. Était-elle biaisée à cause de leur relation passée ? Peut-être. Mais cela semblait toujours faux.

— Tu étais la seule à avoir été gentille avec moi, finit-il par lâcher d'une voix étranglée. La seule à croire en moi. Est-ce vraiment si mal de vouloir te protéger ? Je voulais juste *te protéger*.

Maggie vit une larme s'échapper de son œil gauche et rouler sur sa joue. Il disait les bonnes choses, ce qu'il pensait *devoir* dire. Mais pendant le traitement, il lui avait dit qu'il avait poussé sa petite amie du balcon. Qu'il avait appelé la police après s'être assuré qu'elle était morte. Qu'il avait retiré ce couteau de son côté parce qu'il se sentait si coupable de ce qu'il avait fait qu'il ne voulait pas la blâmer. Mais une réponse — il avait *toujours* eu une réponse d'emblée. Et maintenant... il avait commencé par *Je ne sais pas* ?

— Qu'est-ce que tu leur as fait ? demanda-t-elle lentement.

— Je les ai poignardés. Les muscles aux coins des yeux de Harry tressautaient, nerveux comme s'il souffrait d'un trouble nerveux. Il mentait — il mentait. Mais à propos de quoi ? Ils avaient certainement été poignardés. — Je les ai poignardés, répéta-t-il. Je les ai tués tous les deux.

Mais le tatouage de Joel avait été enlevé. Il avait été mordu. Cara avait été attachée. Leurs paupières avaient été arrachées. C'était bien plus que de simples coups de couteau. Elle pouvait sentir le regard de Reid lui brûler la tempe. — Avec quoi as-tu poignardé Joel ?

— Je ne m'en souviens pas.

Ses poumons étaient trop petits. Encore ce *Je ne sais pas*. Mais les deux crimes avaient été commis avec des objets trouvés sur place — il était possible qu'il n'ait pas enregistré quelle arme il avait saisie au milieu de la frénésie. Et s'il s'était dissocié, si ses réponses traumatiques s'étaient déclenchées, oublier l'événement était dans le domaine du possible.

— Et pour Cara ? demanda-t-elle. Tu te souviens avec quoi tu l'as poignardée ?

Son front se plissa. — Du verre.

Ouais. Il avait raison pour Cara. Et c'était quelque chose que seul le tueur pouvait savoir. Alors pourquoi sa confession semblait-elle toujours fausse ? — Combien de fois as-tu poignardé Joel ?

Il secoua la tête. — Je ne veux pas en parler.

— C'est bon, Harry. Les mains de Maggie lui faisaient mal, et elle baissa les yeux sur ses doigts croisés. Elle n'avait pas réalisé qu'elle avait aussi posé ses poings sur la table, qu'elle imitait la posture de Harry. — Je sais que tu voulais juste me protéger — j'apprécie ça. Elle se pencha en avant, au-dessus de ses mains, son regard fixé sur son visage. — Dis-moi comment tu les as punis autrement. Comment tu m'as protégée.

— Je les ai tués. Sa voix se brisa sur le dernier mot. Des larmes coulaient librement sur les creux de ses joues et gouttaient le long de son cou. — Que Dieu me vienne en aide. Il leva ses mains jointes à ses lèvres, les yeux au plafond — priant. — Je suis tellement désolé. Mon Dieu, je suis tellement, tellement désolé.

Il *était* désolé ; elle n'en doutait pas un instant. Mais

était-il désolé pour ça ? Ses yeux tracèrent à nouveau sa mâchoire, la zone de barbe qu'il avait manquée en se rasant avant d'aller au poste de police. — Leur faire du mal t'a-t-il fait ressentir la même chose que quand tu as tué Sara ? Cara, Sara... les noms étaient proches. Était-ce une partie du déclencheur ?

Harry s'immobilisa. Quand il baissa de nouveau son regard vers elle, ses yeux étaient devenus ternes.

— As-tu aimé tuer Sara ? demanda-t-elle. Le balcon ne t'a-t-il donné qu'un avant-goût du sang ? Tu en voulais plus ? *Allez, Harry, réagis. Montre-moi ce que je ne vois pas.*

Il déglutit difficilement et cligna des yeux, la ternissure de son regard se durcissant en pierre. Sa mâchoire était si serrée qu'elle était certaine qu'il allait se briser les molaires. Ses mains aux bracelets scintillants retombèrent sur la table en inox. — Je pensais que si j'étais bon, j'arriverais quelque part, murmura-t-il. Je voulais aussi plus pour mon garçon. Son garçon... son bébé — le bébé d'Isabelle.

— Où est ton fils ?

— En sécurité, articula-t-il. Des larmes coulaient des coins de ses yeux. Harry laissa tomber sa tête dans ses mains, son front à quelques centimètres de la table. Ses épaules se convulsèrent. — Je veux retourner en prison, sanglota Harry. Enfermez-moi juste. Laissez-moi juste... y retourner.

— Harry...

— Je ne veux plus parler. J'ai fini. Je suis si... seul à l'extérieur. Je ne veux plus être seul. Ses mots étaient à peine discernables. Mais elle les croyait, les ressentait dans la douleur pulsante au fond de ses os. Elle se sentait seule aussi. C'est ce qui arrive quand les personnes qui composent le tissu de votre vie disparaissent soudainement.

Maggie quitta la salle d'interrogatoire en se sentant plus troublée qu'à son arrivée. Mentait-il ? Avait-il juste besoin d'un moyen de retourner en prison ? S'il était vraiment coupable, elle avait mal interprété tout ce qui concernait cet homme depuis le jour où ils s'étaient rencontrés.

Reid se tenait toujours dans la salle d'observation où elle l'avait laissé, les yeux fixés sur Harry, le visage marqué. Il se tourna vers elle lorsqu'elle entra et se décolla du cadre de la fenêtre. — Avant que tu ne demandes, nous avons vérifié l'accident de la petite amie. C'était bien un accident de voiture — percutée par un camion qui a grillé un stop. Pas de crime.

Elle hocha la tête, souhaitant que ce soit plus un soulagement. — Harry ne semblait pas être au courant des marques de morsure.

— Il l'a peut-être fait dans la ferveur du moment. Ce n'était peut-être pas une décision consciente, non ?

— Mais ça *aurait dû* être une décision consciente si c'était lié à moi. Même l'emplacement de la morsure, reflétant exactement celle d'Alex... c'est trop parfait pour avoir été impulsif. La cicatrice à l'arrière de sa tête lui faisait mal, pulsant sourdement comme un ongle infecté. — Et Joel a été mordu post-mortem, après que la ferveur du meurtre était passée.

Reid fronça les sourcils. — On ne comprend peut-être pas entièrement pourquoi il l'a fait, mais le procureur a tout ce qu'il faut pour le mettre sous les verrous. Il n'a pas d'alibi. Il a avoué les meurtres. Il sait comment Cara a été tuée, un détail qui n'a pas été révélé au public. Il a laissé son fils à la caserne de pompiers le jour où il a assassiné Cara — il avait tout planifié. Je vais l'interroger à nouveau, bien sûr, et vérifier ses déplacements les nuits des deux crimes. Mais pour l'instant, il a tout l'air d'être notre homme. Il leva un sourcil. — Tu n'es pas d'accord ?

Elle fixait à travers la vitre. Harry sanglotait toujours, la tête contre le métal. — Y avait-il du sang sur ses chaussures ?

— Il a dit qu'il s'était débarrassé de ses vêtements.

— Les deux fois ? Le gars est mécanicien, il n'achète pas de nouvelles bottes tous les trois jours. Elle ne pouvait détacher ses yeux de la fenêtre. — Et Harry n'a jamais été obsédé par moi avant maintenant — n'a jamais traqué personne. Ce n'est pas dans son profil. Et comment diable connaîtrait-il ce club ? Cela suggérait un niveau de discrétion dont elle ne l'imaginait pas capable.

— Nous sommes encore en train d'élucider cela, mais s'il t'a suivie...

— Pourquoi me suivre et ensuite ne pas entrer ? Si quelqu'un l'avait suivie, si le tueur connaissait le club et avait choisi Joel à cause de cela... il aurait dû être *à l'intérieur* pour voir avec qui elle avait été. Son estomac se retourna.

— Peut-être qu'il est entré. Peut-être que Harry lui-même était quelqu'un avec qui tu... Il s'éclaircit la gorge, le visage peiné. — Quelqu'un avec qui tu as été ?

Elle secoua la tête. — Il faut du temps pour postuler — pour être examiné. On ne peut pas simplement entrer comme ça. Et pas d'ex-détenus autorisés. Tout antécédent criminel est une disqualification automatique.

— D'accord, peut-être qu'il a payé quelqu'un pour l'info. Peut-être qu'il a deviné en fonction de qui sortait du club à peu près au même moment. Elle ouvrit la bouche pour protester — les entrées et les sorties étaient coordonnées, ce n'était pas si facile — mais il poursuivit : — Écoute-moi juste, d'accord ? Y avait-il quelqu'un qui semblait particulièrement épris de toi ? Quelqu'un qui refusait les avances des autres ou... peu importe ce qui se passe là-bas.

Du sexe, Reid — c'est ce qui se passe là-bas. Mais il avait raison. Et bien qu'elle n'ait pas de nom, elle s'était rapprochée plus qu'elle n'aurait dû d'un membre récurrent. Elle avait imaginé le visage de Kevin sur le sien plus de fois qu'elle ne voulait l'admettre. Celui de Tristan aussi, et elle voulait encore moins l'admettre.

Reid la regardait toujours. Elle cligna des yeux. — Il y avait un homme, dit-elle avec effort. Je l'ai vu souvent au cours de l'année dernière. Mais je ne peux pas imaginer qu'il me traquerait. C'était moi qui devais... le choisir. Il n'avait pas la possibilité de me draguer lui-même. Oh merde — était-ce une partie de sa frustration ? Peut-être qu'il *était* le tueur.

Reid fronça les sourcils. — Pourquoi ?

— J'avais le bracelet rouge.

Il soutint son regard un peu plus longtemps qu'un clignement d'œil, puis secoua la tête. — Donc c'est un truc de soumission ? C'est comme ça que vous déterminez qui est le dominant dans la rencontre ?

Elle hocha la tête. — Je veux dire... en quelque sorte, oui.

— Mais... si le tueur avait observé pendant la dernière année, on aurait beaucoup plus de corps, non ?

Ce n'était pas une question sur Harry. C'était à propos de sa vie sexuelle — il aurait tout aussi bien pu demander son "nombre de conquêtes". Elle haussa les épaules. — S'il me traquait, tu serais mort. Donc voilà.

Ses yeux se durcirent en éclats de cuivre brillant. En colère. Quand il parla à nouveau, sa voix était tendue comme s'il essayait de se contenir. — Tout ce que je voulais dire, c'est que s'il avait été dans ce club, on penserait qu'il aurait attaqué d'autres hommes au cours de l'année dernière. Pourquoi commencer par Joel ?

Il y avait une explication — une explication logique. Ses mains pulsaient. Elle desserra ses poings, mais elle pouvait sentir les marques dans la chair de ses paumes, de minuscules blessures en forme de croissant laissées par ses ongles. — Peut-être qu'avant Joel... je couchais avec lui.

Reid jeta un nouveau coup d'œil à travers la vitre. Harry sanglotait toujours, la tête dans les mains.

— Au cours de l'année dernière, il y avait un homme que je choisissais encore et encore. Grand, large d'épaules, mais son visage était toujours couvert par son masque — toute sa tête était cachée sous le cuir. Je n'ai aucune idée de la couleur de ses cheveux ou de quoi que ce soit d'autre. Je pouvais voir ses lèvres, mais je ne pourrais pas les identifier dans un tapissage. Il n'a jamais dit un seul mot. Elle déglutit difficilement. — Hier, pour la première fois depuis des mois... j'ai choisi quelqu'un d'autre.

— Joel ?

Elle hocha la tête. — Ouais.

— Et cet autre homme, celui que tu as rejeté... tu penses qu'il pourrait être ce type ? Le ton de sa voix finissait sa phrase : *Tu couchais avec lui quand tu couchais avec moi ?*

Au lieu de répondre à cette question non dite, Maggie regarda à travers la vitre. Larges épaules. Fort. Pas de tatouages. Elle n'avait jamais vu son visage, donc... c'était possible. C'est-à-dire, s'il avait volé l'identité de quelqu'un d'autre pour être admis, ce qui semblait toujours trop sournois pour Harry. — Je veux dire, peut-être. Je ne peux pas en être sûre.

Elle ramena son regard vers Reid. — Je ne pense toujours pas que ce soit lui. Ça n'a pas de sens.

— Maggie, je t'ai dit que je vérifierais encore, mais il a avoué, et...

— Il a des poils sous l'oreille.

— Et alors ? J'en ai probablement aussi.

— Mais tu n'es pas suspect dans une série de crimes qui ont nécessité une précision minutieuse.

Reid tiqua. — Il ne faisait pas de la neurochirurgie — il a poignardé ses victimes à plusieurs reprises. Sauvagement.

— Il a aussi soigneusement retiré leurs paupières. Ces blessures étaient nettes, régulières. Il n'a pas griffé les yeux, ni déchiré la chair aux coins. C'était un travail minutieux. Pareil pour avoir délicatement pelé ces tatouages du bras de Joel. Sans parler du fait qu'il a été prudent pour entrer et sortir de chaque scène de crime. Aucun témoin. Il est allé en prison la première fois parce qu'il a appelé la police lui-même, a dit à l'opératrice du 9-1-1 qu'il l'avait tuée alors que c'était vraiment un accident.

— Ou du moins c'est ce qu'il t'a dit après.

— Ce que je *crois*. Ce type est totalement incapable d'éviter de s'auto-incriminer. Et maintenant, pourquoi se débarrasser de ses vêtements, deux fois, puis venir ici pour avouer ? Pourquoi aller dans ce club pendant un an et ne jamais m'approcher en dehors ? S'il voulait me voir, il n'avait même pas besoin de me traquer — il lui suffisait de prendre rendez-vous. Et s'il voulait aller en prison, il aurait pu appeler la police depuis la scène de crime comme il l'a fait la première fois. Il n'avait même pas besoin de tuer Joel — il serait enfermé tout aussi longtemps pour Cara seule. Rien de tout cela n'a de sens. Son estomac se noua, se tordant en nœuds d'acier en fusion aussi durs et tranchants que les bords de la table. Je pense qu'il a avoué parce qu'il a peur. *Ça*, ça correspond à son profil. Ça correspond au Harry que je connais.

— Peur ? De quoi ?

— De s'occuper seul d'un enfant, peut-être ? La liberté n'est pas ce qu'on croit, pas pour tout le monde. La prison lui a donné une structure. Elle le nourrissait, l'habillait, lui enlevait ses responsabilités — supprimait la pression qu'il avait subie toute sa vie. Il s'est toujours vu comme un raté, c'est comme ça qu'il s'est retrouvé avec son ex. Être incarcéré lui a permis d'exister sans avoir à être une déception chaque jour de sa vie.

Reid secoua la tête. — Je sais que tu ne veux pas que ce soit lui. Je sais que tu aurais... des sentiments à ce sujet puisque tu as convaincu un comité de libération conditionnelle qu'il n'était pas une menace. *Des sentiments ? Tu veux dire de la culpabilité ?* Mais il en sait plus qu'il ne le devrait — il sait comment Cara est morte, par exemple. Et à bien des égards, cet homme correspond à ton profil. Il est blanc, a l'âge qu'il faut, une enfance traumatisante, des problèmes avec les femmes, même s'il n'est pas impuissant...

Ouais, si le tueur était au club, il n'était pas impuissant. Mais ça ne voulait pas dire qu'il ne se *sentait* pas impuissant. Il pouvait peut-être utiliser son pénis, mais ne pas obtenir de satisfaction sans une lame.

Reid se détourna d'elle et fixa leur meurtrier avoué — son suspect. — Il a un enfant. Il ne mentirait pas et n'abandonnerait pas ce bébé s'il n'y était pas obligé.

Il le ferait s'il pensait que l'enfant serait mieux sans lui. Elle serra les lèvres, mais l'acide qui se tordait dans ses entrailles refusait de se calmer.

Harry correspondait sur le papier, mais c'était trop facile — beaucoup trop facile. Dans chaque épisode de *Scooby-Doo*, le premier suspect avait toujours tort. C'était comme ça que ça marchait.

Maggie ne pouvait se défaire de l'impression qu'il mentait.

Elle détestait que cela ressemble à un faux départ.

CHAPITRE 7

Rattraper le retard dans la paperasse était d'emblée impossible à son arrivée au bureau, mais c'était pour le mieux — elle n'aurait de toute façon pas été capable de coucher ses pensées sur le papier. Les images du téléphone portable de Reid la hantaient. Elle avait vu pire, ou du moins tout aussi horrible, au fil des années de travail avec la police sur des affaires de tueurs en série. Mais cette fois-ci, c'était différent. Le corps de la rousse clignotait dans sa tête comme une animation saccadée, bougeant, la tête se redressant jusqu'à ce qu'elle regarde Maggie droit dans les yeux avec ces globes oculaires écorchés. Maggie voyait son propre visage aussi souvent que non, ses propres iris la fixant derrière ces yeux sans paupières. Cela la concernait. La victime aurait bien pu être Maggie elle-même.

Elle pourrait encore finir comme Cara.

Reid pensait qu'ils tenaient le bon suspect, mais Harry ne correspondait pas au profil. Ce club échangiste avait ébranlé la confiance de Reid en son jugement — elle pouvait sentir la distance entre eux. Elle ressentait sa méfiance comme des aiguilles sur sa peau.

Mais ce n'était pas la première fois, n'est-ce pas ? Reid ne lui avait pas fait confiance quand c'était son demi-frère qui était soupçonné, et elle avait prouvé l'innocence de Tristan malgré lui. Devrait-elle faire de même ici ? Si la police croyait tenir son homme, ils ne chercheraient pas un autre suspect. Maggie elle-même pourrait être en plus grand danger à cause des aveux de Harry — elle aurait dû le mentionner à Harry pendant qu'elle était encore dans la salle d'interrogatoire.

Elle y retournerait. Elle devait y retourner. Bien que Reid l'ait assurée qu'il continuait d'enquêter, travaillant à confirmer les aveux de Harry, elle ne pensait pas pouvoir laisser tomber jusqu'à ce qu'ils aient une vérification. Et oui, peut-être que c'était agréable d'être près de Reid. Peut-être que c'était juste agréable d'être près de... quelqu'un. N'importe qui.

Maggie s'installa doucement dans le fauteuil derrière son bureau, le ventre noué, les yeux pleins de papier de verre. La figurine à tête branlante de Bert sur son bureau hochait la tête — un cadeau de Kevin du collège. Il avait Ernie sur son tableau de bord quand il avait conduit sa voiture dans la rivière. Le Plongeon de la Mort — c'est ainsi que Sammy avait toujours appelé le pont de Fernborn, et elle n'avait jamais oublié que plonger était un acte délibéré.

Merde. Devrait-elle appeler Sammy et Alex ? Sammy travaillait pour le bureau du procureur, donc les ragots l'avaient sûrement déjà atteint — style « rumeur du Walgreens ». Mais Alex...

Maggie posa ses coudes sur son bureau et reposa sa tête lourde sur ses poings, un geste qui ressemblait tellement aux pleurs de Harry sur la table en inox que ses yeux la brûlaient. Harry était-il vraiment coupable ? Quelqu'un d'autre était-il en danger ? L'était-elle ? Malgré son histoire utilisée comme modèle pour les meurtres, le tueur l'avait laissée tranquille.

La porte du bureau la tira de ses pensées. *C'est parti.*

Ses deux premiers patients passèrent rapidement. Une nouvelle admission, suivie de J.D., un ex-détenu avec un tatouage de larme. Elle réussit à rester concentrée sur lui, mais chaque fois qu'elle apercevait cette larme, elle voyait les yeux larmoyants de Harry, ses épaules secouées de sanglots. Et si elle se trompait aussi sur J.D. ? Et pire encore, et si elle ne se trompait *pas* sur Harry ? Et si le tueur était toujours dehors, toujours assoiffé de sang ?

Mais le simple fait de ressentir la menace comme un brouillard menaçant ne signifiait pas qu'elle était réelle. Elle s'était certainement trompée auparavant. Et elle ne souhaitait rien de plus que de se tromper cette fois-ci.

Malgré deux heures rigoureusement tendues, son ventre gargouillait quand elle raccompagna J.D. à la porte, sa tête lancinante, ses côtes serrées par le stress de — *je ne sais pas, moi* — l'un de ses patients ayant tué deux personnes à cause d'elle.

Mais un estomac qui gargouille n'attend personne. Maggie commanda des tacos pour elle et Owen au restaurant du coin, espérant qu'il aurait faim, et griffonna des notes pour se distraire pendant qu'elle attendait. Elle échoua en grande partie. Ses yeux ne cessaient de se poser sur la table sous la fenêtre, sur le gant de baseball de son frère et une photo d'elle et Aiden, tous deux souriants. Les choses avaient été plus simples à l'époque. Elle avait été une grande idiote, mais elle avait eu Sammy, elle avait eu sa famille, et elle n'avait été au centre d'aucun déchaînement meurtrier.

Vous voyez ? Simple. Tout ce qu'elle voulait, c'était une

année où personne ne mourrait à cause d'elle. Était-ce trop demander ?

Quand le coup de la livraison retentit enfin, elle paya le livreur avec son dernier billet de vingt dollars, puis frappa à la porte du bureau d'Owen en retournant à son bureau. Avec Sammy et Alex hors du tableau, elle et Owen avaient pris l'habitude de déjeuner ensemble la plupart du temps. Il le faisait peut-être parce qu'il se sentait mal pour elle, mais il traversait un divorce tumultueux. Ils avaient tous deux besoin d'un répit — ils avaient tous deux besoin d'un ami.

Owen semblait d'assez bonne humeur quand il entra dans son bureau, bien que ses yeux soient crispés aux coins, le blanc injecté de sang. Il s'affala sur le siège, mais sourit largement quand elle ouvrit le sac et lui passa un taco à coque dure et une assiette.

— Il y a un nouveau registre de thérapeutes, dit-il en se penchant pour mettre du poulet dans sa coquille de taco. Il a une interface pour mettre en relation les thérapeutes avec les patients en fonction de leur spécialité, mais il a quelques fonctionnalités supplémentaires. Les patients peuvent affiner par une multitude d'autres facteurs qui ne sont pas disponibles sur les autres sites.

La conversation était si banale, si *normale*, que cela ressemblait à une gifle en plein visage. Et c'était exactement ce dont elle avait besoin — quelqu'un pour la sortir de sa propre tête. Maggie prit une bouchée de son taco, mâcha, puis dit :

— Donc s'ils veulent une psychologue femme qui aime *Donjons et Dragons* et qui a un sens de l'humour tordu — *et un psychopathe aux trousses* — ils peuvent cliquer sur mon profil et appeler le cabinet ?

Owen hocha la tête.

— À peu près. Beaucoup de potentiel pour de nouveaux clients.

Mais elle savait ce qu'il pensait : *Des clients qui ne sont pas en liberté conditionnelle*. Owen détestait quand elle traitait des prisonniers... ou des ex-prisonniers. Il s'inquiétait toujours, même quand elle n'avait pas de maniaque à ses trousses. Et elle devait encore lui parler de Harry.

Elle ne *voulait pas* lui parler de Harry.

— Cool, dit-elle. Tu as besoin que je configure mon profil, ou tu en fais un pour tout le cabinet ?

— Tout le cabinet, c'est-à-dire toi et moi ? Il rit, bien que cela n'atteignît pas tout à fait ses yeux bleus. Avec ses cheveux platine, il avait vraiment un look de surfer croisé avec un professeur de théologie. J'ai compris. Je vais juste copier ton profil d'un des autres sites. J'ai besoin de distraction.

Aïe aïe aïe. Elle mit son assiette de côté. — Comment vas-tu ? Je veux dire, à part le fait de réapprendre ce que c'est que d'être un célibataire ?

Owen se battait contre sa femme au tribunal, mais il semblait que son petit ami-slash-avocat avait gagné... pour le moment. Elle emménageait avec ses enfants en Californie, laissant Owen faire des allers-retours en avion pour voir ses filles en âge d'aller à l'école primaire. Maggie ne connaissait pas bien Katie, mais elle soupçonnait que la femme avait fréquenté le meilleur avocat qu'elle avait pu trouver juste pour emmerder Owen. C'était en fait l'épouse d'Owen qui lui avait fait connaître l'existence du club, mais Owen avait été scandalisé rien qu'en en entendant parler.

— Ç'a été... dur, dit-il. Tu le sais bien. Au moins, les filles rentrent dans quelques jours pour l'été.

Il prit une autre coquille de taco, mais ne fit aucun geste pour la remplir. Il essayait probablement de garder bonne figure pour le reste de ses patients. — Comment s'est passée ta matinée ? demanda-t-il.

— Bien. *Mensonges*.

Ses yeux se plissèrent. — Tu es sûre ? J'ai vu une patrouille dans le parking.

Elle posa son assiette sur le bureau. — Tu… as vu ça ?

— Ouais. Il prit une bouchée, avala, puis continua : — Je n'ai pas pu voir de la fenêtre, mais je suis presque sûr que c'était Reid. Je pensais qu'il était là pour toi, mais il n'est pas entré. Est-ce que vous… allez bien ?

Reid avait dit qu'il pensait que Harry était leur homme… mais il était quand même passé en voiture. Sa poitrine se réchauffa, une partie de la tension se dissipant, mais elle était toujours agacée. Pourquoi Reid ne lui disait-il pas simplement qu'il la croyait ? Qu'il savait qu'elle n'était pas folle ? Et… ce n'était en fait pas une si bonne nouvelle s'il pensait qu'elle avait besoin de protection maintenant. Elle jeta un coup d'œil au bureau. Bert la fixait.

— Toujours en froid, hein ? Je suis désolé. Owen prit une autre bouchée de son taco. — Donc, s'il n'était pas là pour te voir… vas-tu me dire pourquoi il surveille notre cabinet ?

Si je dois. Elle soupira. — Harry Folsom, un homme que j'ai traité, a tué une femme qui me ressemblait la semaine dernière, et quelqu'un d'autre que je connais — *connaissais* — hier. Il a utilisé des détails sur le jour de la disparition de mon frère, mon agression, dans les meurtres. Il est en détention maintenant.

Mais si Reid était venu, si Reid la surveillait… était-il vrai que le tueur avait été arrêté ? Le temps le dirait.

— Putain de merde, Maggie. Les yeux d'Owen s'écarquillèrent, le blanc clairement visible autour des iris. Le gars était « secoué », comme diraient les enfants de Sammy. Mon Dieu, ils lui manquaient. Sammy lui manquait aussi. *Ouais, je dois l'appeler à ce sujet.* Reid l'avait probablement déjà fait.

—Je sais. Mais la police s'en occupe...

— Tu veux dire que Reid s'en occupe. Il lui fit un clin d'œil. Il n'aimait pas qu'elle travaille avec des patients dangereux — ou précédemment dangereux —, mais il s'était habitué à Reid, probablement pour la même raison que Sammy : le détective semblait avoir ses intérêts à cœur, et l'avait plus d'une fois tenue à l'écart du danger.

— Oui. C'est ce que je veux dire.

Owen fronça les sourcils. — Mais s'ils l'ont en détention, pourquoi Reid rôdait-il comme un harceleur ?

— Je ne suis pas sûre qu'Harry soit coupable. Il a avoué, mais il ressemble plus à un bouc émissaire.

— Je fais confiance à ton jugement, Mags. Le simple fait d'entendre ça à voix haute détendit ses épaules. *Merci, mec.* — Alors, que vas-tu faire ? Je veux dire, je n'aime pas trop l'idée que tu travailles sur une autre affaire de tueur en série...

Bien sûr que non. — Je t'entends. Pour l'instant, mon plan est d'appeler Reid après le travail et de voir ce qu'ils ont trouvé d'autre. Et de lui donner les détails que je peux sur le club. Il n'irait pas loin tout seul, pas de ce côté-là, les données étant bloquées, y compris les siennes. Mais elle pourrait avoir plus de chance que la police. — J'ai besoin de temps pour digérer tout ça. Je viens de l'apprendre ce matin, je suis allée interroger le type, ensuite j'ai eu des patients, et ce soir je dois aller à l'hôpital...

— Oh, merde, j'avais oublié ton père. Il se pencha en arrière et croisa sa cheville sur le genou opposé, à peu près de la même manière que Reid. Sauf que quand Reid le faisait, cela signifiait qu'il était stressé. Quand Owen le faisait, il essayait généralement juste de se mettre à l'aise. — Comment va-t-il ?

— Il sortira dans les prochains jours, mais je ne suis pas sûre de comment il s'en sortira à l'appartement. Il semble...

— Décliner, termina Owen quand elle ne le dit pas. Elle hocha la tête.

— Dis-moi juste ce que je peux faire pour aider, dit-il. Tout ce dont tu as besoin.

— Tu veux appeler Alex pour moi ? Elle n'avait pas réfléchi à cette pensée avant qu'elle ne soit dans l'air.

Il leva un sourcil. — Bien sûr, je suppose. Et lui dire quoi ?

— Je... ne sais même pas. Qu'un patient qui pourrait avoir un faible pour elle avait tué deux personnes, mais qu'il était en détention ? Que malgré quelqu'un qui copiait des crimes liés à son passé, personne n'était venu après ses proches, ou Maggie elle-même ? Même si elle et Alex avaient été en bons termes, la conversation aurait été gênante. — Juste répète-lui ce que je t'ai dit à propos d'Harry, je suppose.

Owen la regarda droit dans les yeux. — Je le ferai, bien sûr que je le ferai, mais es-tu *sûre* de ne pas vouloir l'appeler toi-même ? Je veux dire... je comprends si tu ne veux pas, mais je ne veux pas non plus que tu souffres — que tu prolonges cette douleur s'il y a une possibilité de réconciliation. Et ça ressemble beaucoup à... Il se mordit la lèvre. — Désolé, je...

— Tu n'as pas à être désolé. On dirait que je me punis plus que je ne les punis, c'est ça ?

Il pinça les lèvres. Mais ne dit rien de plus. Il n'avait pas besoin.

Fichus psy.

CHAPITRE 8

Aucune patrouille ne l'attendait sur le parking lorsqu'elle quitta enfin le bureau — elle ne savait pas si c'était une bonne ou une mauvaise chose. Soit Reid avait changé d'avis et avait la preuve qu'Harry avait commis les crimes, soit il se moquait de ce qui pouvait lui arriver.

Était-ce vraiment les seules options ? Bien sûr que non. Mais elle était trop fatiguée pour déterminer laquelle était vraie — trop distraite. Les photos du téléphone de Reid l'accompagnèrent jusqu'à l'hôpital, assises sur le siège passager entre ses oreilles, lui chuchotant que chaque feu rouge pourrait être celui où un inconnu surgirait de la banquette arrière pour lui plaquer un couteau — ou des dents tranchantes comme des rasoirs — contre la gorge.

Mais elle arriva à l'hôpital sans incident, le parking libre de regards indiscrets, bien que cela n'empêchât pas son échine de frissonner. L'homme qui avait fait ça était derrière les barreaux, ou du moins essayait-elle de s'en convaincre jusqu'à ce qu'elle ait plus de preuves du contraire. Et même si c'était vrai, elle n'était pas sûre de se sentir mieux. Comment avait-elle pu passer à côté de sa maladie ? Peut-être était-elle nulle dans son travail. Peut-être devrait-elle tout arrêter — son cabinet, les consultations pour la police, la prison surtout.

Mais il y avait certaines choses dont elle ne pouvait pas simplement se détourner. Son père en faisait partie.

L'hôpital était calme à cette heure-ci — même les médecins devaient manger, et le dîner était généralement servi tôt dans cette aile. Comme pour illustrer son propos, le plateau à moitié vide était posé sur un chariot métallique à roulettes à côté du lit de son père, le coin détrempé d'un sandwich au dinde reposant à côté d'une brique de jus vide.

Son père était assis en position semi-allongée, ses cheveux blancs striés de traînées rouge-orangé qui auraient pu passer pour du sang si on plissait les yeux. Elle gardait les yeux grand ouverts, à la manière d'un crapaud-buffle, mais chaque clignement rappelait à Maggie que la femme dans le sous-sol aurait pu être elle. Ses paupières pourraient être posées dans un bocal quelque part, ressemblant à des faux ongles... avec des cils.

Son père jeta un coup d'œil dans sa direction quand elle s'approcha. — Ce sandwich était affreux, lui dit-il, en montrant le plateau du doigt. Fais-m'en un au jambon avec ces poivrons jaunes.

Exigeant. Mais aucun signe de reconnaissance.

— Je peux demander un autre sandwich, dit-elle d'un ton enjoué — trop enjoué, si sucré que ça lui faisait mal aux dents. Maggie s'arrêta au pied du lit et posa sa main sur le panneau de pied près de sa jambe valide. L'autre jambe était bandée et plâtrée de la cuisse au talon, trois fois plus grosse que la première. Elle ne pouvait pas voir ses orteils sous la couverture, mais elle était presque certaine que ceux du côté éloigné étaient encore bleus et verts — ecchymosés. Comment vous sentez-vous ?

Il sourit, mais ses yeux restèrent crispés aux coins. — Ils ont dit que je pourrais bientôt rentrer à la maison, ce qui est bien. Je suis sûr que ma femme me manque.

Maggie garda son sourire plaqué sur son visage, mais cela lui faisait mal à la mâchoire. Une mauvaise journée côté mémoire — très mauvaise. Ses parents avaient divorcé il y a longtemps, et sa mère avait quitté le pays quelques jours après qu'on ait retrouvé les os d'Aiden dans un puits. Mais son père... souriait toujours. Souriant malgré la douleur parce que sa femme lui manquait.

Dans ces moments-là, Maggie enviait presque l'oubli qu'offrait la démence. Son frère, toujours en vie, ses parents, toujours ensemble, Maman à la maison attendant son retour. Maggie elle-même, glorieusement intacte au lieu d'une coquille avec ses morceaux tranchants grossièrement recollés, poncés par un sadique jusqu'à ce qu'ils ne paraissent lisses qu'en surface. Mais un examen attentif révélait la vérité — la douleur. Elle avait l'air bien, mais elle se sentait brisée.

Son père pencha la tête. Attendant une réponse.

— C'est charmant, parvint-elle à articuler. Je suis sûre que vous avez hâte de rentrer chez vous.

Elle bougea, sa paume collant au panneau en plastique. Beurk. Elle s'essuya la main sur son pantalon.

— Bonjour.

Maggie sursauta, se retournant brusquement vers la voix — aiguë et amicale, mais ses nerfs étaient tendus comme des cordes de violon.

Dorothy Cosgrave ne sembla pas remarquer la nervosité de Maggie. La directrice de la maison de retraite où vivait son père lui avait toujours fait penser un peu à Rosie dans *The Wedding Singer*. Aujourd'hui, elle arborait des ongles rose bonbon, un rouge à lèvres rose foncé, et un fard à paupières beige épais, plissé là où il s'était logé dans les rides le long de ses paupières. — Mademoiselle Connolly...

Docteur. Mais Maggie ne prit pas la peine de la corriger. Elle imaginait à quoi ressemblerait Dorothy sans ce fard à paupières, sans ses paupières. Maggie inspira, cligna des yeux, et chassa l'image des yeux sans paupières de Dorothy, mais elle n'aimait pas davantage la façon dont Dorothy la regardait maintenant. Son regard était tendu — préoccupé.

Super. Quoi d'autre ? Maggie ouvrit la bouche pour demander ce qui n'allait pas, mais Dorothy la devança.

— J'ai entendu dire que votre père devait sortir dans deux jours. Dorothy fit un signe de tête vers le lit. Maggie jeta un coup d'œil, mais son père avait de nouveau fermé les yeux, comme si la voix de Dorothy l'avait ennuyé au point de s'endormir immédiatement.

Maggie se retourna. — Je n'ai pas encore parlé aux médecins aujourd'hui, mais la dernière fois qu'on s'est vus, ils prévoyaient de le laisser sortir demain. Je dois encore leur parler de la rééducation. Il aura besoin de kinésithérapie.

— Oui, c'est ce que j'ai cru comprendre... Sa voix s'éteignit. Ce n'était pas la nouvelle dont Dorothy était venue parler.

— Qu'y a-t-il ? Est-ce que quelque chose...

— Nous devons le placer en soins infirmiers à temps plein — de façon permanente. Dorothy redressa les épaules. Si nous le transférons de l'appartement avant sa sortie, il pourra faire sa convalescence là-bas.

Convalescence le faisait passer pour une femme fragile de l'époque de *Orgueil et Préjugés* qui avait besoin de quelques mois pour se remettre de vapeurs. Mais le cœur de Maggie se serra quand même. Elle attendait ce jour depuis longtemps — des années, pour être tout à fait honnête. La maison de retraite avait pu s'occuper de lui moyennant un supplément pour la planification et la livraison des repas, et des contrôles supplémentaires en plus des visites régulières de Maggie. Mais la démence était une vraie plaie. À mesure qu'il s'éloignait d'elle mentalement, il s'éloignait aussi de lui-même — de sa maîtrise de soi, de sa capacité à évaluer son environnement, de sa capacité à prendre soin de ses besoins.

Dorothy la regardait toujours.

Maggie soupira. — Je suppose que vous avez déjà commencé les démarches administratives ?

Dorothy hocha la tête. — Le processus de transition sera difficile, mais nous ne pouvons plus l'accueillir...

— J'ai dit que je savais, aboya Maggie, et les yeux de Dorothy s'écarquillèrent, suffisamment pour cacher son fard à paupières froissé — de nouveau sans paupières. Maggie avait eu raison sur son apparence sans elles. — Désolée, se reprit Maggie. C'est juste que... ça a été une longue journée. Si vous voulez commencer les choses, je signerai tout ce dont vous avez besoin. Mais j'aurai besoin de temps pour vider l'appartement et déménager les affaires de l'autre côté de la rue. *Juste après avoir vérifié que le tueur en détention est bien celui qu'on recherche.* Devrait-elle retourner au commissariat ce soir ?

— Ce serait mieux si nous pouvions nous en occuper avant sa sortie de l'hôpital, dit Dorothy.

Ce qui arriva dans les deux jours. Maggie fixa du regard.

Dorothy détourna les yeux.

Parfait, vraiment parfait. Mais la femme avait raison ; ce serait beaucoup plus facile de déplacer les affaires de son père s'il n'était pas là à lui crier dessus tout le temps. — D'accord. Je vais... — *prier pour un miracle* — m'en occuper.

— D'ici demain ? Si vous ne pouvez pas le faire vous-même, je peux demander au personnel de...

— Non, je vais le faire. Cet appartement était tout ce qui lui restait — les seules choses qu'il reconnaissait encore. L'idée qu'un étranger touche à ses affaires sans le plus grand soin alors qu'il avait déjà tant perdu... elle ne pouvait pas lui faire ça. Elle ne voudrait pas que quelqu'un lui fasse ça. — Je le ferai d'ici demain, répéta-t-elle. De toute façon, elle n'allait pas dormir.

Dorothy hocha la tête, et ses épaules se détendirent, apparemment satisfaite. Les poils de Maggie se hérissèrent en voyant son visage suffisant, bien que ce ne soit probablement pas juste. Cette femme essayait de faire son travail. Mais... tiens. Le personnel de la maison de retraite et de la maison de soins attenante ne venait pas régulièrement à l'hôpital ; Maggie n'avait jamais vu le personnel administratif de l'établissement ici.

— Êtes-vous venue juste pour me demander de déplacer les affaires de mon père ? dit Maggie. Cela aurait pu être un coup de téléphone.

Dorothy secoua la tête, mais son regard s'aiguisa. — Bien sûr que non. Nous avons six patients admis en ce moment. Je voulais prendre des nouvelles de ceux qui n'ont pas de famille. Et de votre père, bien sûr, bien qu'il ait eu la chance d'avoir eu quelques visiteurs supplémentaires. Elle haussa un sourcil.

Prendre des nouvelles de ceux qui n'ont pas de famille — était-ce une pique ? Maggie n'était pas allée à la maison de retraite ces deux dernières semaines. Mais six patients ?

Maggie fronça les sourcils. — C'est un nombre élevé d'admissions par rapport à la taille de votre établissement.

Dorothy acquiesça. — En effet — trois fois plus que d'habitude. Pendant quelques jours, j'ai même pensé que quelqu'un avait drogué le jus. Elle rit, mais la gorge de Maggie se dessécha. Ses yeux se posèrent sur la bouteille en plastique sur le plateau de son père. La bouteille vide. Les yeux fermés de son père. Sa poitrine montait et descendait toujours, montait et descendait, montait et descendait. Un empoisonnement était-il vraiment possible ? Le tueur — Harry ou quelqu'un d'autre — s'en était-il pris à son père avant de tuer les autres cette semaine, mais avait simplement échoué à le tuer ? Papa n'était jamais tombé comme ça auparavant, et quelques médicaments auraient pu le pousser au-delà du...

— Je plaisante, ma chère, dit Dorothy, posant le bout de ses doigts sur le bras de Maggie. Vous avez l'air terrifiée. Vous allez bien ?

Non. Je ne vais absolument pas bien. La main de Dorothy était froide et sèche — comme du papier. Comme si elle était morte depuis des jours, le vent ayant aspiré l'humidité de sa chair. — Je suis juste fatiguée.

— Eh bien, je ne vais pas vous prendre plus de temps, dit Dorothy en se tournant pour partir, mais Maggie lui attrapa le bras. Qu'est-ce qu'elle venait de dire d'autre ? Quelque chose à propos de...

Dorothy cligna des yeux, et Maggie lâcha sa main. — Désolée, avez-vous dit qu'il avait eu... d'autres visiteurs ?

— Oui. Dorothy jeta un coup d'œil vers lui et hocha la tête. — Il a mentionné qu'un homme était venu le voir cet après-midi.

— Un homme, quel homme ? Elle détestait l'acuité dans sa voix — la panique.

Dorothy fronça les sourcils. — Je n'en ai aucune idée ; je ne l'ai pas vu. Votre père l'a mentionné en passant. Il n'avait certainement pas l'air angoissé, donc ce n'était pas quelqu'un avec qui il était en conflit.

L'estomac de Maggie se souleva, mal à l'aise, les tacos se battant avec le poulet et les piments. Cet homme étrange était-il lié à l'affaire ? Peut-être que quelqu'un surveillait pour voir de qui elle se souciait. Peut-être que sa présence ici mettait son père en danger.

Je dois appeler Reid.

— Avez-vous vu quelqu'un d'autre dans les parages ? demanda Maggie. Des gardes, des civils, d'autres personnes qui ne semblent pas avoir leur place ici ?

Les yeux de Dorothy s'écarquillèrent à nouveau, ces paupières magiques qui disparaissaient. — Des gardes ? Pourquoi y aurait-il...

— Aucune raison, répliqua Maggie. Mais si par hasard vous entendez qui était avec mon père, pourriez-vous m'appeler ? Je vais demander aux infirmières en sortant, juste pour voir si elles ont aperçu...

— C'était Kevin.

Elles se tournèrent toutes les deux vers le lit. Les yeux de son père étaient grand ouverts maintenant, sûrs, mais il avait tort. Manifestement tort.

— Ah oui. C'est ainsi que votre père l'a appelé, dit Dorothy. Kevin. Je suis désolée, j'avais oublié.

Kevin. Son cœur se serra. Peut-être n'était-ce qu'un aide-soignant — quelqu'un qu'il avait confondu avec son fiancé décédé. Son père poursuivit : — Il voulait savoir s'il pouvait emmener ma fille au bal de l'école. Je lui ai dit que je n'étais pas son gardien, qu'il devait *lui* demander. Toutes ces conneries misogynes. Il secoua la tête, dégoûté.

Dorothy inclina la tête, puis se tourna vers Maggie. — Qui est ce Kevin ?

Mais Maggie ne pouvait plus regarder le fard à paupières plissé de Dorothy, son visage si empreint de pitié, ne pouvait plus tolérer la certitude dans le regard de son père. Il était si sûr, et il avait tellement tort.

Peut-être que c'était de là qu'elle tenait ça.

CHAPITRE 9

Le tueur fixait le Bronco de Reid, le SUV zigzaguant dans la circulation. Bien sûr, il ne se considérait pas comme ça, comme un tueur. C'était un mot trop simple.

Il était un amant, pas un combattant, bien qu'il n'eût aucun problème à se battre quand il le fallait. C'était la loi de la jungle : tuer ou être tué. Au fond, ils étaient tous des animaux.

Reid fit une embardée, et le camion derrière lui klaxonna bruyamment. Une petite lumière scintillait près de l'oreille du détective — son téléphone portable. Reid était-il au téléphone avec Maggie ? Que lui disait-il ? Que le monde était dangereux, qu'il était le seul à pouvoir la protéger ?

L'idée était risible. Le détective pouvait à peine voir ce qui était juste devant lui. Pendant que Reid était perdu dans son propre monde, à traiter avec des tueurs et son petit gamin emmerdeur, ce roi de la jungle était descendu dans ce club.

Avec Maggie.

Son jean était une prison, sa dureté frottant douloureusement contre la fermeture éclair. Serait-elle surprise quand elle découvrirait avec quel soin il avait orchestré ces rencontres, à quel point il avait été méticuleux pour s'assurer qu'elle le choisisse à chaque fois ? Elle devait bien finir par le découvrir... n'est-ce pas ? Peut-être que non. Il n'avait pas encore décidé. Il était flexible — il *fallait* être flexible. En amour comme dans la mort. Un morceau de verre, un bout de tuyau, un éclat de métal, tout était efficace. Il y avait des centaines de façons de résoudre un problème si on était malin. Il n'avait jamais été très intelligent, mais son père avait toujours dit qu'il était rusé. Sournois. Ça avait été suffisant pour s'approcher d'elle.

Mais la discrétion ne suffisait plus.

Il avait goûté au corps de Maggie. Maintenant, il voulait qu'elle se rende à lui, corps, âme et esprit. C'était une façon mièvre de penser, des conneries new-age dans un autre contexte, et pourtant ça semblait juste. La possession n'était pas un acte forcé. On pouvait plier quelqu'un à sa volonté par la douleur et la manipulation. Mais la possession était plus complexe. L'acte de reddition se sentait fin comme de la gaze sur la peau, un film émotionnel qui vous rendait plus léger. La vraie soumission était aussi profonde, épaisse et visqueuse, assez puissante pour noyer vos chagrins — pour étouffer la haine qui se cachait en vous.

Et elle était celle qui pouvait lui donner ça — ils pouvaient se le donner l'un à l'autre. Il en était certain. Il n'avait jamais été amoureux, mais il était sûr qu'il pouvait ressentir ça pour Maggie. Peut-être que c'était déjà le cas. Peut-être même qu'ils auraient des enfants, qu'ils auraient une vie — une vraie vie.

Il n'avait jamais tenu à quelqu'un comme il tenait à elle. Et s'il échouait ici, s'il échouait avec Maggie —

Le Bronco de Reid fit une nouvelle embardée, et ses doigts se crispèrent sur le volant. *Connard*. Amant, combattant, il serait toute bête s'il était enfermé dans une pièce avec le détective. Il lui enfoncerait une lame profondément dans le ventre. Il y glisserait son doigt, ouvrant la blessure, étirant, déchirant jusqu'à ce que sa main soit à l'intérieur des tripes de Reid jusqu'au poignet.

Mais ce n'était pas le moment. Il relâcha la pédale d'accélérateur et laissa sa voiture reculer. Deux voitures derrière, quatre, cinq jusqu'à ce qu'il suive une Caprice rouge avec un autocollant qui disait Blue Lives Matter. Ça ressemblait à un présage — comme une taquinerie. Non...

Un *défi*.

S'il devait tuer Reid, il le ferait avec précaution. Bien que l'homme se soit avéré être une source de soutien peu fiable, Maggie ne voudrait pas qu'il meure. Peut-être un accident de voiture ou une fusillade — abattu vaillamment dans l'exercice de ses fonctions. Il ne voyait aucune raison de leur permettre de lier la mort de Reid aux autres. Son absence seule suffisait comme facteur de stress pour la rendre vulnérable.

Et ça le ferait — ça l'avait fait auparavant. Personne n'avait jamais soupçonné que son meurtre le plus utile n'avait été qu'un accident.

Le camion devant lui pila brusquement, et il fit de même, la ceinture de sécurité le secouant contre son épaule comme pour le retenir physiquement. Oui, il devrait faire preuve de retenue. Maggie lui avait appris cela — la *patience*. Il fronça les sourcils, fixant les feux arrière du camion. Il pouvait contrôler ses pulsions les plus sombres. Aussi longtemps que nécessaire.

Tout cela n'était qu'un moyen d'arriver à ses fins — il n'était pas un monstre.

Il était simplement amoureux. Et ce n'était pas mal,

n'est-ce pas ? Un million de chansons avaient été écrites sur ce sujet même, et avec elle, il les comprenait enfin. L'amour était un baume contre le mal. L'amour était le salut.

La nuit où il avait rencontré Maggie, la nuit où il avait senti sa sueur pour la première fois, était la nuit où il avait changé pour toujours. Il avait poursuivi ce sentiment d'euphorie depuis lors.

L'amour le sauverait — *elle* le sauverait. Et il la sauverait en retour.

Qu'elle s'y attende ou non.

CHAPITRE 10

Tu penses vraiment que quelqu'un empoisonne les résidents chez ton père-
— J'ai dit que je ne savais pas, d'accord ?
La voix de Maggie sortit sous pression, le tissu l'étranglant alors qu'elle prenait la sortie vers la maison de son père trop vite, trop brusquement. Ses pneus crissèrent. Elle fut projetée en avant. La ceinture de sécurité la renvoya en arrière. Mais tout ce qu'elle ressentait était... de l'engourdissement. De l'épuisement.

— Je vais me renseigner, dit Reid, sa voix rendue métallique par le récepteur. Dorothy a-t-elle précisé quand toutes ces admissions à l'hôpital ont eu lieu ?

Maggie secoua la tête. Pourquoi n'avait-elle pas simplement demandé, ou appelé Reid pendant qu'elle était à l'hôpital ? Elle aurait pu laisser Dorothy lui parler directement.

— Maggie ?

Oh. Était-elle en train de secouer la tête à un téléphone portable ? *Pas très malin*. Elle mit son clignotant et s'éclaircit la gorge. — Désolée. Non, elle ne m'a pas donné de dates. Mais ça avait l'air d'être tous récents, et je n'avais rien entendu à l'hôpital avant sa chute. *Parce que tu n'étais pas là - tu étais occupée à panser tes blessures à la maison, laissant ton père se débrouiller seul dans cet appartement, ce qui explique pourquoi il est tombé en premier lieu.* Sa mâchoire lui faisait mal.

— Je vais appeler Tristan dans quelques minutes, puis je passerai à la résidence de retraite en rentrant chez moi. Si Dorothy n'est pas là, je discuterai avec qui que ce soit sur place et... merde.

Sa voix la ramena à la réalité juste au moment où la voiture devant elle ralentissait. Elle tourna à droite, attendant que Reid explique, qu'il termine sa phrase. Comme il ne faisait que respirer à son oreille, elle dit : — Reid ? Ça va ?

— Ouais, juste... en train de conduire. J'ai la chair de poule. Il renifla comme pour balayer ça, mais il devait sûrement savoir que ce n'était pas suffisant.

— Quelqu'un te suit ?

— Si c'est le cas, ils vont le regretter. J'ai une arme.

— Reid, ce n'est pas le moment de plaisanter. Elle avait toujours été d'avis qu'il n'y avait pas de mauvais moment pour plaisanter, mais la nuit dehors était chargée de menaces, chaque arbre et bâtiment sur la route étant une cachette potentielle. — Tu devrais peut-être appeler des renforts ou quelque chose ? Owen t'a vu devant le bureau aujourd'hui, donc tu sais évidemment qu'il y a plus dans cette histoire de Harry-comme-tueur.

Une pause. — Je n'étais pas devant ton bureau aujourd'hui.

Ses cheveux se dressèrent sur sa nuque, ses mains tremblant alors qu'elle prenait le virage pour entrer dans le quartier de son père. — Tu... n'y étais pas ? Alors qui Owen avait-il vu sur le parking ? Le silence s'étira. Maggie prit le dernier virage à droite dans la rue de son père et s'arrêta doucement dans l'allée.

— Maggie, que se passe-t-il ? dit finalement Reid. Pourquoi pensais-tu que j'étais-

— Owen a vu une patrouille sur le parking plus tôt. Du moins il pensait que c'était une patrouille ; il croyait que c'était toi.

— Si c'était l'un des nôtres, je tirerai ça au clair, dit Reid. Mais le chef me rirait au nez si je demandais une nouvelle surveillance après ce qui s'est passé il y a quelques mois.

Ah, oui. Reid était dans de beaux draps depuis l'affaire de son frère ; il avait mis en place une surveillance 24h/24, coûté une fortune au département en heures supplémentaires des officiers, et le tueur s'était avéré être sa meilleure amie. Maggie n'avait jamais été en danger du tout.

Peut-être que ce serait la même chose cette fois - une autre fausse alerte.

Mais... si ce n'était pas un policier sur le parking, cela signifiait que le véhicule était suspect. Cela signifiait danger. Non ? À moins que ce ne soit juste quelqu'un qui s'arrêtait pour consulter une carte.

Pourquoi Owen avait-il pensé que c'était Reid ? Quelles choses étaient suspectes et lesquelles n'étaient que des malentendus ? Elle n'en avait aucune idée. Ce qui signifiait qu'elle devrait probablement tout examiner. *Merde.*

Elle ouvrit sa portière d'un coup de pied, scrutant la route, la maison, les ombres, son cœur martelant ses tempes. Rien ne bougeait. — Mon père... il est possible qu'un homme soit allé le voir à l'hôpital, mais je ne suis pas sûre si c'était un vrai visiteur ou un aide-soignant. Papa pensait que c'était Kevin.

— Je demanderai à Tristan de tirer ça au clair. L'hôpital a des caméras, donc ça devrait être facile.

— Merci. Aussi, je veux parler à Harry à nouveau. La

pelouse était molle sous ses chaussures, comme si elle marchait sur des oreillers. Mon Dieu, elle était fatiguée.

— Bien, dit-il. J'allais te demander de passer au commissariat.

— Tu... allais ? Maggie se figea à mi-chemin des marches, mais pas à cause de Reid.

La boîte devant sa porte n'était pas marquée, comme toujours, et ce soir, cela semblait particulièrement de mauvais augure. Maggie grimpa la dernière marche sur le porche. De mauvais augure ? Non, juste un autre cadeau. Mais aujourd'hui, ses doigts la démangeaient de l'ouvrir. Elle ne pouvait plus supporter de surprises - elle avait besoin de savoir ce qu'il y avait à l'intérieur. Contrairement aux autres problèmes qui tourbillonnaient dans son cerveau, c'était un mystère qu'elle pouvait résoudre rapidement.

— Ouais, un autre entretien est justifié, continua Reid. On a trouvé du sang de Joel dans l'immeuble de Harry. Celui de Cara aussi. Il a jeté ses vêtements, mais il n'a pas nettoyé le vide-ordures. Et il y avait quelques gouttes de sang à l'intérieur de son appartement. C'est une preuve ADN qui le lie aux deux meurtres.

Donc... c'était bien Harry ? *Merde.* Pas étonnant que Reid ne la surveillait pas - pourquoi ils n'avaient pas besoin d'une patrouille. — Y a-t-il des caméras dans les cages d'escalier ? Autour du bâtiment ? Je veux dire, et si quelqu'un d'autre s'était introduit chez lui ?

— Pas de caméras, dit lentement Reid. Pas de signes d'effraction - j'ai vérifié. Mais peut-être qu'il t'en dira plus qu'à moi. Je l'ai eu en interrogatoire pendant une heure, et il n'a pas dit un seul mot.

Maggie s'accroupit à côté du paquet et glissa sa clé sous le bord du ruban adhésif. Comme elle ne répondait pas, Reid demanda : — Tu es là ?

— Ouais, je suis là. *Psy de merde à votre service.* Elle déchira le ruban adhésif le long de la ligne avec sa clé.

— Alors... demain ? demanda-t-il.

Elle hocha la tête à nouveau, se reprit, dit : — Oui. Je serai là demain matin.

Le ruban adhésif de l'autre côté du paquet se coupa proprement. Les rabats s'ouvrirent. *Hein.* Maggie fronça les sourcils devant le contenu de la boîte. Du tissu ? Une chemise ? Elle cala le téléphone contre son épaule et tira le cadeau à la lumière du porche.

De l'acide remonta dans sa gorge, brûlant son œsophage, piquant son cœur. Pas une chemise - un cerf-volant Bert et Ernie. Kevin lui avait offert la figurine à tête branlante de Bert pour son bureau quand ils étaient adolescents. Il avait toujours Ernie sur son tableau de bord quand il avait conduit sa voiture dans la rivière. Ernie l'avait regardé mourir. Et ceci... c'était comme si quelqu'un l'avait frappée dans le ventre.

— Bordel, Tristan, marmonna-t-elle. Les diamants et les billets de concert étaient une chose, mais essayer de s'immiscer dans une blague privée, quelque chose partagé entre elle et son *presque* fiancé décédé...

— C'est toujours moi, dit Reid.

— Désolée. Je dois y aller.

Le téléphone était déjà éteint avant qu'elle ne parvienne à appuyer sur le bouton, mais elle n'arrivait pas à comprendre ce que cela signifiait. Elle ne pouvait détacher son regard du cerf-volant — si parfait, s'il avait été de Kevin. Mais ce n'était pas le cas.

Ce n'était pas le cas.

Ses yeux brûlaient, mais le feu dans sa poitrine était plus ardent, plus vif. C'était aller trop loin. C'était douloureux — offensant.

Les doigts de Maggie étaient comme des serres autour

du carton. Elle avait été désespérée, seule — elle avait commis une erreur en ne confrontant pas ce comportement plus fermement. C'était... stupide. Mais il était temps qu'elle mette fin à ce jeu. Reid pouvait encore travailler avec Tristan comme il l'avait fait ce soir, mais elle en avait fini. Elle était fatiguée que tout dans sa vie soit hors de son contrôle.

Maggie entra dans la maison et se dirigea vers la chambre. Elle avait quelque chose qu'elle devait rendre avant de couper définitivement les ponts avec Tristan.

CHAPITRE 11

Tristan décrocha son portable à la première sonnerie, mais l'agitation en arrière-plan la fit hésiter. Un dîner d'affaires, apparemment — pouvait-elle le rejoindre ? Il lui accorderait du temps au dessert.

Bon. Ce n'était pas comme si elle avait autre chose à faire. Pas comme si elle devait déménager son père de sa maison actuelle vers une nouvelle. Pas comme si elle avait une vie et des patients. Mais l'idée de rester chez elle, à penser et repenser, à imaginer comment elle aurait pu gérer Harry différemment pour qu'il ne tue pas une femme qui lui ressemblait, comment elle aurait pu sauver l'homme qui s'était retrouvé mort sur le sol de son garage, était insupportable. Il n'y avait pas de bonnes réponses — soit elle était nulle comme thérapeute, soit elle et les gens qu'elle connaissait étaient encore en danger.

Mais même si quelqu'un avait piégé Harry, aucun tueur sain d'esprit ne l'attaquerait en public. Et elle n'ignorait pas que la vaisselle sale dans son évier, les vêtements sur son sol, pouvaient tous être liés à son état d'esprit actuel. Elle avait été déprimée ces deux derniers mois — déprimée depuis qu'elle avait perdu ses amis, sa mère et son frère, de différentes manières, mais dans la même semaine. Était-elle plus imprudente ? Pas vraiment ; elle avait toujours été un peu casse-cou. Mais elle ne se souciait certainement pas autant qu'elle le devrait. Quand elle sentait des regards dans son dos, elle regardait autour d'elle, mais elle semblait incapable de paniquer sauf dans les mauvaises circonstances... comme quand quelqu'un faisait une blague sur le poison. Elle avait probablement envoyé Reid dans une chasse aux chimères pendant qu'elle parcourait la nuit pour crier sur son demi-frère.

Le restaurant n'était qu'à vingt-cinq minutes de chez elle, et Maggie passa ce temps à débattre avec elle-même sur la meilleure façon de gérer la situation. Aurait-elle dû le faire au téléphone ?

Mais non, si elle l'avait fait au téléphone, elle n'aurait pas pu lui jeter le bracelet à la figure.

Tu veux juste être avec quelqu'un qui veut être avec toi, Maggie. Tristan te met peut-être en colère, mais tu n'as personne d'autre à qui parler. Si elle était en bons termes avec Sammy et Alex, ils lui diraient sûrement de ne pas y aller — de déposer une ordonnance restrictive, de l'appeler pour l'engueuler, d'envoyer une foutue vidéo d'elle jetant le bracelet dans la rivière.

Peut-être qu'elle *devrait* appeler. Pas Alex, juste Sammy. Il lui avait menti, mais il avait essayé de la protéger. Il n'avait pas tué Aiden.

Combien de temps fallait-il pour pardonner quelque chose comme ça ? Combien de temps était-elle destinée à être seule ? Ce n'était pas comme si elle pouvait se faire de nouveaux amis, pas des amis comme Sam. Chaque jour était un autre jour de punition pour un crime qu'elle n'avait pas commis.

Elle soupira. *Mince*. Owen avait raison. Il comprenait pourquoi elle était en colère, mais il ne voulait pas qu'elle prolonge sa propre souffrance. Et c'était ce qu'elle commençait à ressentir.

Elle était tellement fatiguée de n'avoir aucun contrôle.

C'est pour ça que tu vas vraiment voir Tristan, Mags. Elle baissa les yeux sur les diamants qui scintillaient à son poignet gauche. Elle ne l'avait pas porté une seule fois depuis qu'il le lui avait offert, espérant qu'il le remarquerait et comprendrait l'allusion — elle n'avait jamais dit un mot à ce sujet non plus. Mais entre lui dire d'arrêter et ignorer complètement les cadeaux, elle avait épuisé toutes les options possibles. En dehors de demander une ordonnance restrictive, elle était à court d'idées.

Mais en les rendant... elle ferait une scène. Elle le ferait avoir honte de lui-même. Elle le ferait la laisser tranquille, ou elle *impliquerait* la police, laissant Reid s'occuper de son frère à la place. Elle en avait fini. Elle allait enfin prendre le contrôle de ces absurdités et mettre fin à ce jeu malsain auquel ils jouaient tous les deux.

Parce qu'elle le pouvait.

Le restaurant baignait dans la lueur des bougies. Les notes cristallines du piano dans le coin parfumaient l'air d'une ambiance vaguement aristocratique, bien que cette impression puisse venir des hommes en costumes et cravates de pouvoir, leurs Rolex brillant plus que les diamants à son poignet.

Tristan mangeait un dessert chocolaté et moelleux à la table du coin — seul. Costume noir, pas de cravate, sa chemise déboutonnée au col. Il leva les yeux quand elle approcha, puis se leva de sa chaise et fit un geste vers le siège en face de lui. — Tu es bien habillée.

Elle jeta un coup d'œil à sa tenue — chemisier en soie blanche, pantalon noir, une veste à carreaux rouge et noir, la même chose qu'elle avait portée au travail. *Tu es ici pour lui crier dessus, Maggie, ne tombe pas dans ses simagrées.* Elle redressa les épaules. — Tu es habillé comme un vrai connard. Tu te prends pour qui, Elon Musk ?

Il rit et se rassit dans sa chaise. — Elon ne remplirait pas aussi bien ce pantalon.

— J'ai reçu ton cadeau. *Voilà, Maggie, entre dans le vif du sujet.*

Il haussa un sourcil. — Ah bon ?

— Ce n'est pas approprié. Et envoyer quelque chose si intimement lié à Kevin est une gifle. Un coup de poing dans le ventre. Un coup de pied dans le-

— D'accord, c'est une vraie situation à la Mike Tyson, mais sans le zozotement. Il secoua la tête. — Mais je ne sais pas pourquoi tu penses que c'était moi.

Était-il sérieux ? — C'est toujours toi.

— Vraiment ?

— Pourquoi réponds-tu à chaque question par une question ?

— Ah bon ? Il sourit et but une gorgée de son vin — rouge. Comme du vieux sang.

Ses narines se dilatèrent, ses dents se serrèrent dans une grimace qu'elle espérait lui donner l'air prête à lui faire du Mike Tyson sur le visage. — Tu dois *arrêter*.

Il posa son verre. — J'ai arrêté.

— Tristan-

Il croisa son regard, un vert brillant scintillant sous les lumières tamisées. Une couleur si semblable à celle de Dylan. *Pourquoi penses-tu à Dylan maintenant, Maggie ?*

— J'ai voulu te faire des cadeaux, dit-il. J'ai même regardé des DeLorean. La personne qui a détruit ta voiture m'en voulait, et la voiture était un dommage collatéral. Ça ne semblait pas juste.

Maggie croisa les jambes et s'adossa à son siège, les yeux fixés sur lui. Remplacer sa voiture qu'il avait aidé à détruire — qui avait été ruinée alors qu'elle le protégeait — avait effectivement du sens. Il ne manquait pas d'argent.

— Mais tu m'as dit d'arrêter, poursuivit Tristan. Quelques fleurs pour ton anniversaire ne semblaient pas être un gros problème, mais tu as pété un câble à ce sujet.

— Les fleurs, non, mais- Elle leva son poignet. Il cligna des yeux devant le bijou, puis ramena son regard vers elle. Aucun signe de reconnaissance.

La salle s'immobilisa — le piano se tut. Ses vertèbres se soudèrent, formant une barre métallique froide. — Tu ne le reconnais pas ?

Il haussa les épaules. — Devrais-je ?

— C'est toi qui me l'as offert. Elle détacha le bracelet, puis le posa sur la table où il scintilla comme des paillettes répandues. — Je ne l'ai apporté ici que pour te le rendre.

Alors pourquoi l'as-tu porté, Maggie ? Tu aurais pu le laisser dans sa boîte.

Une fois de plus, il baissa les yeux sur le bracelet, puis les releva vers son visage. — Je ne t'ai pas offert de bracelet. Je t'ai envoyé des fleurs pour ton anniversaire. C'est tout.

— Il y avait un bracelet en diamants à l'intérieur du bouquet — le bouquet venant de toi.

— Maggie, je n'ai aucune raison de mentir à ce sujet. S'il y avait un bracelet dans mes fleurs, quelqu'un d'autre l'a mis là après la livraison du bouquet. Ce n'était pas de moi. Et je t'aurais offert quelque chose de plus original qu'une rangée de diamants. Il fronça les sourcils en regardant le bijou. — Totalement cliché.

C'est vrai — son père adoptif possédait une bijouterie.

Mais celui-ci pouvait être unique en son genre et elle n'en aurait aucune idée. Étaient-ils même... vrais ? Elle déglutit avec difficulté. — Alors, le... le cerf-volant ?

Tristan leva un sourcil. — Le bracelet n'est peut-être pas mon style — ni le tien — mais un cerf-volant l'est encore moins.

Merde. Ce n'était pas lui. Quelqu'un d'autre lui envoyait des cadeaux. Était-ce Harry ? — Et les autres choses ? Les sandwichs au corned-beef...

Il leva une main. — Je les ai envoyés parce que tu avais passé l'après-midi à nous aider, Reid et moi, à créer un profil. Il a dit qu'il pensait que tu aurais faim, que tu avais sauté le déjeuner, et m'a demandé de te les faire parvenir. C'était une décision commune, et certainement pas une que je pensais causer des tensions. Je ne crois même pas avoir envoyé de mot. C'était plus une courtoisie qu'un cadeau.

Ça... avait du sens. Même les fleurs que Tristan avait envoyées étaient quelque chose que n'importe quel ami aurait pu faire — Reid lui avait offert un croquis encadré de son frère pour son anniversaire. Avait-elle été furieuse contre lui tout ce temps pour rien ?

— Et les billets pour Weird Al ? Les billets d'avion ? Sa voix tremblait.

Les yeux de Tristan s'écarquillèrent. — Tu... aimes Weird Al ?

Sa peau se couvrit de chair de poule. Elle aurait pu attribuer le bracelet à Harry Folsom, mais les billets d'avion, les entrées pour ce spectacle... Qui aurait-elle rencontré si elle y était allée ? Clairement pas Tristan.

Mais ça ne pouvait pas non plus être Harry. Ces billets avaient été envoyés avant qu'elle ne commence à le traiter en prison. Quand elle avait reçu ce cadeau sur le pas de sa porte, elle n'avait même pas encore *rencontré* Harry Folsom.

— Maggie ? Qu'est-ce qu'il y a ?

— Nous devons appeler Reid, dit-elle. Elle avait un placard rempli de cadeaux d'origine inconnue. Et ils étaient tous des indices potentiels.

La seule question était de savoir s'ils mèneraient à un tueur.

CHAPITRE 12

Tristan avait insisté pour la raccompagner chez elle, mais il avait filé en voyant la voiture de Reid dans son allée. Elle avait voulu lui demander comment s'était passé leur week-end dans la nature. Deux mois plus tôt, elle avait réussi à les convaincre que c'était une bonne idée — ils étaient en froid depuis que Reid l'avait accusé de meurtre. Mais à en juger par les pneus crissants de Tristan et l'absence totale de salut à son demi-frère, elle imaginait que ça s'était mal passé. Encore une erreur de psy. Du sel sur la plaie de ce soir.

Évidemment.

Maggie descendit de la Sebring et traversa l'allée, puis la pelouse. Avait-elle raison à propos de Harry ? *Voulait*-elle avoir raison à propos de Harry ? Elle n'en avait aucune idée. Il n'y avait pas de bonnes options, juste différents niveaux de mauvaises. Et ils n'étaient toujours pas certains que les cadeaux et les meurtres étaient liés. Elle avait affaire à beaucoup de personnages louches dans son travail... et en dehors du travail, si on en croyait l'évaluation de Reid sur le club échangiste.

Reid l'attendait sur le porche, l'air sombre. — Aucune patrouille n'est passée devant ton bureau aujourd'hui, mais Tristan va quand même vérifier les caméras là-bas et à l'hôpital. Rien de suspect non plus à la maison de retraite. J'ai examiné leurs bandes de sécurité, parlé au personnel, consulté les rapports de visite et les rapports d'incidents sur ceux qui ont été hospitalisés. Aucun des résidents n'a été empoisonné, aucun n'a été blessé de la même manière ou même dans la même chambre. Si c'était un acte criminel, le suspect aurait ciré tous les sols du bâtiment. Ou alors il se serait juste promené en poussant des personnes âgées, ce qui est assez visible.

Maggie hocha la tête. Elle savait que la maison de retraite était une piste peu probable. Et elle avait appelé Owen en venant ici ; il avait cru que c'était le Bronco de Reid au bureau, s'était demandé pourquoi Reid s'était arrêté puis reparti. Probablement juste une erreur — Reid n'était pas le seul à conduire cette voiture. Owen s'était excusé de s'être trompé, mais elle se sentait mieux de savoir qu'ils avaient au moins vérifié. Si elle avait eu une vraie conversation avec Tristan avant maintenant, en dehors de lui dire d'arrêter ses conneries, elle aurait su qu'un fou quelconque laissait des cadeaux sur son porche.

— Donc... commença Reid, s'appuyant contre la brique à côté de la porte, tu as reçu des colis du tueur ?

Elle l'avait entendu dire ça à Tristan, mais elle n'avait pas pris la peine de le corriger. — Ça pourrait être un autre harceleur non meurtrier, vu la chronologie — ils ne viennent définitivement pas de Harry. Elle enfonça la clé dans la serrure et la tourna. Reid la suivit à l'intérieur. — Mais si Harry est innocent...

— Malgré l'ADN et sa connaissance des crimes ? Je vérifie encore ses déplacements, mais toutes les preuves pointent vers Harry.

— Il est possible que le suspect se soit frustré de mon manque de réaction aux cadeaux et ait décidé de faire quelque chose de plus ambitieux pour attirer mon attention. Faire accuser Harry pourrait faire partie de ça.

Le visage de la femme, ses yeux sans paupières, lui revinrent en mémoire, et la poitrine de Maggie se serra. Merde. Y avait-il un scénario où elle ne se sentait pas coupable ? Cette culpabilité excessive devait être un effet secondaire de la dépression ou du chagrin ou peu importe. *Ou peu importe ? Wow, super analyse psychologique, Maggie.* Elle fit un geste vers le comptoir de la cuisine, où le cerf-volant était toujours posé, en sécurité dans sa boîte en carton. — Avant ce soir, je pensais qu'ils venaient de Tristan, parce qu'il m'envoie toujours des trucs.

— Tristan... Reid secoua la tête, marchant vers le comptoir. Une mouche bourdonnait autour de l'évier, voletant d'une assiette sale de spaghettis à un verre à moitié plein de... était-ce du lait ? *Oups.*

— Depuis combien de temps t'envoie-t-il des cadeaux ? demanda Reid, enfilant une paire de gants en latex.

Demandait-il si Tristan l'avait courtisée pendant qu'ils étaient — brièvement — ensemble ? Ou était-ce de la jalousie dans sa tête, comme la culpabilité ? S'il était jaloux, au moins il tenait à elle, non ? Non... c'était des conneries de relation toxique. Elle chassa cette pensée et dit : — Seuls quelques-uns venaient de Tristan : des fleurs pour mon anniversaire, des sandwichs. J'ai pensé que le reste venait de lui parce qu'ils ont commencé à arriver peu après que Tristan et moi nous sommes rencontrés donc... il y a un an et demi ? Un an et neuf mois ? Mais pendant ce temps, ils ont augmenté en fréquence et en valeur. Billets d'avion, billets de concert, diamants... Elle secoua son poignet — remis pour plus de sûreté. Le cerf-volant était une anomalie à cet égard. Moins cher, mais beaucoup plus significatif émotionnellement. Était-ce, en soi, une indication que les intentions du donateur avaient changé ?

— Et tu les as acceptés parce que tu pensais qu'ils venaient de Tristan ? Ses yeux étaient fixés sur le bracelet, les diamants scintillant sous la lumière.

Elle baissa son bras sous le comptoir, cachant le bijou. *C'était stupide, Reid, je sais.* — J'allais rendre le bracelet ce soir. Je lui ai déjà dit d'arrêter de m'envoyer des choses, mais comme il m'avait envoyé quelques objets... Je veux dire, je n'ai pas précisé quel cadeau m'avait mise en colère. C'était un malentendu. Dès que j'ai réalisé que ce n'était pas lui qui envoyait les boîtes, je t'ai appelé.

— Envoyer est un terme impropre, dit-il, passant un doigt le long du bord du couvercle en carton. D'après l'absence d'affranchissement, ils ont été livrés en main propre. Il leva la tête, jeta un coup d'œil à l'évier, puis revint à elle. — J'ai du plastique dans ma voiture — on va couvrir le comptoir avant de récupérer le reste des paquets. Tu as toujours la boîte à bijoux ?

— J'ai la boîte en velours dans laquelle le bracelet est arrivé. Pas de carton comme les autres. Quand je l'ai trouvé, il était niché dans un lit de fleurs.

Reid hocha la tête et se tourna vers le comptoir. Il détacha soigneusement les languettes du couvercle de la boîte en carton jusqu'à ce qu'il soit ouvert, béant comme une bouche. Il regarda à l'intérieur et dit : — Je peux aussi me renseigner sur les fleurs. Tu te souviens d'où elles venaient ?

— Eh bien, Tristan a bien envoyé les fleurs. Juste pas les bijoux.

Sa mâchoire se crispa, mais il ne dit rien, ni ne leva les yeux de la boîte. Définitivement jaloux. Et elle... *aimait* qu'il soit jaloux. Elle était vraiment malade. Mais elle n'avait pas la force de combattre cette émotion particulière maintenant.

— Nous devons ajuster le profil, dit-elle.

— Nous ne sommes pas sûrs que Harry soit innocent.

— Mais c'est une sacrée coïncidence. Et Harry est très sensible aux personnalités fortes. Il a passé toute sa vie à être maltraité et manipulé par ses parents, puis par son ex. Si quelqu'un l'a convaincu qu'il s'occuperait de son enfant, qu'il ne pouvait pas le faire seul... Elle haussa les épaules. J'espère que c'est vrai, en fait. Parce que le tueur ne gâcherait pas un bon bouc émissaire, son ticket hors de tout soupçon, en tuant à nouveau alors qu'Harry est derrière les barreaux. Je serai en sécurité pendant que nous enquêtons, tant que le vrai tueur ne réalise pas que nous savons qu'Harry est innocent. *À moins qu'Harry n'ait avoué de lui-même pour retourner en prison.* Auquel cas, le tueur serait furieux que quelqu'un essaie de lui voler la vedette.

Elle éclaircirait tout ça demain matin. Après avoir parlé à Harry.

Maggie s'éclaircit la gorge. — Si le tueur est celui qui offre les cadeaux, il essaie de me charmer. Il cherche quelqu'un qui le comprenne. Il recherche une affection qu'il pense ne pas pouvoir obtenir ailleurs.

Il leva les yeux. — De toi ? Pourquoi ?

— Peut-être qu'il me voit comme... abîmée. *Il n'a pas tort.* Il connaît clairement mon histoire et supposerait que je souffre comme lui. Que parmi toutes les personnes au monde, je comprendrais ses actes.

Reid plongea la main dans la boîte, plissant les yeux, et en sortit le cerf-volant. Il le regarda d'un air perplexe, probablement confus quant à la raison pour laquelle ce cadeau l'avait poussée à bout, pourquoi elle avait conduit vingt-cinq minutes pour crier sur Tristan à ce sujet. — Ce profil me fait toujours penser à Harry.

— Mais les cadeaux ont commencé *avant* que je ne rencontre Harry. Il était encore en prison quand j'ai reçu la première boîte.

— Avait-il des amis à l'extérieur ? Je veux dire, et si quelqu'un d'autre avait livré ces choses pour lui ?

— Reid, tu n'écoutes pas. Nous ne nous étions même pas *rencontrés* quand j'ai commencé à recevoir ces cadeaux.

— Tu étais à la prison pour d'autres personnes, cependant. Peut-être qu'il a entendu parler de toi, t'a vue — il ne faut presque rien pour que ces types développent une obsession. Et si c'est le cas, peut-être qu'il a manigancé pour avoir des séances avec toi, et a continué une fois sorti.

— Peut-être. Elle fronça les sourcils. Mais ça ne me plaît pas. Ça semble... faux.

— Je vois. Reid jeta un coup d'œil au fond de la boîte, mais elle savait qu'il n'y avait rien d'autre à l'intérieur. Satisfait, il baissa le cerf-volant. Je comprends que les psychopathes n'ont pas la capacité de ressentir grand-chose, mais certains de ces salauds s'attachent comme du velcro.

— Si ce type est un psychopathe, il pourrait m'aimer comme il aimerait son jean préféré. Possession, pas affection pour un individu autonome séparé de lui-même. Et les harceleurs non psychopathes croient souvent que leur affection sera réciproque, ou l'est peut-être déjà. Leur obsession est couplée à la croyance délirante qu'ils protègent l'objet de leur affection ou que l'objet veut être poursuivi.

Reid s'appuya contre le comptoir. — Je sais que tu n'aimes pas qu'il soit suspect, mais Harry a avoué les meurtres. Il savait comment Cara avait été tuée. Nous avons le sang des deux victimes chez lui. Avec un peu de chance, demain, nous aurons des preuves dentaires liant Harry au meurtre de Joel — ils ont pris un moulage de ses dents après ton départ aujourd'hui. Tu croiras qu'il est coupable alors ?

— Si ses dents correspondent ? Je... oui, je suppose.

Ses yeux s'écarquillèrent. — Tu *supposes* ?

— Je dis juste que les boîtes sont... bizarres. Et sa confession semblait plus dingue que des crottes d'écureuil. Elle avait envisagé plusieurs explications pour son comportement — dissociation, amnésie traumatique — mais aucune ne semblait juste.

Reid cligna des yeux, probablement à cause de la métaphore. — Nous saurons bientôt s'il a mordu Joel. Si ce n'est pas lui, nous en revenons à un ancien patient ou quelqu'un de ce... Il avala difficilement. Club de bondage.

Elle savait qu'il avait raison, mais ses épaules s'étaient tendues, et au lieu d'acquiescer, elle dit : — Ce n'est pas la seule chose que fait le club, mais la sémantique n'est pas cruciale. Tu ne comprendrais clairement pas.

Ses yeux bruns la transpercèrent. — Je n'ai pas besoin de tout comprendre, mais je pensais te comprendre *toi*. Tes envies, tes...

— Tu en fais une affaire personnelle ? *On est dans la cuisine devant une boîte d'un harceleur, peut-être un tueur, mais bien sûr, ayons la conversation qu'on évite depuis des mois.* Et bien qu'elle sache que c'était ridicule de faire ça maintenant, même irrespectueux envers les victimes, elle lança : — Quoi, tu te sens inférieur juste parce que je vais dans ce club au hasard pour décompresser ? Pour essayer d'échapper à la vraie vie ?

Reid grimaça. — Peut-être un peu. Peut-être que j'aimerais simplement que tu aies une vie dont tu ne veuilles pas t'échapper.

— Tu ne crois pas que je le voudrais aussi ? Les mots sortirent durement — ils brûlaient comme de l'acide dans sa gorge. Elle contourna le comptoir vers lui. — Mais je ne peux pas oublier que ma mère s'est enfuie après avoir falsifié le meurtre de mon frère, pour avoir violé son assignation à résidence. Je ne peux pas oublier que mon père meurt plus lentement que quiconque ne le devrait, que mon fiancé s'est jeté d'un pont parce que j'ai refusé sa demande en mariage, que mon frère a été assassiné à cause de moi. Que mes meilleurs amis...

Reid franchit la distance entre eux, secouant la tête. — Tu n'as pas tué Aiden.

— J'ai poignardé Dylan au visage, il a attaqué sa sœur, et quand elle s'est enfuie dans les bois pour se cacher, elle a confondu Aiden avec Dylan et l'a tué. Je ne tenais pas le couteau, mais c'était *ma* faute. Sa voix se brisa sur le dernier mot, la chaleur dans sa gorge presque insupportable. L'air était en feu.

Sa mâchoire tomba. — Non, Maggie...

— Assez ! s'exclama-t-elle en levant les mains, paumes vers le haut. Arrête d'essayer de me réconforter ! Je ne devrais pas me sentir mieux ! Ces deux dernières années, j'ai perdu l'homme que j'aimais, j'ai été pourchassée par des tueurs, ma maison a brûlé, ma voiture a été détruite. J'ai vu les ossements de mon frère être exhumés. Maintenant, je ne peux même plus parler à mes meilleurs amis, les personnes que j'aime le plus au monde, parce qu'ils étaient impliqués dans la mort de mon frère — ils l'ont dissimulée et ne m'ont jamais rien dit. Si tu penses que je peux simplement faire comme si rien ne s'était passé, tu es complètement fou. J'arrive à peine à garder la tête hors de l'eau. Le fait que la seule chose positive dans ma vie — elle pointa un doigt vers sa poitrine — ait volé en éclats parce que ton fils n'aimait pas ça...

Les mots jaillirent de sa bouche, venin et douleur, frustration et chagrin, le tout exacerbé par le fait qu'un tueur rôdait quelque part dehors, et qu'elle était là à se disputer avec Reid. Mais à l'instant où les mots furent prononcés, son dos s'alourdit. Elle baissa les mains et la tête, incapable de le regarder en face plus longtemps.

— Je ne vais pas bien, dit-elle doucement au comptoir. Je suis un désastre. Je suis...

Le dernier mot fut étouffé contre sa poitrine, ses bras puissants entourant ses épaules, ses mains dans son dos.

— Je suis désolé, murmura-t-il dans ses cheveux. Je suis tellement désolé, Maggie. J'aurais dû être là, et je... je m'inquiétais pour Ezra. Je t'ai crue quand tu as dit que tu allais bien, j'ai pensé que tu avais besoin d'espace. Mais je savais que ce n'était pas vrai. J'ai merdé.

Elle resta là contre lui, la chaleur dans ses poumons s'adoucissant juste assez pour reprendre son souffle. Chaque instant des deux derniers mois avait été transpercé de douleur — même au club, elle avait été parfaitement consciente que la distraction serait de courte durée. Mais ceci... ce n'était pas de la douleur. Elle pouvait respirer.

Soudain, elle pouvait *respirer*. Ce n'était pas de l'amour — ce n'était pas parfait. Ce n'était certainement pas dénué de colère et de frustration. Mais elle ne pouvait nier qu'il y avait un soulagement dans la pression de sa main contre son dos, que ce contact la faisait se sentir plus elle-même qu'elle ne l'avait été depuis des mois.

Ne fais pas ça, Maggie. Tu es juste désespérée d'avoir un contact humain. Tu es juste seule.

Mais elle n'arrivait pas à se soucier des raisons, elle se fichait que ce soit malsain — elle se fichait aussi des conséquences. Elle voulait juste quelques minutes, peut-être une heure, pour oublier sa vie. Pour s'*échapper*.

Maggie leva son visage vers Reid. Ses lèvres effleurèrent les siennes doucement, pour tester, mais quand elle se pressa contre lui, la pression devint insistante, sa langue explorant la sienne, ses mains sur ses hanches, l'entraînant avec lui alors qu'il reculait à travers la cuisine, puis le salon.

Reid s'arrêta dans le couloir.

— Je n'ai pas de lanières en cuir ni de chaînes.

Il saisit ses deux mains et plaqua ses poignets contre le mur, un de chaque côté de sa tête.

— Oh, maintenant tu fais de l'humour ?

Mais elle n'était pas en colère — pas le moins du monde. Elle tremblait, sa peau couverte de chair de poule. *Emmène-moi juste au lit, Reid, avant que je réalise à quel point c'est stupide.*

— Je pensais que tu apprécierais l'humour.

Il baissa ses lèvres vers sa gorge et traça la courbe sous son oreille avec sa langue.

— Et juste pour que tu le saches, je suis prêt à tout essayer au moins une fois.

— On n'a pas besoin de chaînes. Tu te débrouilles très bien comme ça, murmura-t-elle.

Il se redressa et relâcha ses poignets, ses doigts glissant le long de la face interne de ses bras, puis sur ses côtes, laissant des traînées d'électricité dans leur sillage. Le sang pulsait dans le bas de son abdomen. Et bien qu'il ne les tienne plus, elle garda ses mains où elles étaient — l'invitant à prendre le contrôle.

Elle ne voulait pas avoir le contrôle ce soir. Sur rien.

— Très bien ? dit-il. C'est ce que tout homme rêve d'entendre sur ses prouesses sexuelles.

Elle plongea son regard dans ses yeux mi-clos.

— Tu es réel, Reid. C'est mieux que le cuir, mieux que les masques. Et je pense que tu sais déjà que tes *prouesses* dépassent largement le très bien.

La moitié de sa lèvre se courba vers le haut.

— Je vais prendre ça en considération.

Il abaissa sa bouche vers la sienne une fois de plus, mais

s'arrêta alors que leurs nez se touchaient. Il fronça les sourcils.

— Maggie... tu sens ça ?

Sérieusement ?

— Je sais, la maison est un bazar, dit-elle, agacée, la chaleur de ses lèvres brûlante sur son visage — *Je vais changer d'avis, Reid, allez*. Mais il recula. Et elle le sentit *aussi*. Quelque chose de douceâtre et putride.

De la décomposition.

Reid regardait déjà dans le couloir, cherchant la source de l'odeur, mais elle ne mangeait pas dans sa chambre. Il n'y aurait pas non plus de nourriture pourrie dans la salle de bain — elle était déprimée, mais pas maniaque. Contrairement à... celui qui lui avait envoyé ces cadeaux.

Maggie se glissa autour de Reid, et il suivit ses mouvements. La porte du placard se rapprocha comme par magie. Elle ne sentait pas ses pieds sur le sol, n'entendait pas ses pas, mais elle pouvait sentir son approche — oh mon Dieu, elle le pouvait. Elle inspira brusquement, les doigts posés sur la poignée, puis ouvrit doucement la porte. Reid regarda par-dessus son épaule.

— Qu'est-ce que c'est que ça ? demanda-t-il.

— Les autres cadeaux, dit-elle doucement, ne reconnaissant pas sa propre voix. Ceux que je n'ai pas ouverts.

C'était la raison pour laquelle elle l'avait appelé à l'origine, mais une fois qu'elle l'avait vu... elle avait fait de terribles choix. Les choses lui avaient échappé. Sa vie lui avait échappé. Encore.

Mais il n'y avait pas d'échappatoire à cela.

La boîte qu'elle avait jetée le plus récemment sur la pile était toujours au sommet, le ruban rouge aplati, le carton mat dans l'ombre. Mais dans la lueur du salon, elle pouvait voir que le coin inférieur était sombre.

La boîte saignait.

CHAPITRE 13

Rien de tel qu'un peu de gore pour chasser le romantisme.

Ils ouvrirent lentement le paquet ensanglanté sur le comptoir de cuisine recouvert de plastique. Reid avait aligné les quatre boîtes en une rangée sous les spots de l'îlot. Banales et ordinaires à l'extérieur, mais ce seul coin sombre rendait chaque boîte intrinsèquement menaçante. Le sifflement du couteau d'office contre le ruban adhésif la fit tressaillir. Elle pouvait imaginer la lame tranchant la poitrine de quelqu'un, poignardant proprement sa gorge. Glissant sur la chair juste au-dessus de l'œil, pelant le couvercle comme la peau d'un raisin...

Maggie jetait un coup d'œil par-dessus les biceps de Reid tandis qu'il retournait soigneusement le couvercle de la boîte ensanglantée avec un index ganté de latex et tendait le cou pour regarder à l'intérieur. Il se raidit. Mais bien qu'elle se dressât sur la pointe des pieds, elle ne pouvait pas vraiment voir l'intérieur du paquet, seulement l'ombre noire projetée par le rabat de carton, bloquant obstinément sa vue.

— Qu'est-ce que c'est ? Était-ce une tête, comme dans *Seven* ? Elle pouvait imaginer Brad Pitt dans le coin hurlant : « Qu'est-ce qu'il y a dans la boîte ? » Elle ne s'était jamais autant identifiée à un acteur de cinéma.

Reid bougea. Le couvercle de la boîte tomba enfin sur le côté, les lumières au-dessus de l'îlot de cuisine éclairant vivement l'intérieur, un projecteur sur le contenu. Sur le... *oh mon dieu.*

— Est-ce que c'est ce que je pense ? dit-elle.

— Ça dépend de ce que tu penses.

Ça ressortait comme un magazine, rectangulaire et fin. Mais il n'y avait pas de pages. Une feuille de polystyrène, découpée parfaitement pour s'adapter à l'intérieur du paquet. De minuscules épingles qui ressemblaient plus à des agrafes brillaient à chaque coin. Un panneau de montage.

— Aucun doute que les cadeaux et les meurtres sont liés, dit Reid d'une voix basse - un murmure.

Maggie hocha la tête, mais elle semblait incapable de répondre. La chair montée sur le panneau était un fouillis bigarré de couleurs, du sang coagulé autour des bords, le fond blanc collant. Elle reconnut l'encre incrustée dans la peau.

Les crânes rouges et noirs fixaient le plafond. Et puis les serpents se tordaient alors que Joel bougeait avec elle, la lumière des bougies vacillant contre son corps... Elle cligna des yeux. Les images s'immobilisèrent, puis disparurent lorsque Reid posa le panneau de polystyrène sur le comptoir en plastique.

— Pour vérification, est-ce que c'est... commença Reid.

— Oui. Le tatouage de Joel. Mais ça... Elle fit un geste vers une petite tache d'encre dans le coin. Un gros chiffre bleu, pas noir ou rouge ou vert. Pas de l'encre de tatouage. Un marqueur ?

Il plissa les yeux pour le regarder.

— Pas une partie du tatouage, marmonna-t-il.

— C'est un trois, dit-elle. Les entailles sur l'aisselle de cette femme n'étaient pas hasardeuses. C'était un numéro deux. *J'avais raison.* Mais elle aurait préféré avoir tort.

— Il ne compte pas à rebours, dit Reid. Cara a été tuée en premier.

Et si elle était le deux, et Joel le trois, alors qui était le numéro un ?

Maggie déglutit difficilement. N'y avait-il qu'un jour qu'elle était dans les bras de Joel ? Un jour depuis qu'il... *avait* de la peau et des paupières ?

— J'ai trouvé cette boîte sur le porche hier soir. Il a dû la déposer juste après l'avoir tué. La chronologie était si courte - trop courte.

— Donc le tueur a suivi Joel depuis le club jusqu'à chez lui, l'a tué, a découpé le tatouage comme souvenir - *non, un cadeau* - l'a mis dans une boîte et l'a déposé sur ton porche. La voix de Reid était creuse. À quelle heure es-tu rentrée ?

— Je... peut-être minuit ?

— Tu t'es arrêtée quelque part après le club ?

— J'ai pris à manger.

— Où ?

— Chez Denny's. Ne me juge pas. J'aime leurs pancakes. *Et c'est le seul restaurant ouvert vingt-quatre heures sur vingt-quatre.*

— Si tu étais rentrée directement chez toi, peut-être qu'il aurait attendu aujourd'hui pour déposer la boîte. Reid soupira. Ton instinct avait raison.

— J'ai généralement raison, mais à propos de quoi ?

— Ce n'était pas Harry. Toutes les autres preuves pointent vers lui, mais quand cette boîte a été déposée sur ton porche, il était dans un bar sur Hilton. Il a dit qu'il y était allé après le meurtre pour décompresser, et j'ai vérifié ses déplacements. Impossible qu'il ait eu le temps de conduire de la maison de Joel, puis jusqu'ici avec ce tatouage, et de retourner au bar à l'heure à laquelle il est arrivé. À moins qu'il n'ait fait livrer la boîte par quelqu'un d'autre...

— Ce qui est incroyablement improbable selon le profil. Le tueur était toujours en liberté. Harry avait avoué - il avait menti. Il était dix heures, et ce tueur pouvait être n'importe où en ce moment... avec n'importe qui.

Merde, elle n'avait pas appelé Alex. Ni Sammy. Mais Owen l'avait sûrement fait. Elle lui avait demandé, n'est-ce pas ?

Reid tira la boîte suivante vers lui. Il y en avait quatre en tout, toutes exactement le même cube de carton, comme si le tueur avait acheté du matériel d'emballage en gros. Cette boîte contenait-elle les paupières ? D'autres tatouages de serpents d'une victime de meurtre encore non identifiée ? Peut-être le tatouage de cœur d'Alex - un morceau du cuir chevelu de Sammy. Ses poumons étaient dans un étau, et elle força une respiration douloureuse, essayant désespérément de repousser ces pensées. Reid avait des serpents sur le dos - Méduse. Était-ce significatif ou une coïncidence ?

Le ruban adhésif siffla à nouveau, mais cette fois, elle entendit le bruit émaner de l'intérieur de la boîte, plus de serpents se tortillant contre leur support en polystyrène, montés comme des insectes. Piégés et pourrissants.

— Eh bien, ce n'est pas une partie de corps.

Elle s'avança et plongea la main avec sa propre paire de gants. Des chaussettes Weird Al. Elle les retourna, mais ne vit aucun numéro ou autre marque suspecte. Reid ouvrit la boîte suivante, en sortit un t-shirt Weird Al assorti, puis la regarda comme s'il attendait une explication.

Comme si aimer Weird Al avait besoin d'une explication.

— C'est mon chanteur préféré. Il est là depuis toujours, pas un seul scandale.

Il remit le t-shirt dans son emballage.

— C'est pour ça que tu l'aimes ? demanda Reid. L'absence de maîtresses et l'évitement d'activités criminelles ? Parce que ça a plus de sens que...

— Je l'aime parce que c'est une vraie légende, Reid. Un génie musical. Tout le monde le sait. Y compris, apparemment, le tueur.

Reid était déjà passé à la boîte suivante - couteau, ruban adhésif, ouverture. Il fronça les sourcils.

— Qu'est-ce que c'est que ça ?

Il souleva l'objet lentement, plissant les yeux, puis se tourna vers elle avec un sourcil levé.

Maggie se figea, essayant de comprendre ce qu'elle voyait. Pas lié à Weird Al. Comme elle aurait aimé que ce le soit. Sa bouche était sèche comme un os, les poils de sa colonne vertébrale vibrant - électriques. Les murs étaient trop proches.

— Qu'est-ce que c'est ? Tu as l'air d'avoir vu un fantôme.

Elle en avait vu un - oh oui, elle en avait vu un.

Reid posa l'objet sur le comptoir, où sa tête oscilla, oscilla, oscilla, lui faisant signe. Silencieux comme le tueur, comme l'homme qui l'observait, laissant des choses sur son porche depuis plus d'un an — presque deux. Mais de toutes les choses qu'il aurait pu lui donner, elle ne se serait jamais attendue à ça.

L'avant du jouet était strié de saleté, le t-shirt du personnage grisé par l'âge et le soleil. Un œil était éraflé depuis le jour où elle l'avait fait tomber sur le trottoir — en chemin pour le livrer.

Elle observa Ernie, toujours oscillant, toujours lui faisant signe, suffisant parce que son ressort fonctionnait encore.

Heureux d'être intact après avoir vu Kevin mourir.

CHAPITRE 14

La maison était remplie de policiers au moment où elle est partie. Maggie n'avait pas réussi à se convaincre de les regarder fouiller les lieux. Ils voulaient inspecter l'extérieur, voir s'il y avait une trace de l'homme qui avait laissé ce lambeau de peau dans une boîte sur son porche, le tatouage monté comme une tête de cerf.

Mais elle n'avait pas besoin de voir leurs regards réprobateurs quand ils remarqueraient son salon sale. Elle ne voulait pas avoir à gérer leurs têtes penchées quand ils réaliseraient qu'elle n'avait même pas remarqué l'odeur de chair morte à cause de l'état de sa cuisine.

Les cheveux de Maggie collaient à la nuque, ses vêtements commençaient à sentir. Elle portait ce chemisier depuis seize heures, et les fenêtres fermées de sa Sebring n'arrangeaient rien. Mais la nuit semblait trop vigilante pour qu'elle baisse la vitre, même avec un flic collé à ses fesses — une protection assurée par un homme grand et costaud au visage plat et pâteux. Quelqu'un choisi personnellement par le chef, apparemment, qui avait engueulé

Reid à propos d'une patrouille jusqu'à ce qu'il lui envoie une photo du lambeau de peau dans la cuisine de Maggie.

Mais le chef s'était réservé le droit de les rappeler à tout moment. Sûrement que demain, Maggie serait à nouveau seule. Tant mieux. Garder sa vitesse sous contrôle n'était pas son fort, et elle n'avait vraiment pas besoin d'autre chose à se soucier en ce moment.

Elle avait tant de choses à se soucier. Tant à considérer. Ses pensées étaient un fouillis flou. Kevin avait-il été la première victime ? Il n'y avait pas eu de numéro sur son corps à sa connaissance, pas de numéro sur la figurine non plus — ils avaient vérifié. Et le tueur aimait définitivement se pavaner. Cela dit, le cadeau lui-même était ostentatoire. Peut-être n'avait-il pas besoin d'un numéro — peut-être que deviner faisait partie du jeu.

Non, Maggie, tu veux juste que Kevin soit une victime de meurtre.

Le voulait-elle ? Une pensée bizarre, mais qui ne semblait pas fausse. S'il avait été tué par un maniaque, alors il ne s'était pas saoulé après qu'elle ait refusé sa demande en mariage pour ensuite conduire et tomber d'un pont. Ce n'était pas un accident, et il ne s'était pas suicidé non plus. Si Kevin avait été assassiné, alors sa mort n'était pas sa faute.

Cela dit... si le tueur avait assassiné Kevin à cause de Maggie, c'était une autre situation inextricable. Dans tous les cas, elle ne s'en sortait pas innocente.

Génial.

Les jointures de Maggie lui faisaient mal autour du volant. Elle mit le clignotant, se glissa sur la voie de droite et appuya sur l'accélérateur. La voiture de patrouille suivit. Elle jeta un coup d'œil à sa vitesse — sept au-dessus de la limite — et relâcha la pédale.

Passe juste cette nuit, Maggie. Tu pourras tout analyser demain.

Le village de retraités avait un service de sécurité, il était donc peu probable que celui qui avait laissé ces boîtes vienne l'y chercher. Elle dormirait dans le lit de son père. Une nuit de plus dans l'appartement qu'elle payait. Si elle n'arrivait pas à dormir, elle prendrait de l'avance sur l'emballage. Elle devait d'une manière ou d'une autre déménager toutes les affaires de son père vers la maison de retraite médicalisée de l'autre côté de la rue avant sa sortie de l'hôpital, qui pourrait être dès demain. Quand elle serait prête pour la commode, elle demanderait à un agent de sécurité. Ou engagerait un déménageur insomniaque. C'était une chose, non ?

Maggie ralentit en sortant de l'autoroute, remarquant à peine le feu rouge ; elle freina brusquement juste à temps et fixa la brume rougeâtre qui s'était installée à l'intérieur de la Sebring. Les phares de la patrouille éclairaient son rétroviseur.

Qui es-tu, mystérieux harceleur ?

T-shirts, bijoux, billets d'avion, tout cela constituait des cadeaux romantiques, surtout les trucs de Weird Al, du moins pour Maggie. Il essayait de la charmer. Ce qui signifiait qu'il avait une certaine notion d'elle en tant qu'être humain — quelqu'un qu'il devait conquérir, pas simplement un objet qu'il pouvait posséder. Il voudrait qu'elle l'accepte dans sa vie.

Mais si c'était le cas, pourquoi la laisserait-il aller au club échangiste, pourquoi la laisserait-il coucher avec Reid, pourquoi se contenter de la suivre sans rien faire d'autre que lui envoyer des cadeaux pendant près de deux ans ? Pourquoi même insinuer qu'il avait tué l'homme qu'elle aimait ? Il devait savoir que cela la mettrait en colère.

Cela dit, il n'y avait pas eu de numéro sur Ernie. Peut-être ne lui disait-il pas qu'il avait tué Kevin. Peut-être lui disait-il qu'il ferait n'importe quoi pour elle — qu'il nagerait jusqu'au fond d'une rivière si cela signifiait un cadeau significatif. Et aussi fou que cela puisse paraître, elle pourrait vraiment avoir besoin de quelqu'un comme ça en ce moment.

Elle soupira. Une chose était certaine : il la poursuivait depuis des années. Il avait la patience d'un saint combinée à la brutalité d'un démon. C'était une combinaison terrifiante.

Elle fronça les sourcils en regardant le village de retraités, les lampes au sodium éblouissantes. Elle ne se souvenait même pas d'y être entrée. La patrouille s'était garée à côté d'elle, attendant probablement qu'elle sorte, mais son dos était collant, ses muscles lourds. Était-elle même sûre que ce harceleur-tueur était un homme ? Pas entièrement, mais c'était statistiquement probable. Reid attendait toujours les rapports médico-légaux, mais Joel était un homme grand — Maggie n'aurait pas pu lui trancher la gorge par derrière. Quelqu'un... d'au moins un mètre quatre-vingts.

Le claquement de la portière de la voiture de Maggie résonna dans la nuit, puis le bruit de la portière de l'officier juste après, se disputant l'espace dans sa tête. La Sebring et la patrouille — une Mustang bleue — étaient les seules voitures à l'avant du parking. Elle sentait le flic dans son dos, la suivant à une distance respectueuse.

Peut-être aurait-elle dû appeler à l'avance. Mais ça irait. L'officier parlerait à la sécurité, elle commencerait à emballer. S'ils lui causaient des problèmes, elle leur dirait qu'elle était là pour déménager les affaires de son père. Tout irait bien.

Joli discours d'encouragement, Maggie. Tu mens si efficacement.

Ses entrailles étaient un fouillis huileux et tordu lorsqu'elle entra dans le hall. L'infirmière de nuit lui jeta à peine un regard. L'officier s'arrêta au bureau d'après l'arrêt de ses pas, mais il pouvait toujours la voir de là — en ligne droite dans le couloir. L'appartement de son père était sur la droite, ses pas résonnant son approche comme un battement de cœur, bien que beaucoup plus lent que celui dans ses tempes.

Elle inséra sa clé dans la serrure. La porte s'ouvrit.

Maggie hoqueta.

Il n'y avait pas de corps, pas de paupières, pas de chair découpée, mais elle n'aurait pas été plus choquée si un autre tatouage avait été épinglé au mur.

Le fauteuil La-Z-Boy de son père, ses photos d'elle, le piano... tout avait disparu.

La pièce était complètement vide.

CHAPITRE 15

Maggie se tenait dans l'embrasure de la porte, examinant les murs nus — ces murs recouverts du papier peint qu'elle avait payé plus cher pour faire installer. Un papier peint assorti à celui du salon de la maison de son père. Il y avait une tache sur la moquette vide, à l'endroit où se trouvait autrefois son fauteuil, brune comme du sang séché. Du vieux sang, n'est-ce pas ? Ça devait être du vieux sang. Ça pouvait même être du Coca — la boisson, pas la drogue illégale.

Maggie parcourut le court couloir jusqu'à la chambre, la porte claquant derrière elle. Les photographies dans le couloir avaient été retirées, les trous de clous laissant des cavités béantes dans la peinture. Le lit avait aussi disparu, la pièce était vide comme le salon. Adieu l'idée de dormir ici.

Quelqu'un se moquait-il d'elle ? Peu probable — la direction n'aurait pas laissé un étranger entrer et sortir quarante fois en portant des brassées d'affaires de son père. Et elle avait parlé à Dorothy aujourd'hui même. La femme avait-elle demandé aux concierges de vider la chambre malgré la promesse de Maggie de déménager ses affaires ?

Son sang bouillonnait alors qu'elle retournait dans le salon de son père. Elle avait dit à Dorothy qu'elle s'en occuperait. Mais la femme lui avait coupé l'herbe sous le pied, et justement la nuit où elle avait réellement besoin de la chambre. Où diable étaient passées ses affaires ?

— Mademoiselle Connolly ?

L'officier qui l'avait suivie se tenait juste à l'intérieur de la porte, son visage lunaire particulièrement plat sous la seule ampoule du plafond — elle projetait des ombres là où il n'aurait pas dû y en avoir, affinant son nez en un bec. Un agent de sécurité se tenait derrière lui. Peau olivâtre, cheveux teints en blond platine, sourcils noirs.

— Voici Yuri, dit l'officier.

Le garde lui fit un signe de tête, souriant timidement, mais bien qu'il eût les yeux les plus doux qu'elle ait jamais vus, la gorge de Maggie était trop serrée pour répondre. Elle les bouscula et se dirigea vers la réception. Les affaires de son père avaient disparu. Et si ce n'était pas l'œuvre de Dorothy ? Et si elle devait reconstituer une chambre à partir de rien ? C'était déjà assez stressant de redécorer un espace pour quelqu'un sans démence, et le changement de chambre serait déjà assez pénible. Mais un nouveau fauteuil, un nouveau lit ? De nouvelles photos ? Ce serait un choc pour son père chaque fois qu'il ouvrirait les yeux. Et il pourrait ne pas survivre à une autre attaque.

L'infirmière leva la tête, une mèche blonde vaporeuse tombant sur son œil gauche. Elle se leva quand elle remarqua l'expression sur le visage de Maggie.

— Où sont les meubles de mon père ? lança Maggie.

Les yeux de l'infirmière s'écarquillèrent, la mèche frôla à nouveau son globe oculaire, et elle l'écarta d'un doigt aux ongles rongés.

— Madame ?

— Je suis venue ici pour vider l'appartement de mon père et déplacer ses affaires du côté de la maison de retraite. Mais ses affaires ont toutes disparu. Donc, où que vous ayez mis ses biens, j'aurai besoin d'y accéder.

S'il vous plaît, faites que ce soit Dorothy. S'il vous plaît.

L'infirmière déglutit péniblement — *Candy* sur son badge. Mais son visage semblait amer, pas doux, ses lèvres fines plissées comme si elle avait sucé un citron.

— Je croyais que vous l'aviez approuvé.

Les doigts de Maggie étaient blancs contre le comptoir.

— Je n'ai rien approuvé du tout.

— Je vais...

Elle jeta un coup d'œil derrière Maggie vers l'officier, ou peut-être le garde, puis contourna le bureau.

— Venez avec moi. Mais je vous jure, je pensais qu'il était avec vous.

Il. Le même il qui était avec son père à l'hôpital ? Mais non, son père avait dit que Kevin était avec lui, et ce n'était pas possible que ce soit vrai.

— Avez-vous eu un nom ?

Candy secoua la tête.

— Il était déjà là quand je suis arrivée. L'équipe précédente l'a laissé entrer, l'a autorisé à déplacer les meubles, et je n'y ai pas réfléchi à deux fois.

Son visage était peiné.

— Je suis vraiment désolée, mais nous allons tout arranger. Peut-être qu'il était là pour déménager un autre appartement et qu'il a fait le vôtre par erreur.

— Si c'est le cas, je lui offrirai peut-être un poney au lieu de le sermonner.

Maggie essaya de forcer un sourire, mais ses lèvres étaient crispées ; sa poitrine lui faisait mal. La cicatrice à l'arrière de sa tête pulsait deux fois plus vite que son cœur, vibrant dans un rythme frénétique qu'elle était certaine d'être audible pour l'infirmière. Mais Candy passa simplement son badge et poussa les doubles portes au bout du couloir, faisant entrer Maggie dans le couloir de style atrium. Elle avait oublié cette partie. La rue qui séparait le village de retraités de la maison de soins passait par un tunnel souterrain ici, une dépression temporaire de la route qui menait au parking de débordement du village. Cela facilitait la gestion des patients — rendait la traversée de la route sûre.

Mais ce n'était pas génial si vous vous cachiez d'un meurtrier. Tout le couloir était vitré pour que le ciel nocturne puisse peser sur eux — ils étaient des poissons dans un bocal. Parfait pour un sniper. L'officier semblait penser la même chose car il se faufila devant Maggie, le garde venant de l'autre côté. Leurs pas résonnaient fort sur le linoléum, et dans chaque bruit de pas pressé, Maggie entendait les pas d'une autre personne — un tueur.

Ridicule.

Ce serait un endroit stupide pour le tueur de venir. Ils avaient la sécurité, des tonnes de caméras, toutes données par Tristan après un incident ici l'année dernière. La police serait capable d'identifier leur suspect en quelques minutes. Pas question qu'il laisse cela se produire. Il la traquait depuis près de deux ans, lui laissant des cadeaux, et elle ne l'avait jamais vu une seule fois.

Pas. Une. Seule. Fois.

— Quelle chambre est-ce ? demanda Maggie, mais l'infirmière pointait déjà la porte ouverte au bout du couloir. Des boîtes de chaque côté de l'encadrement, empilées sur trois niveaux, la bibliothèque de papa à côté de la pile de gauche. Oh. *Bien sûr.* Au moins les affaires de son père étaient toujours là — pas volées, empilées dans le plateau d'un pick-up d'un inconnu.

Maggie marcha vers la chambre. On l'avait laissée choisir l'appartement dans le village de retraités, mais peut-être n'avaient-ils pas beaucoup de chambres à choisir de ce côté-ci. Ou peut-être ne s'attendaient-ils pas à ce que son père reste assez longtemps pour que cela importe. Maggie chassa cette pensée, redressa les épaules et franchit le seuil de la chambre, l'officier si proche derrière elle qu'elle pouvait l'entendre respirer.

Contrairement à l'appartement de son père, les unités du côté maison de retraite n'étaient qu'une seule pièce — bien que grande. Personne d'autre ici maintenant. La lampe de son père brillait contre la tête de lit en plastique d'un lit d'hôpital réglable. Des cartons étaient empilés jusqu'à ses épaules le long du mur du fond. Pas de place pour son piano ici, mais le fauteuil La-Z-Boy était déjà installé dans le coin, le plaid de Papa jeté sur le dossier. Sa commode était dans l'autre coin. La télévision à écran plat était posée au sol, mais il y avait déjà deux trous percés dans la cloison en face du lit, comme si quelqu'un était en train de la monter.

— Maggie ? De l'entrée. Désolé, je pensais qu'on serait partis avant que tu n'arrives.

Elle se retourna. Son cœur tressaillit et s'arrêta.

Le crâne chauve de Sammy brillait à la lumière de la lampe tandis qu'il entrait dans la pièce. Son meilleur ami depuis la deuxième année — l'homme qu'elle évitait depuis deux mois. Maggie avait passé des années assise sur une tombe vide à parler à son frère, se demandant si Aiden était inexplicablement vivant, et Sammy... Sammy avait eu les réponses. Il savait ce qu'Alex avait fait. Et bien qu'il n'ait pas tué Aiden, les poils le long de sa colonne vertébrale se hérissaient comme des épines ; sa poitrine lui faisait mal rien qu'en étant près de lui. Mais ses yeux brûlaient aussi — *Tu me manques, Sammy. Mon Dieu, tu m'as manqué. Non, attends, j'ai envie de te frapper. Non, ce n'est pas vrai. Merde.*

Owen se faufila derrière Sammy, son visage luisant de sueur. Sammy sentait fort aussi, maintenant qu'il était assez proche pour qu'elle puisse le sentir. Tant de gens dans la pièce, entassés avec les cartons.

Owen jeta un coup d'œil aux officiers en se faufilant, puis à elle, les yeux crispés, mais les lèvres souriantes. Il longea la pièce pour se tenir devant le fauteuil inclinable. — Tu avais l'air stressée à propos de ton père cet après-midi, et quand je suis passé à l'hôpital pour le voir, Dorothy a mentionné le déménagement de son appartement. Alors... j'ai appelé Sammy.

Elle le fixa, stupéfaite. Owen savait qu'elle évitait Sam. Et à en juger par l'expression d'Owen, il craignait d'avoir fait le mauvais choix.

Les yeux de Sammy étaient aussi crispés que ceux d'Owen — lui aussi était mal à l'aise, même s'il était là pour l'aider. Pas que déménager les affaires de son père compenserait vingt ans de mensonges. N'est-ce pas ? Non, bien sûr que non, mais...

Sa tête lancinait.

Sam rit, mais cela semblait forcé. — Ouais, cet idiot n'allait pas déplacer tous ces meubles tout seul. Il donna un coup de coude dans les côtes d'Owen, qui grimaça en se frottant le côté. Ils faisaient la même taille, mais Owen était un intellectuel en tweed qui faisait de l'exercice pour les bienfaits psychologiques, et Sammy était un geek musclé, sa silhouette forgée par des années à devoir se battre contre les sportifs... jusqu'à ce qu'il grandisse au lycée, et qu'ils le laissent jouer à *Donjons et Dragons* en paix.

Maggie se retourna vers la porte pour voir l'officier lever les sourcils. — C'est bon, dit-elle. Ce sont mes amis. *Le sont-ils ?* Je ne savais juste pas qu'ils venaient.

L'officier Moonface hocha la tête. Le garde était déjà sorti.

— Oh, oui, j'ai aussi appelé Alex, termina Owen alors que le policier rejoignait le garde de sécurité dans le couloir.

Sa gorge s'échauffa. Sammy était une chose, mais Alex était dix pas de trop. *Bon sang, Owen.* — Tu l'as appelée pour venir...

— Non, non. Il secoua la tête. Juste ce que tu... m'as dit.

Oh. Il avait dit à Alex que Maggie avait un harceleur. Pour qu'elle fasse attention. Comme elle lui avait demandé de le faire. — Merci, dit-elle, les yeux fixés sur Owen. Je ne sais pas quoi dire.

— Dis que tu achèteras des snacks, plaisanta Sammy, bien que le ton joyeux dans sa voix ne soit pas convaincant. Il savait qu'il était à peine le bienvenu, et il était là quand même. Il... essayait. Il voulait arranger ça aussi désespérément qu'elle. Peut-être plus.

Sam se dirigea vers les cartons empilés, si semblables à celui dans sa cuisine — celui avec la chair ensanglantée. De l'acide remonta dans sa gorge, et elle le ravala.

— Il faudra qu'on fasse un tour chez toi, dit Sammy en soulevant le carton du dessus pour le poser sur le tapis et fouiller à l'intérieur. Il en ressortit avec... un support de montage. Pour la télévision. — On a réussi à charger la plupart du surplus dans nos SUV, mais on ne peut rien mettre d'autre. Si tu veux, je peux revenir demain pour aider à organiser les choses — pendant que tu es au travail, peut-être. Il cligna des yeux vers elle, puis détourna le regard, les yeux tristes. Tellement *tristes*. Sa poitrine se serra. — Pour l'instant, au moins ton père peut se mettre au lit et regarder son émission.

Elle hocha la tête vers le mur ; sa poitrine lui faisait

trop mal pour le regarder en face. — La police est chez moi en ce moment, mais je suis sûre que vous pourrez entrer dans le garage.

Owen et Sammy se raidirent tous les deux. — La police ? dirent-ils à l'unisson.

Elle força son attention à quitter le mur, vers les hommes. — Il s'avère que j'ai un harceleur, alors... Était-ce le problème principal ? Non. Mais elle y allait doucement, comme un écureuil avec une noix de trop dans la joue. Et elle ne voulait pas leur parler de la figurine, pas encore — pas avant de savoir ce que cela signifiait. Kevin avait été proche d'eux. Surtout de Sammy.

Tu protèges vraiment ses sentiments, Maggie ? Après ce qu'il a fait ?

Oui, elle le faisait. Et elle s'en fichait si c'était malsain, si c'était mal. Peu importe ce qu'il avait fait, elle ne voulait pas le blesser. Il n'avait pas voulu la blesser non plus.

Il pensait aussi la protéger.

— Un harceleur ? Encore ? dit Sammy, la ramenant à la réalité. Il secoua la tête. Sérieusement, combien de cinglés essaient d'entrer dans ton pantalon ?

— Je ne suis pas sûre que ça ait à voir avec mon pantalon. Il m'a envoyé un tatouage qu'il a écorché d'une victime de meurtre. Un homme qu'il a tué. *À cause de moi, parce que j'ai couché avec Joel dans cette boîte.*

Owen pâlit, ce qu'elle n'aurait pas cru possible, tant il était déjà pâle. — C'est pour ça que la police est là ?

Maggie hocha la tête. — Ouais. Elle pointa du pouce vers la porte ouverte, les néons du couloir projetant l'ombre allongée du garde qui s'étendait au-delà du cadre. — Et j'ai appelé la sécurité parce que je pensais que quelqu'un avait volé les affaires de papa.

— On n'a jamais assez de plaids, dit solennellement Sammy.

L'idée que quelqu'un puisse s'emparer des affaires de son père, de son fauteuil, de ses plantes en pot, semblait ridicule avec le recul. Tout comme l'idée que quelqu'un ait empoisonné l'eau de la maison de retraite ou graissé les sols pour transformer le bâtiment en un gigantesque toboggan aquatique pour octogénaires. Elle esquissa un demi-sourire, mais elle était sûre qu'il n'atteignait pas ses yeux.

— Donc, tu es allé à l'hôpital, dit-elle à Owen. Tu as parlé à mon père ?

Un mystère résolu.

— Eh bien, j'y suis allé. Mais il dormait, alors j'ai juste parlé à Dorothy devant sa chambre pendant quelques minutes. Elle m'a dit que je t'avais ratée de peu.

Ah — il était arrivé après le départ de Maggie. Ce n'était pas lui que son père avait pris pour Kevin. Mais son père croyait aussi que sa mère l'attendait à la maison avec des muffins et un sourire accueillant.

Elle avait espéré que son visiteur était un ami.

Elle devrait se contenter d'un fantôme du passé.

CHAPITRE 16

Les gars ont installé la télévision puis sont partis mettre les affaires de son père dans son garage. Sammy voulait de toute façon parler à Reid, que ce soit à propos de cette affaire ou d'une autre, elle n'en était pas sûre. Tout ce qu'elle savait avec certitude, c'était qu'au moment où elle avait fini d'arranger les photos de son père, la plante en pot et les autres bibelots achetés et aimés pendant des temps meilleurs, elle était complètement épuisée.

Le sommeil vint rapidement, comme si elle avait trébuché dans un trou, l'obscurité l'aspirant comme un courant marin. Il la maintenait là, entourée d'ombres, insensible au monde. Mais le tissu de son esprit n'était pas si facilement dompté. Il s'étirait dans l'obscurité, la suppliant de regarder. De voir.

Flash : L'homme masqué dans le club, son visage couvert, caché.

Flash : Des sutures noires sur ses biceps, zigzaguant autour du périmètre de son tatouage.

Flash : Les serpents se tordant et sifflant.

Flash : L'homme retirant le masque, mais ce n'était pas Joel, c'était Reid, souriant de toutes ses dents, les pointes aiguisées en points monstrueux, le tatouage de Joel cousu sur sa propre chair.

— C'est ça que tu veux, Maggie ? Mais la voix n'était pas plus celle de Reid que ces tatouages n'étaient les siens. La voix était celle de Dylan. Ses yeux passèrent du brun à un vert émeraude scintillant. Et alors qu'elle était allongée là, elle sentit les doigts de Reid, acérés comme des serres, comme des dents, s'enfoncer à l'arrière de sa tête —

Maggie se redressa brusquement dans l'obscurité. Son dos lui faisait mal, sa mâchoire lui faisait mal — sa tête pulsait, projetant de petites explosions d'étoiles dans sa vision, faisant bourdonner ses oreilles. Attends... non, ce n'était pas ses oreilles. Quelque chose d'autre bourdonnait.

Maggie trébucha hors du lit, poussant un cri quand son tibia heurta le côté en plastique. Où était-elle ? Rien n'était familier, l'obscurité parsemée de formes amorphes, mais le téléphone... il clignotait dans la poche de son pantalon, un phare sur le siège de la chaise. La moquette à poils ras était glacée, mais elle parvint à trébucher jusqu'au coin et à secouer le téléphone pour le libérer, le faisant tomber deux fois avant de réussir à appuyer sur le bouton et à traîner le portable à son oreille.

— Oh. Cool. Je n'étais pas sûr que tu répondrais.

Elle décolla péniblement le téléphone de son visage et fronça les sourcils en voyant l'identifiant : Tristan. — Eh bien, j'ai répondu. C'est à propos des flics à la maison ? Les cadeaux ?

— Oh... non, en fait. Ça, c'est le département de Reid. Je suis censé te dire de t'habiller. Il y a eu un autre meurtre. La patrouille sur le parking va te suivre jusque là-bas.

Maggie cligna des yeux, instantanément réveillée. *Un autre meurtre. Merde.* Elle avait espéré que le suspect avait convaincu Harry d'avouer ; tout ce qu'il avait à faire était d'arrêter de tuer, et il s'en serait tiré. Au lieu de cela, il était en colère que quelqu'un ait essayé de lui voler le mérite. Le suspect avait clairement fait comprendre que ces crimes étaient les siens en tuant quelqu'un d'autre alors que Harry était enfermé.

— Qui était la victime ? demanda-t-elle, s'asseyant doucement sur le lit.

— Pas sûr. Mais ce n'est personne de proche de toi. J'ai demandé.

Maggie cala le téléphone contre son épaule et enfila son pantalon — elle était réveillée depuis cinq minutes, et ses jambes étaient déjà fatiguées. Le silence s'étira. — Continue. S'il te plaît. Je suis trop fatiguée pour les conneries. Je suis censée aller au commissariat ? Elle pouvait leur donner un profil n'importe où. À moins que... — Reid a déjà fait venir Harry en interrogatoire ? Elle devrait se dépêcher. Si le tueur n'avait pas convaincu Harry d'avouer, et il semblait que non, parler à l'homme ne les aiderait pas à résoudre cette affaire. Mais elle ne voulait pas que quelqu'un d'autre lui parle avant qu'elle n'arrive.

Une autre pause. Maggie tendit la main pour allumer la lampe, clignant des yeux face à la soudaine luminosité. — Tristan ? Tu es là ?

— Tu ne parleras pas à Harry. Folsom s'est suicidé dans sa cellule la nuit dernière.

Maggie se figea, les doigts sur le bouton de son pantalon. — *Quoi* ?

— Ouais, Reid est un peu en train de paniquer. Quand ils ont trouvé le corps, les supérieurs ont pensé que l'affaire était peut-être close ; que tu l'avais rejeté pendant l'interrogatoire, et qu'il avait décidé de choisir la solution de facilité. Mais avec un autre meurtre la nuit dernière, ça n'a plus de sens. Évidemment.

Maggie boutonna son pantalon de ses doigts engourdis, mais sa poitrine était bien chaude. Les supérieurs essayaient de la blâmer pour Harry ? Elle se blâmait pour toutes sortes de choses, mais cela ne signifiait pas que les autres pouvaient le faire. — Je ne lui ai donné aucune raison de penser que je le rejetais. Si quoi que ce soit, je l'ai validé. Il ne m'aurait rien dit autrement. Je n'arrive tout simplement pas à l'imaginer... faire ça. Mais elle le pouvait — il avait tenté de se suicider après avoir tué son ex. Il avait toujours été dépressif, consumé par la culpabilité. Traumatisé par son passé.

— Hé, je ne te blâme pas. Soit un manipulateur de haut niveau a convaincu Harry d'enrouler ce drap autour de sa gorge, soit Harry a fait ce choix pour une autre raison. Mais personne n'est entré dans cette cellule pour le tuer — ils ont des caméras de sécurité. Si tu veux regarder l'extérieur de la cellule pendant qu'il s'étouffait...

Non, elle ne voulait pas voir ça. C'était suffisant de savoir qu'il l'avait fait de son propre chef. Maggie glissa ses pieds dans ses chaussures, ses mains tremblantes. Elle aurait dû le voir venir, mais son but au commissariat n'était pas d'évaluer les intentions suicidaires ; c'était d'évaluer les instincts meurtriers de Harry. Elle avait fait ce dernier, avait soupçonné qu'il était innocent de ces crimes, mais elle ne l'avait pas sorti de cette cellule à temps.

Maggie se dirigea vers la porte, la laissant se fermer derrière elle — verrouillage automatique. Cool. Le couloir était vide, baigné d'ombres brumeuses. La patrouille serait sur le parking, mais où était le garde ?

— Pendant que je t'ai, je voulais discuter rapidement des cadeaux.

Elle se précipita dans le couloir et dans le connecteur de l'atrium, la lumière grise de l'aube rendant le tube de verre brumeux. Elle pouvait voir le parking d'ici — la voiture de patrouille était garée à côté de sa Sebring. Une Caprice cette fois, pas une Mustang, donc ils avaient changé de quart à un moment donné. Probablement la même chose qui était arrivée au garde.

— Je suis vraiment désolée, Tristan. J'ai été une idiote. J'aurais dû simplement te demander au lieu de supposer —

— Je ne m'inquiète pas de ça. Mais la personne qui te poursuit semble beaucoup savoir sur ton histoire. Au début, ils pensaient que le tueur avait pu être déclenché par les récents reportages. Et maintenant...

Maggie poussa la porte au bout du couloir. Elle résista. Verrouillée. Elle frappa la porte d'une main ouverte et regarda à travers la petite fenêtre dans l'acier. Personne dans le hall. Pas d'infirmières non plus. — Cette histoire de cadeaux a commencé avant qu'on ne retrouve les os de mon frère, avant les articles de presse. Donc cette théorie tombe à l'eau. Elle frappa à nouveau la porte, encore et encore, mais aucune réponse du poste d'infirmières — personne au poste du tout. *Tiens.* Y avait-il un bouton à presser ? Elle scruta la zone autour du chambranle. Rien. Le mur à sa droite était un plâtre vert uni. Mais à gauche... il y avait un bouton d'urgence. Était-ce une urgence ?

Son chemisier collait à son dos.

— En effet, dit Tristan. Et avec les cadeaux sentimentaux, le cerf-volant et tout ça... ça indique quelqu'un de l'intérieur. Les cadeaux de Kevin n'ont fait partie d'*aucun* article de presse, ni à l'époque, ni récemment — j'ai vérifié. Ce tueur est quelqu'un qui en sait plus qu'il ne le devrait, soit grâce à toi, soit grâce à Kevin lui-même.

Ah, elle voyait où il voulait en venir, mais elle avait du mal à se concentrer ; être piégée dans ce tube la faisait transpirer du cou. Avait-il fait plus chaud ici ? Elle se força à dire : — Tu penses que c'est quelqu'un qui connaissait

Kevin ? Peut-être quelqu'un qui pensait pouvoir le remplacer ?

— Peut-être.

Et maintenant... le tueur devenait frustré qu'ils ne soient toujours pas ensemble près de deux ans après les faits. Mais si c'était le cas, pourquoi personne ne l'avait-il courtisée ? Dans l'année qui avait suivi la mort de Kevin, personne à part Reid n'avait essayé de sortir avec elle. Eh bien, et Tristan lui-même. Elle fronça les sourcils. Le tueur aurait dû essayer de se rapprocher d'elle après la mort de son petit ami, et au lieu de cela, il avait juste... déposé des boîtes sur son porche ? Que lui échappait-il ?

— Hé, Maggie ?

— Désolée, je suis coincée dans ce couloir, et...

— Quoi ? Où ?

— Je... La porte bourdonna. Elle s'ouvrit. L'air de l'autre côté était délicieusement doux ; le picotement le long de sa colonne vertébrale s'apaisa. Un infirmier passa la tête au-dessus du comptoir, fit un signe de la main, puis se rassit. — Fausse alerte, dit Maggie.

— Je pense qu'on n'a pas assez d'alarmes, honnêtement. La voix de Tristan était douce et sérieuse. — Qui que soit ce type... il ne se contentera pas longtemps d'imitations. Je veux engager de la sécurité supplémentaire.

— Le patron de Reid est assez réticent à ça. Et je préférerais avoir des patrouilles pour ma famille. Mes amis. Ses poils se hérissèrent — l'irritation lui griffait la gorge. Même ses pas dans le hall semblaient en colère. Combien de fois encore serait-elle dans cette position ? Combien de fois encore devrait-elle surveiller ses arrières parce que quelqu'un en avait après elle ou les gens qu'elle aimait ? Et... allait-elle protéger la femme qui avait tué son frère ? Il semblait que oui. Elle n'avait peut-être pas envie de parler à Alex, mais elle ne pouvait pas laisser cette femme être prise au dépourvu par un tueur.

— Si je te dis que je m'occuperai de la sécurité, tu vas me crier dessus pour t'avoir fait des cadeaux ?

Pas cette fois, mon vieux. — J'accepterai ta sécurité privée et t'en serai éternellement reconnaissante. Surtout parce que tu as fait réduire ma DeLorean en cendres.

— Ta maison aussi.

— Je te demanderai une faveur plus tard pour celle-là, dit-elle, s'échappant enfin du bâtiment, dans le brouillard matinal. La portière du conducteur de la Caprice s'ouvrit, révélant un flic maigre avec une barbe orange filiforme. L'officier lui fit signe d'approcher, probablement pour lui dire où ils se dirigeaient.

Tristan rit à son oreille. — Tu as intérêt.

CHAPITRE 17

Owen et Sam avaient chargé les dernières boîtes dans sa voiture la veille au soir, remplissant la banquette arrière et le coffre. La sensation d'être comprimée qui en résultait était réconfortante. Avec les boîtes empilées derrière la rangée avant, elle pouvait être certaine que personne ne se cachait sur la banquette arrière. Aucun tueur ne se dissimulait dans son coffre, prêt à bondir sur elle quand elle se garerait.

Elle appréciait également la présence des officiers — le Capitaine Barbe Orange et son partenaire Shorty Bulldog étaient un baume dans une matinée par ailleurs stressante. Mais le fait qu'elle ait une protection permanente signifiait que le chef avait changé d'avis, et elle était à peu près sûre de savoir pourquoi : elle servait d'appât. Si tout cela tournait autour d'elle, il ne faudrait pas longtemps avant que le suspect ne se lasse des substituts et ne s'en prenne à la vraie cible.

Mais elle n'avait pas anticipé qu'elle se rendrait sur une scène de crime. Maggie n'allait que rarement sur les scènes de crime, ne voyait que rarement les corps en personne. Quand Reid avait besoin de lui soumettre un profil, il venait à son bureau, ou ils se rencontraient au café.

Dans quoi s'engageait-elle ? Tristan avait dit que la victime n'était pas quelqu'un de proche d'elle, mais était-ce quelqu'un qu'elle connaissait ? Quelqu'un qu'elle avait rencontré ?

L'adresse était un bungalow du côté est de Fernborn avec une clôture blanche qui reflétait les gyrophares rouges et bleus avec une netteté saisissante. Maggie se gara plus haut dans la rue là où les officiers lui indiquèrent et se dirigea vers la maison. Sa chemise était moite sous ses aisselles. Elle serra sa veste à carreaux autour d'elle au cas où elle sentirait ; elle ne pouvait plus le dire. Au moins, le pétrichor dans l'air était piquant, les nuages sombres et lourds gorgés de pluie.

Reid se tenait à la barrière à droite de l'allée sur un chemin pavé qui menait probablement à l'arrière-cour. Il se frottait la tempe gauche avec l'index, puis leva les yeux quand elle remonta l'allée.

— Tu as des patients aujourd'hui ? demanda-t-il alors qu'elle s'engageait sur le chemin. Si c'est le cas...

— Owen les a annulés pour moi.

Il laissa retomber sa main. — Oh. Bien.

Pas génial, cependant, puisque cette affaire menaçait son cabinet privé. Quel client voudrait d'une psy sujette aux annulations ? Et si ses patients les plus paranoïaques apprenaient qu'elle devait annuler parce que quelqu'un *assassinait les gens autour d'elle*, autant dire adieu à son entreprise tout de suite.

— Pas d'empreintes suspectes sur les boîtes, dit Reid. Rien non plus sur les cadeaux eux-mêmes. Notre gars est prudent.

Sans blague. Il la suivait, laissant des cadeaux depuis près de deux ans, et personne ne l'avait vu. — Qui est la victime, Reid ? Qui est mort ?

Il croisa son regard, ses iris ambrés assombris par l'épais gris du ciel. Il fit un geste vers la barrière. — Après toi.

Son cœur était une boule serrée de roche en fusion, mais elle redressa les épaules et franchit la barrière. *Pourquoi tout ce mystère ?* Les pierres étaient inégales, rouges, oranges et grises dans un motif désordonné qui aurait pu faire une bonne marelle. La majeure partie de la cour était cachée par la maison de briques rouges. Maggie passa devant le tuyau d'arrosage, puis une brouette renversée, et tourna le coin pour entrer dans l'arrière-cour.

Les techniciens de la police scientifique avaient déjà délimité un périmètre, certains accroupis dans l'herbe, cherchant frénétiquement des preuves avant que l'orage n'éclate. La victime était étendue sur la pelouse, face contre terre, le visage tourné vers les nuages. L'herbe autour de sa tête était d'un rouge bordeaux éclatant, les éclaboussures s'étendant sur plusieurs mètres vers la droite. Son visage était couvert d'un masque noir, du front au menton. Seuls ses yeux et ses lèvres étaient visibles.

Elle connaissait ce masque. *Merde.*

— Quelqu'un… du club ? demanda-t-elle. L'homme avec qui elle avait été avant Joel ? L'homme qu'elle avait rejeté pour être avec Joel ?

— Nous ne sommes pas sûrs, dit Reid. Est-ce que le, euh, reste de son corps te semble familier ?

Elle fronça les sourcils. Il portait une chemise à carreaux et un débardeur en dessous — tout ce look de bûcheron ne passerait pas bien au club. — Il est un peu plus petit que les hommes que j'ai tendance à choisir. Bien qu'il paraîtrait sûrement différent debout. Peut-être qu'il lui semblerait familier si elle le chevauchait.

Elle n'allait *pas* le chevaucher.

Reid fit un geste vers quelque chose à gauche du cadavre, luisant faiblement dans l'herbe. Un... foret ? Couvert de sang. L'arme du crime.

Leur tueur était certainement créatif. — Il aime le frisson, l'excitation, dit Maggie, fixant le foret collant, sombre de sang coagulé. Trouver des objets qu'il pourrait utiliser pour le coup fatal, l'incertitude de la scène... il s'amuse. Ce n'est pas juste un moyen d'arriver à ses fins. Il savourait chaque moment du processus, se délectant de ce qu'il imaginait être le résultat final.

Que se passerait-il s'il n'obtenait pas ce qu'il voulait ? Rien de bon.

Reid hocha la tête. — Nous avons un témoin cette fois, qui a surpris le tueur alors qu'il glissait le masque sur la victime. Notre suspect est grand et large d'épaules, comme tu as décrit ton... partenaire régulier au club.

Elle déglutit avec difficulté. — Le témoin a-t-il vu son visage ?

— Non. Il portait aussi un masque. Elle a dit qu'il était brillant, comme du cuir.

Comme quelque chose qu'il aurait porté au club. Mais ce n'était pas seulement ça ; elle était presque certaine que l'homme au sol portait le masque de son amant. Si le suspect avait ce masque en sa possession... il avait été avec elle. Elle avait couché avec le tueur. N'est-ce pas ?

Son estomac se retourna, aigre et malade. Il lui avait envoyé des cadeaux, avait réussi à entrer dans le club, et quand elle avait choisi Joel plutôt que lui, il avait perdu les pédales et avait commencé à tuer. Mais comment avait-il fait pour qu'elle le choisisse ? Comment avait-elle pu être si stupide ?

Peut-être qu'il a volé le masque, Maggie. Mais elle n'y croyait pas. Pas du tout. Quelqu'un d'aussi obsédé ferait tout ce qu'il pourrait pour se rapprocher d'elle, et le club était l'occasion parfaite. Pas étonnant qu'il ait été satisfait sans l'approcher dans la vraie vie.

Reid la regardait toujours, mais au lieu de commenter le club ou les masques ou même le témoin, elle s'éclaircit la gorge et dit : — A-t-il été mordu comme Joel ?

Reid secoua la tête.

— Y a-t-il des chiffres autour de lui ? Gravés sur lui ?

— Pas que nous ayons vu.

Elle fronça les sourcils en regardant le sol, les pieds nus de la victime ; elle ne voyait aucune indication de marques de dents ou de chiffres, mais il portait trop de vêtements pour en être certaine. Et si un témoin avait interrompu le suspect, il était peu probable qu'il ait terminé son processus. — Il pourrait encore y avoir des chiffres. Sur un morceau de papier dans la gorge, un chiffre encré sous ses testicules...

Reid tressaillit. — Ses testicules ?

— D'accord, probablement pas, vu qu'il a été interrompu.

Elle gagnait surtout du temps, elle le sentait. Parce que tant qu'ils élaboraient des théories sur le reste de l'affaire, ils n'avaient pas à retirer ce masque pour voir comment il était lié à elle.

Si elle le connaissait.

Comme s'il lisait dans ses pensées, Reid demanda :

— Est-ce que le nom Yuri Baladin vous dit quelque chose ?

Elle renifla, commença à secouer la tête, mais ça lui *semblait* familier. *Yuri... Yuri...* — Je crois connaître ce nom de la maison de retraite. Le garde de sécurité, c'est ça ? *Celui qui n'était pas là ce matin.*

— Ouais. Il travaillait chez votre père. Était-il membre du club ?

Elle fixa son corps. — Je l'ai juste rencontré hier soir. Je ne pense pas avoir jamais été... vous savez. *Avec* lui.

— Mais vous ne pouvez pas en être sûre, n'est-ce pas ? Ses mots étaient doux, peut-être un peu gênés — il détestait devoir poser la question. — Je veux dire, vous avez dit qu'il est plus petit, mais...

— Son uniforme de garde était plus serré que la chemise qu'il porte maintenant. Donc oui, j'en suis certaine. Je préfère les hommes grands et musclés. *Comme toi, Reid, espèce de grand verre d'eau.*

Reid haussa un sourcil — avait-elle dit ça à voix haute ? — mais elle baissa à nouveau les yeux vers le corps, et son ventre se noua. Cet homme était mort, et tout ce qu'elle ressentait était du soulagement de ne pas avoir couché avec lui d'abord.

— Pourquoi lui ? murmura-t-elle presque. Je ne pense même pas avoir parlé à Yuri hier soir. Elle ne lui avait même pas dit bonjour, n'est-ce pas ? *Wow, quelle garce, Mags.* — Est-il mort juste pour nous montrer qu'Harry était innocent ?

Reid plissa les yeux, puis hocha la tête quand la réalisation le frappa. — Ah, il avait besoin d'un autre corps, parce qu'Harry lui a volé la vedette. Les yeux de Reid dérivèrent à nouveau vers l'herbe. Vers le foret ensanglanté.

Maggie suivit son regard. Elle devait bien ça à Yuri — elle devait le regarder. Voir ce que sa brève connexion périphérique avec elle avait causé.

— Le tueur est évidemment fort, commença-t-elle. L'herbe ensanglantée passa d'un marron boueux à un rouge vif — les techniciens prenaient des photos. — Grand et en bonne santé, d'après le type d'hommes qu'il attaque. Homme blanc, entre trente et quarante ans, comme nous en avons discuté avant. Tendances narcissiques — le monde tourne autour de lui.

Célibataire. Intelligence supérieure à la moyenne. Comme il frappe la nuit, il a probablement un travail de jour, mais qui lui laisse une certaine liberté physique. Peut-être à son compte, ou quelqu'un qui travaille de chez lui avec peu de supervision. Probablement un emploi subalterne — employé en dessous de ses capacités, ce qui le frustre et le met en colère. Comme il ne déplace pas les victimes de l'endroit où il les tue, il n'a pas besoin d'une camionnette ou d'un moyen de transport spécial. Mais il possède son propre véhicule. Il désirerait ce niveau de liberté pour aller et venir des scènes de crime. Il ne prendrait pas le risque d'utiliser les transports en commun ou un Lyft. Elle leva les yeux du corps. — Et il vit ici.

— Ici ? dit Reid. À Fernborn ? C'est une assez petite ville pour qu'un tueur se promène parmi nous.

Mais il savait que ce n'était pas vrai. Des tueurs se cachaient partout. Alex vivait ici, avait passé chaque week-end avec Maggie pendant vingt ans, et Maggie n'avait eu aucune idée que cette femme avait tué son frère.

— Même s'il vit ailleurs, la plupart des tueurs en série ont un point d'ancrage. Sa voix avait pris une qualité métallique qui correspondait à l'odeur cuivrée dans l'air. — Sa zone de confort pourrait même être la maison d'un parent. Mais je garantis qu'il a un endroit d'où il peut observer le monde autour de lui, où il peut surveiller ceux sur sa liste et se familiariser avec chaque endroit dont il pourrait avoir besoin pour atteindre son objectif.

— Et quel *est* son objectif ? demanda Reid. Juste... vous courtiser ?

Courtiser ? Les années quarante ont appelé — elles veulent récupérer leur jargon. — J'ai quelques idées, mais je ne connais pas encore sa finalité. Pas avec certitude. À vrai dire, elle ne voulait pas connaître le type de fin qu'il imaginait — les détails pourraient lui faire perdre son sang-froid. Ses yeux se posèrent sur l'herbe ensanglantée.

— Nous pourrions être capables d'identifier cet emplacement central, dit Reid. Venez.

Elle leva les yeux, surprise, mais Reid tournait déjà les talons, retournant sur le chemin pavé. Elle le suivit rapidement, heureuse de s'éloigner du corps. De s'éloigner du sang de Yuri. *Pauvre Yuri*. Qui serait mort maintenant si Yuri n'avait pas été de service hier soir ?

Mais elle n'avait pas le temps de considérer cela. Quand elle atteignit le bas de l'allée, Reid plongeait déjà dans la portière passager de son Bronco. Il revint avec une carte papier ; elle n'en avait pas vu de ce genre depuis des années. Maggie se pencha sur le capot pendant qu'il récupérait un marqueur feutre dans sa boîte à gants.

— Le premier meurtre dont nous avons connaissance, Cara Price, a eu lieu ici. Il fit une marque au coin d'Avalon et Henrietta. — Ensuite, il y a eu Joel Oliver, dans son garage... ici. Une autre marque. — Et maintenant, Yuri Baladin.

Elle fronça les sourcils. — Un triangle n'est pas exactement une cible.

Reid avait déjà la pointe de son stylo pointée vers un endroit au centre du triangle. — Qu'y a-t-il à ce coin ?

Maggie cligna des yeux vers son marqueur et se raidit. Oui, elle connaissait bien ce coin. C'était là que se trouvait le club.

Il semblait que Reid le savait déjà, car il dit : — J'ai besoin d'une liste des hommes avec qui vous avez été.

Ça devait être agréable d'avoir une raison légale de demander à son ex son tableau de chasse. — Je vous l'ai déjà dit, c'est anonyme par conception. Je ne connais pas leurs noms — je n'ai jamais connu leurs noms.

— Mais quelqu'un doit bien gérer cet endroit, rétorqua-t-il. J'y suis allé — pas âme qui vive à l'intérieur. Fermé à double tour. Mais il doit y avoir un moyen de les contacter. Vous avez dit que c'est exclusif et sûr. Vous devez avoir un moyen de soumettre des certificats médicaux et des tests de MST.

— Absolument. La voix était basse et n'appartenait ni à Reid ni à elle ; ils se tournèrent tous deux pour voir Tristan s'approcher de la voiture. — C'est tout sur le dark web. Intraçable. Tristan s'appuya contre la calandre de Reid. — Et il n'y a pas de caméras de circulation à proximité — pas de bon moyen de suivre qui que ce soit entrant ou sortant de ce parking. Probablement la raison pour laquelle ils ont choisi ce coin désuet pour une fête si chaude.

Maggie étudia son visage. — Vous semblez en savoir beaucoup à ce sujet, dit-elle lentement.

— Pas plus que vous. Il lui fit un clin d'œil.

Sa mâchoire se crispa ; elle lança des éclairs à Reid, puis se retourna vers Tristan. — Reid vous l'a dit, hein ? Bien sûr qu'il l'avait fait. Ce genre d'infiltration technologique était exactement le genre de chose pour laquelle ils engageaient Tristan.

Mais Tristan secoua la tête. — Je connais cet endroit depuis la semaine où nous nous sommes rencontrés.

Sa mâchoire tomba. Celle de Reid aussi, bien que sûrement pour d'autres raisons. Quoi que Tristan sache du club, d'elle, il ne l'avait pas dit à son demi-frère.

— Tu... m'as espionnée ? balbutia-t-elle. Et dire qu'elle s'en voulait d'avoir été désagréable à propos des cadeaux, qu'elle avait supposé, à tort, qu'il dépassait les limites. Il s'avérait qu'il l'avait fait... mais pas celles auxquelles elle pensait.

Tristan haussa les épaules. — Tu savais que j'avais tracé ton portable cette semaine-là. Et tu en connaissais la raison : je devais m'assurer que je pouvais te parler en toute sécurité. Ce n'est pas comme si je te jugeais. Je ne suis pas un monstre moralisateur. Il lança un regard rapide à Reid. Accusateur.

— Je n'arrive pas à croire...

— Si, tu peux, dit Tristan. Mais peut-on garder la leçon de morale pour plus tard ? Pour l'instant, nous avons des sujets plus importants à discuter qu'un club sans importance qui n'est là que pour s'amuser. C'est une question de vie ou de mort. Il sortit son portable de sa poche.

— Que se passe-t-il ? dit Reid au même moment où Maggie forçait : — Quelqu'un d'autre a été blessé ?

Tristan serra les lèvres. Il ne répondit pas.

Ce qui était une réponse en soi.

CHAPITRE 18

La première goutte de pluie frappa la carte dans le silence qui suivit la question de Maggie — Quelqu'un d'autre a-t-il été blessé ? — comme si elle voulait que Tristan réponde. Il jeta un coup d'œil au ciel, plissa les yeux, puis parla.

— Je suis certain que ton fiancé n'est pas tombé de ce pont à cause d'une rechute due à l'alcool, dit Tristan. En fait, je ne pense pas qu'il ait rechuté du tout.

L'air humide pesait sur ses épaules, le plic-ploc des gouttelettes de pluie brouillant le marqueur de Reid. Reid rassembla la carte et fit un signe de tête vers son Bronco. Maggie suivit son doigt, contournant la voiture, mais elle avait l'impression de se déplacer dans de la bouillie d'avoine.

Tristan avait-il raison ? Cette figurine à tête branlante d'Ernie était révélatrice — l'homicide était certainement une possibilité. Peut-être même espérait-elle que ce soit vrai si cela lui ôtait toute responsabilité. Mais l'idée qu'il n'ait pas rechuté... Non. C'était impossible.

— Kevin *a* rechuté, dit-elle en se glissant sur le siège

passager avant. Tristan monta à l'arrière. Il était ivre. La police avait les rapports du médecin légiste.

— Je sais, dit-il. La portière arrière claqua ; un coup de tonnerre explosa dans le ciel comme pour souligner ses mots. Mais j'ai retracé les pas de Kevin cette nuit-là, examiné toutes les caméras de surveillance que j'ai pu trouver, vérifié l'utilisation de ses cartes de crédit. Je n'ai pas réussi à obtenir le GPS d'un téléphone, cependant.

Maggie se tordit sur son siège pour faire face à Tristan, mais Reid se penchait déjà pour remettre sa carte dans la boîte à gants. Sa tête heurta l'épaule de Maggie, le souffle de sa respiration chaud sur sa manche. — Désolé, marmonna Reid. Il était probablement plus désolé d'être si près de son aisselle.

Maggie se recula pour lui faire de la place, puis dit à Tristan : — Kevin n'avait pas de smartphone. Juste un vieux portable à clapet.

— Je n'ai pas besoin de ça pour prouver mon point. Tristan haussa les épaules. Au restaurant, tu m'as accusé de m'immiscer dans une blague privée entre Kevin et toi. Je pense que notre suspect essaie d'être comme Kevin. Essaie de... le remplacer.

— Cela ne signifie pas qu'il a dû tuer Kevin, dit-elle. Je n'ai reçu aucun cadeau avant la mort de Kevin. En tenant compte de cette chronologie, il serait logique qu'il ait vu l'accident de Kevin comme une opportunité. Mais la figurine d'Ernie — il lui avait offert la figurine.

Tristan s'éclaircit la gorge. — J'ai passé beaucoup de temps hier soir à examiner les rapports de l'accident de Kevin. Il n'y avait pas de traces de freinage sur le pont ; officiellement, il s'est enivré et s'est endormi. Aucun signe d'acte criminel.

Tout ce qu'elle savait déjà. Elle avait toujours espéré

que c'était un accident. Elle avait toujours soupçonné qu'il avait pris la décision de conduire par-dessus le bord.

— Quand Kevin rechutait, comment se comportait-il généralement ?

Elle fronça les sourcils. — Pardon ?

— Serait-il allé dans un bar ce soir-là avant de conduire jusqu'à la rivière ?

Reid regardait maintenant Tristan aussi, son corps tordu sur le siège, son visage grave.

— Non. Il buvait seul. C'était... un point de honte pour lui. Il serait allé dans une épicerie.

— Tu sais laquelle ?

— Pour autant que je sache, il n'en avait pas de préférée, dit-elle. Quelque part à proximité.

— C'est ce que je pensais, dit Tristan. Mais la nuit où Kevin est mort, il n'a fait aucun achat d'alcool avec sa carte de crédit, ni rien d'autre d'ailleurs. Rien sauf chez un fleuriste local plus tôt dans la journée.

Sa cage thoracique se contracta. Il lui avait offert des fleurs sauvages quand il l'avait demandée en mariage. Elles étaient restées sur le comptoir pendant des semaines après sa mort, les pétales tombant comme des larmes, jonchant le carrelage en porcelaine de la cuisine.

— Il a probablement payé en espèces.

Tristan plissa les yeux. — Le faisait-il souvent ? Il ne s'est pas arrêté à un distributeur automatique. Et il y avait des achats dans des magasins d'alcool l'année précédente, je suppose de la dernière fois qu'il avait rechuté. Il avait utilisé une carte à ce moment-là — il n'avait pas essayé de le cacher.

Non, il ne l'avait pas fait ; il était rentré en pleurant et lui avait dit exactement ce qu'il avait fait. Comme il l'avait toujours fait.

Reid et Tristan la regardaient tous les deux comme s'ils

attendaient un éclairage supplémentaire, mais elle ne savait pas quoi dire. *Peut-être a-t-il décidé de le cacher cette fois parce qu'il pensait que son alcoolisme était la raison pour laquelle j'avais refusé sa demande en mariage.* C'était vrai, et c'était pertinent, mais sa gorge était comme une minuscule paille — pas de place pour l'air.

— De plus, son taux d'alcoolémie était de 0,25, dit Tristan.

Elle cligna des yeux. Le médecin légiste lui avait dit que Kevin était ivre, mais Maggie n'avait pas demandé de chiffre. Pour un alcoolique en rémission, qui n'avait pas bu depuis plus d'un an avant sa demande en mariage, ce niveau l'aurait rendu incapable de conduire. Il aurait été inconscient avant même de prendre le volant. Bon sang, il aurait pu mourir de l'alcool seul à ce niveau. — Ce n'est pas possible.

— Si, ça l'est. J'ai vérifié trois fois. Tristan hocha la tête. L'absence de traces de freinage signifie qu'il n'a même pas essayé de ralentir. Mais avec ce taux d'alcoolémie, je ne pense pas qu'il aurait pu atteindre le pont tout seul.

— Les agents intervenus ont supposé qu'il était garé près du pont, dit Reid. Elle jeta un coup d'œil, mais il s'était remis droit sur son siège, parlant au pare-brise comme s'il ne pouvait pas supporter de la regarder. Ils ont pensé qu'il s'était enivré là, et dans un seul moment de semi-lucidité, avait essayé de rentrer chez lui et était tombé dans la rivière à la place.

Elle observa les muscles de sa mâchoire travailler — il grinçait des dents. *Tiens.* Il en savait beaucoup sur l'affaire de Kevin. L'avait-il seulement récemment examinée, ou l'avait-il regardée... avant ?

Tristan se tourna aussi vers Reid, comme s'il venait seulement de se rappeler qu'il était là. — La police scientifique t'a déjà appelé au sujet de la figurine ?

Reid haussa les épaules. — Ils l'ont peut-être fait, mais je suis ici sur la scène de crime depuis tôt ce matin.

— Alors, attends d'entendre ça, dit Tristan, se penchant en avant, ses yeux pétillants d'excitation. Ça faisait mal à la poitrine de Maggie. Il n'y avait aucune mention d'une figurine à tête branlante dans les rapports d'accident. Pas grave — ce n'est pas quelque chose que quiconque aurait su chercher. Au début, je pensais que quelqu'un l'avait volée sur la rive après qu'ils aient sorti la voiture de Kevin.

— Ou elle a été volée dans les preuves, dit Reid, se redressant.

— Exact. Mais l'analyse médico-légale n'a trouvé aucune trace d'eau de rivière dans le jouet. Ils ont dit que les niveaux de certains types d'algues sont élevés là où la voiture est passée par-dessus. Ils auraient dû trouver des restes séchés de ces organismes.

Le cœur de Maggie s'arrêta. — Donc... le tueur a pris le jouet avant que Kevin ne passe par-dessus le pont ?

— Exactement. Si nous pouvons retracer les pas de Kevin, déterminer quand le tueur l'a volé...

— Il l'a pris cette nuit-là, dit-elle. Ça ne pouvait être que cette nuit-là. Ernie était là quand Kevin est parti de la maison en voiture. Elle avait regardé ce jouet alors que Kevin descendait l'allée à toute vitesse après qu'elle l'ait repoussé. Elle l'avait observé se balancer jusqu'à ce qu'il disparaisse de vue. Et il ne l'avait pas donné. Il occupait une place spéciale sur le tableau de bord de chaque voiture qu'il avait possédée depuis qu'ils étaient adolescents. Une fois, le ressort s'était cassé, et il avait payé soixante dollars pour le faire réparer au lieu d'acheter un nouveau jouet pour vingt dollars.

À moins qu'il n'ait finalement... renoncé à elle et l'ait jeté par la fenêtre.

Tristan s'adossa confortablement contre le siège. Reid fronça les sourcils en regardant son frère dans le rétroviseur, mais ne dit rien. Maggie ne faisait que fixer du regard.

Ce salaud avait assassiné Kevin — tué l'homme qu'elle aimait pour l'atteindre, elle.

Ajoute simplement Kevin à la liste, Maggie, avec Cara, Joel et Yuri. Tu ne pouvais pas t'arrêter à Aiden et Dylan, hein ?

Son ventre se noua. La bile lui monta à la gorge. Elle eut l'impression qu'elle allait vomir. Maggie appuya sur le bouton pour baisser la vitre et plongea son visage dans la pluie, les gouttes comme des aiguilles sur sa joue.

— Il y avait probablement un numéro sur Kevin quelque part — un numéro *1* aurait ressemblé à une égratignure. Elle reconnaissait à peine sa propre voix ; la pluie s'infiltrait dans sa bouche. Et les cadeaux avaient commencé environ six mois après la mort de Kevin, juste après qu'elle ait rencontré Reid et Tristan. Le tueur avait dû penser qu'avec Kevin hors du chemin, il pourrait passer à l'étape suivante. Le club avait satisfait cette envie jusqu'à ce qu'elle choisisse quelqu'un d'autre. Et maintenant... les meurtres. Pour modérer sa rage jusqu'à ce qu'il puisse trouver un nouveau moyen de l'atteindre.

— Ce type a essayé de se rapprocher de toi à travers le club, mais essaierait-il aussi de se mettre sur ta liste de patients ? La voix de Reid lui parvenait de loin. Elle avait de l'eau de pluie dans les oreilles. — Dans ton cabinet, il aurait la possibilité de te voir de près, de te faire parler...

— Je vais passer en revue mes dossiers. Mais s'il sait quoi que ce soit sur moi, il ne croirait pas que je sortirais avec un patient. Prendre rendez-vous est le moyen le plus rapide de se faire rayer de ma liste de prétendants potentiels.

— Ouais, je peux en témoigner, lança Tristan. Reid se raidit.

Maggie rentra la tête dans la voiture ; la pluie gouttait de son menton sur sa poitrine. Elle avait besoin d'une douche. — Je veux que mes amis soient sous protection rapprochée, dit-elle à Reid.

Tristan renifla. — J'ai déjà engagé de la sécurité, mais ils pourraient avoir besoin de renforts. Sammy m'a déjà appelé pour m'engueuler. Je pense qu'il était énervé que la chef n'ait pas voulu déployer d'unité — elle ne veut toujours pas, d'ailleurs. J'ai envoyé mes gars surveiller ses enfants au camp de jour pendant que lui et Imani travaillent au palais de justice. Au moins, ce bâtiment devrait être sécurisé.

— Et Alex ? demanda Maggie.

— Elle a refusé.

La mâchoire de Maggie tomba, et Tristan leva les mains. — Ne tire pas sur le messager. Elle a dit à mes gars d'aller te protéger, toi, puis elle s'est faufilée par l'arrière.

Merde. Était-ce une sorte d'excuse tordue ? De la culpabilité ? De l'autopunition ? Il y en avait beaucoup de ça dans l'air.

— Je jure, c'est comme si toi et tes amis tentiez le sort pour... enfin. Reid s'éclaircit la gorge. — Je vais passer un autre appel. Mais j'ai déjà parlé aux autorités compétentes, et la chef ne pense pas que tes amis soient en danger puisqu'aucun d'entre eux n'a été blessé ou menacé. Ils m'ont donné une unité supplémentaire — pour toi. C'est tout. Il se tourna vers elle. — Si le tueur essaie de te séduire, irait-il vraiment jusqu'à blesser les gens que tu aimes ?

— Il a tué Kevin.

— Kevin était sur son chemin. Et tu as dit non à la demande en mariage de Kevin. Peut-être qu'il pensait t'aider à passer à autre chose.

Sa poitrine se serra, mais elle parvint à croasser : — Peut-être. Mais encore une fois, elle ne pouvait en être certaine. Le mode opératoire du tueur était complètement imprévisible, et qui pouvait dire qu'il ne se sentirait pas menacé par l'un de ses amis ? Et s'il réussissait à la séduire, et que ses amis décidaient qu'ils ne l'aimaient pas ? Ils seraient aussi bons que morts. À moins qu'elle ne puisse identifier le tueur en premier.

Ils devaient le trouver en premier.

— Je pense qu'un rassemblement s'impose, dit-elle lentement. Quelque part en public. J'appellerai Sammy et Imani, Owen, Alex — *Alex la meurtrière de son frère* — et je les réunirai tous au même endroit, pour que vous puissiez les surveiller en même temps. C'était plus sûr, non ? Se séparer était toujours plus dangereux.

Tristan hocha la tête. — Au moins, Alex ne pourra pas échapper à mes gars avec tout le monde présent.

— J'appellerai aussi l'hôpital, dit Reid. Je sais qu'ils veulent faire sortir ton père, mais s'ils acceptent de prolonger son séjour, nous pourrons placer de la sécurité à sa porte.

— D'accord. Elle croisa les bras. — Et je veux faire de l'infiltration. Je veux retourner au club.

Cette fois, les yeux de Tristan et de Reid s'écarquillèrent. — Pardon ? dit Reid.

— Et s'il était là ? Et si je pouvais l'attraper simplement en me montrant ?

— C'est trop dangereux, Maggie. Reid secoua la tête, son visage empreint d'inquiétude. — Ce n'est pas un jeu.

Sans blague. La roulette russe avait un nombre de victimes moins élevé. — Le club est exclusif, dit-elle, essayant de garder une voix égale. — Il faut du temps pour être approuvé. Un officier ne pourra pas le faire. Et ce club est le seul endroit où nous savons qu'il s'est rendu.

Nous savons qu'il l'a utilisé pour choisir des victimes par le passé.

Tristan sourit. — Je veux en être. J'ai toujours voulu y aller.

Elle leva les yeux au ciel. Son bras était mouillé, la pluie tapotant contre sa manche ; l'intérieur de la portière de Reid était mouillé aussi. — Je viens de dire que ça prend du temps...

— Je suis membre. Je n'ai pas de masque, mais je peux en avoir un en un rien de temps.

Maggie le fixait du regard. Il était *membre* ? Reid se raidit, ses jointures blanchissant sur le volant. Elle n'avait pas couché avec Tristan, elle devait croire qu'elle l'aurait su, mais avec la nature des masques, le fait qu'elle n'avait jamais vu son torse... et elle avait imaginé sentir son odeur là-bas, n'est-ce pas ? Maggie avait cru que c'était un tour de son esprit, comme quand elle sentait l'odeur de Kevin sur les hommes avec qui elle était, mais et si ce n'en était pas un ?

— Tu plaisantes ? demanda-t-elle, mais Reid s'était déjà retourné vers lui, sa voix plus forte que le tonnerre.

— Tu y es allé, en essayant d'avoir des relations sexuelles avec...

Tristan leva les mains.

— Doucement, doucement ! Je n'y suis *jamais* allé, c'était une gaffe de m'être même inscrit. Mais j'ai été approuvé, ce qui est fortuit. Je peux me faire passer pour ton amoureux temporaire. Faire en sorte que le tueur s'en prenne à moi ensuite. Et Reid ici présent pourra l'arrêter.

Il pointa son frère du pouce.

Maggie voulait lui crier dessus, et elle n'était même pas sûre pourquoi — la question des limites ? Peut-être. Ou juste de la frustration. Ils étaient brisés en tant qu'équipe, dysfonctionnels, mais Tristan était en quelque sorte le seul qui était toujours en position de l'aider. Cela la faisait se sentir... piégée.

Elle avala difficilement sa salive par-dessus la boule dans sa gorge et força ces mots :

— Ce soir. Ce tueur agit trop vite pour attendre. Les mandats et les groupes d'intervention prennent du temps — trop de temps. Tristan et moi pouvons faire équipe pour notre sécurité. Il ne nous attaquera pas au club, et nous ne pouvons pas amener une équipe de flics avec nous ; nous ne pouvons pas perdre le seul endroit où nous pourrions être capables de l'appâter. Si nous pouvons organiser la sécurité pour la famille de Sammy et tous les autres...

— Nous n'avons pas assez d'effectifs, dit Reid en se frottant la tempe.

— Je suis formé au maniement des armes, dit Tristan. Tu m'as dit que je devais l'être, frangin, exactement pour ce genre d'opportunité.

— C'est une mauvaise idée.

— C'est la *seule* idée, Reid, répliqua-t-elle. Je ne peux pas rester assise à attendre qu'il tue quelqu'un d'autre. Mais s'il m'observe, tuant les gens avec qui je couche...

Elle jeta un coup d'œil à Tristan.

— Au moins, on sait où il frappera ensuite.

— Elle a raison, dit Tristan en haussant les épaules, si nonchalant que c'en était troublant. D'abord, un rassemblement, puis un voyage avec moi dans un club échangiste.

Il fit un clin d'œil, ses yeux verts pétillant.

— Ce sera une bonne journée, Docteur. Pour nous deux.

Il saisit la poignée de la porte et sortit sous la pluie.

Maggie se tourna pour faire face à l'avant, regardant Tristan remonter la route, sans se presser malgré l'orage. Mais du coin de l'œil, elle pouvait encore voir le visage de

Reid, ses yeux bruns sombres de fureur. L'idée qu'elle aille dans ce club avec Tristan avait manifestement touché une corde sensible. Et tandis que Tristan s'éloignait, elle se demanda ce que Reid faisait pour évacuer cette colère. Et ce qui pourrait arriver à cette rage s'il ne faisait rien.

Il ne laisserait sûrement pas son demi-frère mourir aux mains de ce tueur, mais à en juger par l'expression de son visage, il pourrait en avoir envie. Et une petite voix au fond de sa tête ne cessait de chuchoter, insistante : *Pourquoi le suspect ne t'a-t-il pas tué, Reid ?*

Pourquoi ne t'a-t-il pas tué ?

CHAPITRE 19

Maggie rentra chez elle dans un état second, les essuie-glaces tonnant d'avant en arrière, l'air à l'intérieur de la voiture aussi épais que l'orage à l'extérieur. Kevin avait été assassiné à cause d'elle. Des innocents étaient morts à cause d'elle. Et dans quel but ? Pourquoi avaient-ils été choisis ?

La plupart des victimes n'avaient aucun sens.

Elle ne connaissait pas Cara. Elle avait à peine rencontré Yuri. Joel, elle comprenait, bien que personne sain d'esprit ne penserait qu'il représentait une menace pour une vraie relation — c'était une aventure d'un soir. Mais Reid était une menace importante. Pourquoi le détective s'en était-il sorti indemne ?

Reid la suivit jusqu'à sa maison pour qu'elle puisse se changer, attendit dans le salon pendant qu'elle se douchait. Elle ne supportait pas de passer plus de temps ici que nécessaire. La moitié de la maison de son père était saccagée — celle-là, c'était sa faute, mais pas le reste. Les plantes dans les jardins étaient piétinées, les rebords des fenêtres couverts de poudre pour relever les empreintes. Au moins, les policiers avaient enlevé les boîtes cadeaux. Ils avaient pris le tatouage ensanglanté. Et Ernie.

Quand elle émergea avec les cheveux propres et un chemisier rayé, un nœud ostentatoire juste sous la gorge, la table basse était débarrassée. Le lave-vaisselle tournait. Les manches de la chemise de Reid étaient mouillées, mais il enfila sa veste sans un mot et repartit sous la pluie.

Merde. Elle était tombée bien bas si elle avait besoin d'un beau détective pour faire sa vaisselle. Les mots *merci* restèrent coincés dans sa gorge — la honte que la faveur ait été nécessaire. Mais, oh, elle l'avait été. Elle avait besoin de changer... quelque chose. Peut-être tout.

Maggie arriva au bureau en pilote automatique. Reid avait eu raison de dire qu'elle devait passer en revue ses patients, pour voir si quelqu'un correspondait au profil. Aussi irréaliste que ce soit qu'elle sorte avec un patient, le tueur n'opérait pas dans le domaine de la réalité. Peut-être imaginait-il qu'elle tomberait amoureuse de lui en tant que sa psy, et, quand cela avait échoué, il était passé au club échangiste.

Elle réprima un frisson. *Pas maintenant, Maggie*. Elle ne pouvait pas complètement traiter toute cette histoire de coucher-avec-l'ennemi tant que le tueur ne serait pas derrière les barreaux.

Maggie monta les escaliers deux par deux, en alerte pour d'autres pas — juste ceux de Reid, qui résonnaient derrière elle. Sa paume était moite, la poignée glissante. Elle ouvrit la porte du troisième étage d'un coup sec.

Si le suspect était dans son classeur, ce devait être quelqu'un qu'elle avait traité avant la mort de Kevin. Un patient d'il y a au moins deux ans. Combien de temps aurait-il fallu pour qu'une telle obsession se développe ? Combien de temps avait-il attendu après l'avoir rencontrée avant de prendre des mesures pour attaquer ? Il était même possible qu'il n'ait pas ressenti cette pression jusqu'à ce qu'il cesse de la voir dans un cadre professionnel — jusqu'à ce qu'ils n'aient plus de connexion programmée.

Il n'y avait aucun moyen de le savoir. Il avait montré qu'il avait une patience excessive. Et c'était le problème. Elle avait tellement de cas à examiner qu'elle ne savait pas par où commencer.

Owen se tenait dans la salle d'attente quand elle entra. — C'est dingue que ça recommence. Je veux dire... je n'arrive même pas à y croire. Je n'imagine pas ce que tu traverses. Les mots sortirent à toute vitesse comme s'il les avait retenus sur le bout de sa langue toute la journée.

— Qu'as-tu entendu exactement ?

— Reid a dit... enfin, techniquement c'est Sammy qui l'a dit, mais il l'a entendu de Reid. Reid, qui écoutait depuis le couloir ? Probablement sur son portable. Elle pouvait entendre sa voix basse gronder à travers la porte.

Owen secoua la tête comme s'il essayait de se ressaisir. Elle avait toujours été la casse-cou — roulant à toute vitesse dans sa voiture, travaillant avec des tueurs, couchant avec des inconnus, vivant d'adrénaline, cherchant un petit quelque chose en plus. Owen avait toujours été plus comme une couverture pour éteindre les feux qu'elle allumait.

— Sammy a dit qu'on devait se réunir, dit-il maintenant. L'union fait la force. J'ai déjà annulé tous nos patients jusqu'à la fin de la semaine. Il jeta un coup d'œil à la porte. — Pensent-ils que ça pourrait être un patient ? La façon dont Sammy l'a dit...

— Ils ne savent pas. Personne ne sait.

Il déglutit difficilement. — Sammy et Imani ont une audience cet après-midi. Je me suis dit que je pourrais t'aider à passer en revue tes dossiers. Pour ce soir... que dirais-tu de Sherwood's ? C'est un endroit central pour que tout le monde se retrouve après le travail, et les flics peuvent suivre de là. Sammy pense que les enfants aimeront aussi — ça ne les rendra pas anxieux. Je ne pense pas qu'il veuille leur dire ce qui se passe, ce qui est compréhensible, mais je suis un peu nerveux à propos des... eh bien...

Il détourna les yeux, mais elle savait ce qu'il voulait dire : les armes. Sherwood's était un endroit où l'on lançait des haches, un endroit qu'elle et ses amis fréquentaient depuis des années. Une porte d'entrée, une porte de sortie, pas d'autres entrées, et Maggie et tout le monde seraient armés. Oh, mais... elle avait oublié ses lames à la maison.

Owen pencha la tête, attendant une réponse. Elle acquiesça. — C'est parfait. Et en parlant des enfants de Sammy... comment vont tes filles ?

— Elles doivent rentrer de Californie demain — Katie vole avec elles cette première fois. Je lui ai dit que ce n'était pas le bon moment, que ça pourrait être dangereux, mais Katie m'a rembarré, disant qu'elle devait vendre leur maison. Elle a agi comme si j'étais... surprotecteur. Il y avait maintenant du feu dans ses yeux, brut et ardent. — Je me fiche de ce qu'elle pense. Quand cet avion atterrira, j'aurai une sécurité armée pour les escorter à la maison, même si je dois payer pour ça moi-même.

— Bon plan. Le tueur ne s'en était jamais pris aux enfants auparavant, mais il ne s'en était jamais pris non plus à des gens qui ressemblaient à Maggie. Chaque victime jusqu'à présent possédait un lien distinctement différent avec Maggie elle-même, et cette variabilité signifiait qu'ils ne pouvaient exclure personne comme prochaine victime potentielle. — Mettons-nous au travail.

Il fallut cinq heures dans les classeurs. Cinq heures et demie si elle comptait le déjeuner qu'ils avaient mangé debout dans le bureau d'Owen, la photo encadrée de ses filles fixant Maggie comme pour dire : « Tu dois résoudre ça avant que quelqu'un n'essaie de nous poignarder. » Owen semblait penser la même chose, car ses yeux dérivaient aussi vers la photo — mal à l'aise. Il mangea à peine les sandwichs que Reid avait commandés. Fidèle à lui-même, Owen s'inquiétait, cataloguait, triait, faisant le travail difficile sans se plaindre.

Mais chaque heure qui passait ne faisait qu'exacerber la frustration qui flottait dans l'air comme un nuage de gaz toxique. — Ça pourrait être n'importe qui — même un parent de l'un de ces patients. Je veux dire, j'ai raté le fait que Harry était activement suicidaire. Qui sait ce que j'ai pu rater d'autre ?

Owen secoua la tête. — Je l'ai rencontré une fois, tu te souviens ? Ton père était malade, et Harry est quand même venu ici — j'ai rempli ses papiers. Quand elle acquiesça, il poursuivit : — On n'avait pas vraiment de relation, mais il joue cartes sur table. Ses yeux étaient plissés, mais sincères. — Ce n'était pas ta faute.

N'était-ce pas ? — Merci de dire ça. Mais sa voix sonnait creux.

Owen fronça les sourcils et mit son dossier de côté. — Ça aiderait si on appelait les services de l'État ? On connaît tous les deux des gens qui travaillent dans la protection de l'enfance. On peut s'assurer que son enfant soit placé dans un endroit où il sera aimé. Ce n'est pas parfait, mais c'est concret. On peut aider — *tu* peux aider.

Sa poitrine se dénoua un peu. — Oui. Peut-être que ce serait... bien.

Il sourit, mais son sourire n'atteignit pas ses yeux. — On va passer l'appel. Et puis on s'y remettra. Tout ira bien.

Ça ne semblait pas aller, mais c'était un progrès. Parfois, c'est tout ce qu'on pouvait demander.

Au moment où Owen remettait le dernier dossier dans

le classeur, ses doigts étaient couverts de coupures de papier et sa poitrine lui faisait mal. Ils n'avaient trouvé aucun bon candidat dans sa pile de patients. Ceux qui correspondaient au profil physique ne correspondaient à aucun profil psychologique qui avait du sens pour le tueur, et ceux qu'elle pouvait imaginer mentalement comme un harceleur-meurtrier ne correspondaient pas physiquement — trop petits, trop vieux, trop féminins pour être l'homme vu quittant chez Yuri. Elle mit quand même de côté les coupables les plus probables : ceux qui avaient quitté ses soins juste avant la mort de Kevin. Tristan pourrait, très discrètement, enquêter sur chacun d'eux pour vérifier s'ils avaient des alibis. S'ils avaient fait un voyage à La Nouvelle-Orléans à l'époque où le tueur lui avait envoyé ces billets de concert de Weird Al. Si seulement elle les avait encore — si seulement ils avaient pu les retracer. Si seulement le tueur n'était pas si... intelligent. Si cette opération au club ne fonctionnait pas... que faire alors ?

Reid était dehors quand elle et Owen descendirent au parking et montèrent dans sa voiture, la bouche sèche, le cœur dans la gorge. Elle prévoyait de faire le trajet avec Tristan jusqu'au club plus tard pour l'Opération Sexy Piège, une combinaison de mots qu'elle n'avait jamais imaginé penser, encore moins être impliquée dedans. Mais la sensation de picotement le long de sa colonne vertébrale n'était pas seulement de l'anxiété. De l'excitation ?

Maggie fronça les sourcils face à l'obscurité qui s'installait tandis qu'Owen s'engageait sur la route principale. Parfois, les émotions s'embrouillaient — le système nerveux central était facilement confus. C'était sûrement ça. Et elle avait assez de soucis comme ça.

Elle devait se concentrer sur ses amis, avant qu'une autre personne qu'elle aimait ne lui soit arrachée pour de bon.

CHAPITRE 20

Owen était silencieux sur le chemin vers Sherwood's. Il fixait la route, les mains crispées sur le volant à dix heures dix, roulant exactement à la vitesse limite, ce qui l'agaçait plus qu'elle ne voulait l'admettre. Chaque clignotant utilisé avec précision, chaque arrêt au feu rouge lui donnait l'impression qu'elle allait sortir de sa peau. Mais ils arrivèrent à Sherwood's avec son intérieur à l'intérieur et son extérieur à l'extérieur.

Il fit une pause, les clés encore dans le contact. — Tu es nerveuse à l'idée de voir Alex ?

Sa poitrine se contracta, une dernière tentative pour se retourner. — Oui. Mais elle descendit de la voiture, les entrailles nouées d'anticipation. Il n'y avait plus de retour en arrière possible maintenant. Ils ne savaient pas qui était en danger, et c'était le moyen le plus efficace de s'assurer qu'ils restaient tous en sécurité. Et bien que Maggie ne fasse pas confiance à Alex, elle ne la détestait pas.

Tiens. Elle ne détestait *vraiment* pas Alex. C'était juste... douloureux. C'était *tellement* douloureux. Mais quoi qu'elle ressente maintenant ne signifiait pas que sa colère ne resurgirait pas une fois qu'elle verrait le visage de la femme. Frapperait-elle Alex ? Pleurerait-elle ? Probablement les deux. Elle l'avait évitée ces deux derniers mois parce qu'elle n'avait pas voulu découvrir lequel. Elle ne le voulait toujours pas.

La porte en chêne semblait particulièrement lourde. Sherwood's se vantait d'une cacophonie métallique sur bois entraînante — *boum-clac*, *clac*, *boum-clac*, ponctuée par le *tchonk* plus lourd du bois sur bois des lanceurs de javelot. Une vaste fresque forestière couvrait chaque mur, donnant l'impression d'être dans une clairière boisée si l'on ignorait les dizaines de couloirs de chaque côté de l'allée, les cibles au bout de chacun, les petites tables rondes qui jonchaient l'allée. Avec le comptoir de style bar au fond, c'était comme si un vieux pub anglais avait couché avec un stand de tir, puis déménagé dans un pays qui n'autorisait pas les armes à feu.

Elle et Owen se frayèrent un chemin à travers la foule clairsemée, composée principalement d'hommes plus âgés ce soir-là, certains grands mais pas assez musclés pour correspondre à l'homme vu en train de s'enfuir du jardin de Yuri. L'agent au visage plat qui l'avait suivie jusqu'au village de retraités la nuit dernière était venu inspecter les lieux avant leur arrivée, et se tenait toujours le long du mur du fond, scrutant la salle de ses yeux perçants — très Service Secret. Des épaules larges, musclé maintenant qu'elle le regardait vraiment. Attirant si ce n'était pour son... eh bien, son visage.

Reid les suivit, elle et Owen, puis prit place près de l'entrée, sur le mur opposé à l'autre policier. Tant d'yeux sur elle. Elle se sentait exposée. Exposée comme si elle était nue dans une salle de classe. Comme si la présence de Reid la déshabillait, la décomposait.

Peut-être que c'était juste les nerfs — l'anticipation. Alex... n'était pas là.

Sammy, si. Il se tenait entre les deux derniers couloirs, près de l'endroit où Imani était assise à la table bistrot. Ses enfants, Kendra et Justin, étaient prêts à lancer, Kendra avec un ensemble de couteaux que Sammy avait peut-être achetés pour l'occasion, Justin avec une hache verte qui appartenait à Sam. Sammy leur montrait comment tirer les armes en arrière et les relâcher vers l'avant en direction des cibles. Ils souriaient tous.

Sa poitrine se réchauffa, mais elle ne put se forcer à sourire en retour.

Le tueur observait-il ? Était-il ici ? L'espoir était qu'il pense que les choses revenaient à la normale, rendant d'autant plus probable qu'elle s'enfuirait au club. Elle était allée à ce club après avoir rencontré ses amis plusieurs fois par le passé. C'était un schéma que le tueur aurait dû remarquer.

Kendra lança son premier couteau. Il rebondit sur le coin de la cible et s'enfonça dans le tapis en caoutchouc. Kendra pointa Justin du doigt. — J'ai failli t'avoir ! Elle et son frère rirent hystériquement. Sammy rit aussi, puis montra à Justin comment positionner sa hache sans se couper l'épaule. Ensuite, il fit signe à Kendra d'approcher de la ligne à côté de lui — l'un visant haut, l'autre lançant bas. Ah, il leur montrait la manœuvre « robo-destructo ». Ils l'avaient appelée comme ça depuis qu'ils avaient vu un film où une paire de justiciers rénégats éliminait un robot maléfique en bloquant sa main-mitrailleuse avec un couteau et en sectionnant son cerveau robotique avec une machette en même temps. Le travail d'équipe à son meilleur.

Imani jeta un coup d'œil, vit Maggie et Owen approcher, et bondit sur ses pieds. Owen fit un signe de la main, puis se dirigea vers le comptoir du fond pour commander à manger. Il n'avait pas beaucoup mangé plus tôt, mais il se sentait probablement mieux maintenant qu'ils étaient entourés de flics.

— Ça fait tellement plaisir de te voir, dit Imani en enroulant ses bras autour des épaules de Maggie, aussi naturellement que de respirer. Maggie la serra en retour — fort, peut-être trop fort. S'accrochant. Quand était-ce la dernière fois qu'elle avait enlacé quelqu'un ? Eh bien, en dehors de Reid, et cela s'était terminé brusquement avec ces boîtes sanglantes. Mais il n'y avait pas de boîtes ici, et Imani n'avait pas tué son frère. Imani ne lui avait rien caché. *Merde, Maggie, lâche-la !*

Mais si Maggie serrait trop fort, Imani ne semblait pas le remarquer. Elle baissa la voix et dit dans les cheveux de Maggie : — Ils pensent vraiment que ce tueur pourrait s'en prendre à nous ?

Elles se séparèrent enfin, et Maggie haussa les épaules. — On ne peut pas en être sûrs. Mieux vaut prévenir que guérir. On a tous vécu assez de choses, alors jusqu'à ce qu'on arrive à attraper ce connard, c'est aller aux toilettes par deux.

— On avait besoin de se reconnecter de toute façon, dit Imani. Pas que je veuille faire pipi avec toi, mais tu m'as terriblement manqué. Tu as manqué aux enfants aussi. Et... tu sais. Sam. Évidemment. Je suis contente que tu aies pu le voir hier soir.

— Moi aussi. Mais elle ne semblait pas pouvoir verbaliser quoi que ce soit d'autre ; ne pouvait pas dire à Imani à quel point Sam lui manquait. Ça semblait trop proche du pardon. Cela dit... elle l'avait *presque* pardonné, n'est-ce pas ? Peut-être que c'était quelque chose d'autre dont elle devrait s'inquiéter après avoir mis ce tueur hors d'état de nuire. Étant donné le choix entre le pardon et s'assurer qu'il vivrait pour voir demain, l'un était clairement plus urgent.

Maggie déglutit difficilement, ses yeux se dirigeant derrière Imani. L'agent au visage plat cligna des yeux depuis le mur du fond, puis se détourna. — J'aurais dû t'appeler pour prendre un café ou quelque chose.

— Ne t'inquiète pas, on aura plein de temps pour abuser de la caféine, dit Imani, mais elle ne regardait plus Maggie. Ses yeux étaient fixés sur un point derrière l'épaule gauche de Maggie, son regard sombre — inquiet.

Maggie se retourna brusquement, prête à voir un tueur se précipiter sur elle, à voir les agents affluer — *l'ont-ils déjà attrapé ?* Mais Reid restait immobile, debout près de la porte d'entrée comme la Garde de la Reine, et... *Oh merde.*

Alex remontait l'allée d'un pas lent et traînant, les yeux rivés au sol. Habillée trop chaudement pour la saison dans un pull en laine ouvert au milieu, le T-shirt Pink Floyd en dessous faisant paraître son visage encore plus pâle. Ses joues semblaient... creuses.

— Elle ne va pas bien, n'est-ce pas ? demanda Maggie.

Imani se mordit la lèvre. — Honnêtement, on a été un peu... silencieuses sur le front amical.

— Silencieuses sur le Front Amical est le pire nom de groupe de tous les temps, marmonna-t-elle.

— Si je savais chanter, j'en aurais quelque chose à foutre, rétorqua Imani, mais Maggie ne pouvait détacher son regard d'Alex. Plus mince à mesure qu'elle s'approchait. Alex enleva son pull et le noua autour de sa taille, révélant ses épaules osseuses et ses poignets trop fins. Deux mois s'étaient écoulés depuis que Maggie avait appris qu'Alex avait tué son frère. Deux mois depuis qu'elle avait réalisé qu'Alex était apparentée à l'homme qui l'avait attaquée la nuit du meurtre d'Aiden.

Mais maintenant... son estomac se serra. Maggie laissait traîner ses vêtements par terre et oubliait de faire la vaisselle, mais Alex semblait avoir complètement oublié de manger. Elle se punissait plus que Maggie ne pourrait jamais le faire.

C'était peut-être ce qu'Alex méritait. Mais Maggie n'en était plus si sûre.

Maggie hocha la tête et, bien que cela lui serrât la poitrine, elle dit :

— Préparez le canapé-lit. Je reste dormir une fois que j'aurai fini avec Reid.

Alex serait là aussi. Peut-être qu'une conversation s'imposait, pour qu'Alex ne meure pas de faim avant que le tueur ne l'atteigne. Ce n'était certes pas le moment idéal, mais mieux valait arracher le pansement d'un coup — sonder la plaie pour voir à quel point elle saignait. Que ferait-elle d'autre, regarder par la fenêtre toute la nuit ?

— J'ai déjà sorti les draps, dit Imani, la ramenant à la réalité. Vous travaillez sur le profil du tueur ?

— Ouais... *Plus ou moins.* Elle ne leur avait rien dit à propos de l'Opération Sexy Piège.

— Amène Reid, si tu veux, poursuivit Imani. Mais seulement s'il sait jouer aux cartes. Pas de losers autorisés.

Imani jeta un coup d'œil par-dessus son épaule à son mari, qui aidait toujours leurs enfants à lancer des couteaux, comme tout parent responsable. Owen se tenait à la table où Imani était assise auparavant, disposant des en-cas, préparant les nachos. Sammy se retourna et fit un signe de la main avec sa main-hache, la lame brillant méchamment dans la lumière.

— Je pourrais même empêcher Sammy de dessiner un pénis sur ton visage, conclut Imani. J'insiste sur le *pourrais*.

Maggie sourit — oui, ça lui avait manqué.

— J'apprécierais.

Alex s'était arrêtée à quelques pas d'elles. Quand Maggie fixa son regard sur son amie — son ancienne amie — Alex tourna son visage vers les pistes. Imani serra le bras de Maggie.

— Je ferais mieux d'aller vérifier les enfants.

Puis elle disparut.

Eh bien, eh bien, eh bien. Nous y voilà. C'était bien plus difficile que d'arracher un pansement.

Maggie fit un pas en avant et attendit qu'Alex croise son regard.

— C'est bon de te voir, Alex.

Les mots sortirent par réflexe — *bon de te voir ?* Serait-ce un jour vrai pour la femme qui avait tué son frère ? Mais, encore une fois, elle ne ressentait pas de rage. Le chagrin se mêlait à une profonde tristesse qui pulsait comme une blessure dans sa poitrine. La perte. Juste la perte.

Alex déglutit difficilement.

— Je suis surprise qu'ils m'aient appelée, en fait.

Sa voix était douce, pressée comme si elle essayait de forcer les mots à travers un oreiller.

— Si quelqu'un en a après toi et les gens que tu aimes... je n'imagine pas que je ferais partie de cette liste. Et pour une bonne raison.

— Alex...

Elle secoua la tête, ses yeux bleus bordés de rouge.

— Je suis désolée. Je veux dire, je sais que je l'ai dit un million de fois, mais je ne pourrai jamais rattraper ce qui s'est passé.

— On était des gosses. On n'est pas bien, pas encore, mais c'est parce que... je ne vais pas bien. J'ai été déprimée. Je pense que je ne me le suis même pas vraiment avoué à moi-même, mais vu l'état de mon salon...

Et ma cuisine. Ma chambre. Elle renifla.

La lèvre d'Alex trembla.

— Moi aussi.

Maggie observa sa lèvre, momentanément stupéfaite. Elle n'avait vu Alex pleurer qu'une seule fois au fil des années — quand elle avait avoué avoir tué Aiden. *Une seule fois.*

L'air était trop rare, mais elle força les mots à sortir :

— Tu vois toujours ce gars ?

Ce gars — elle ne pouvait pour rien au monde se rappeler son nom. Maggie l'avait vu une fois sur le parking du commissariat, mais elle ne savait pas grand-chose de lui. Elle espérait soudain qu'Alex avait quelqu'un à qui parler. N'importe qui à qui parler. Sammy avait Imani. Maggie avait Owen... quand elle décidait de le laisser entrer. Mais Alex...

Alex renifla avec dédain.

— Non, c'est fini. On n'a même jamais couché ensemble, mais au moins il était amusant quand on sortait. C'était un... un DJ.

Sa voix se brisa sur le dernier mot — *DJ* — et Maggie faillit éclater de rire. Non pas que la situation d'Alex soit sans importance, mais parce que quoi ? Un DJ ? *T'aurais dû aller dans un club échangiste comme une personne normale, hein, Mags ?*

— C'est inacceptable, Alex.

Elle cligna des yeux, un demi-sourire qui n'atteignait pas ses yeux.

— Son nom de scène était Special K, lâcha-t-elle. Et j'étais complètement folle de lui, parce que vous n'étiez pas là pour me dire de ne pas le faire.

C'était ridicule, bien sûr — Alex était agent immobilier avec sa propre maison, sans dettes, et selon tous les critères, une réussite. Elle n'avait jamais eu besoin d'eux pour lui dire quoi faire, même si elle avait des goûts étranges en matière d'hommes — qui n'en avait pas ? Mais ce n'était pas pour cela que la blague tombait à plat. Des larmes coulaient sur son visage. Alex n'avait jamais été du genre à pleurer. C'était... déconcertant.

— Eh bien, on ne peut évidemment pas refaire cette erreur.

Ces mots auraient dû sembler plus forcés, mais ils sortirent facilement, la familiarité du badinage entre sœurs. Elle savait ce qu'elles faisaient — ce qu'elles faisaient toutes les deux. Faire des blagues avait toujours été leur mécanisme d'adaptation le plus efficace. Mais ce n'était pas seulement ça. C'était le besoin très réel de lâcher prise sur le passé, sur la pression, ne serait-ce que pour quelques heures.

Et si le tueur... gagnait ? Et si c'était sa dernière chance avec Alex — avec Sam ? Elle en savait beaucoup trop sur les dernières chances ; sur les regrets. Elle savait à quelle vitesse les choses pouvaient mal tourner.

Ses yeux la brûlaient. Sa poitrine se serrait. Sa gorge se desserrait, comme cela s'était produit avec Reid. Pas de potentiel sexuel cette fois, mais le désespoir de connexion humaine était une chose réelle et tangible, une force de la nature. Ils avaient tous besoin de guérir, ils avaient tous des choses à régler séparément — ils ne sortiraient pas de ce bâtiment en ayant le sentiment d'avoir arrangé les choses. Mais ils étaient dans une position risquée. Elle ne voulait pas que la dernière chose qu'elle dise à ses amis d'enfance soit pleine de colère, pleine de douleur. Elle n'avait pas besoin que quelqu'un d'autre se jette d'un pont à cause d'elle.

Maggie s'approcha et attira Alex dans ses bras.

Les épaules d'Alex se raidirent, choquées, puis cédèrent, et quand elle rendit l'étreinte, ce fut avec la férocité d'une femme s'accrochant au bord d'une falaise. Et puis elle sanglotait, l'épaule de Maggie mouillée. Le visage de Maggie était mouillé aussi.

— Et si c'était Dylan ?

Maggie se figea. *Quoi ?*

— Ce n'est pas lui. Il est mort.

— Le meilleur tour que le diable ait jamais joué a été de convaincre les gens qu'il n'existait pas, chuchota Alex.

Une phrase étrangement biblique pour Alex, qu'elle n'avait jamais utilisée qu'en parlant de son frère.

— Ce n'était pas le diable. Juste un adolescent malade.

Alex ne dit rien, mais ses muscles étaient rigides, son emprise sur Maggie si serrée qu'elle lui coupait le souffle.

Maggie n'avait pas vu Sammy approcher, mais elle le vit bloquer les lumières du plafond, sentit ses bras quand il les enroula autour de ses épaules — autour des épaules d'Alex de l'autre côté. Il serra.

— Je suis tellement désolée, répétait Alex, en chuchotant les mots, s'étranglant avec eux. J'aimerais que ce soit différent, j'aimerais que tout soit différent. Je n'ai jamais... Je... Je me *déteste* tellement.

— On va trouver une solution, dit Sammy. Maggie n'était pas sûre à qui il s'adressait, mais elle le croyait. On aimerait tous que les choses soient différentes. Mais on va faire avec ce qu'on a.

Maggie ne pouvait pas répondre. Sa gorge était nouée par l'émotion. Elle souhaitait tant de choses. Que Kevin ne soit pas mort. Que son frère soit vivant. Que son père se rétablisse, que sa mère ne soit pas une fugitive recherchée. Mais surtout, elle voulait se sentir moins seule. Et ici, dans les bras d'Alex, dans les bras de Sammy... elle n'était pas seule. Du moins pour l'instant. Mais il n'y aurait pas de lendemain, pas de temps pour arranger les choses, si le tueur s'en prenait d'abord à l'un d'entre eux.

La seule façon de s'en sortir était de jouer le jeu du

tueur. Et elle ne savait toujours pas ce qu'il voulait. Elle ne connaissait toujours pas les règles.

Maggie ne savait toujours pas qui serait le prochain. Elle ne savait pas non plus pourquoi son dos se hérissait comme si elle s'était à moitié transformée en porc-épic.

Elle savait seulement que le temps pressait.

CHAPITRE 21

Il se tenait debout, silencieux et vigilant. L'avaient-ils vu ? Il ne le pensait pas. Il ne se sentait pas observé. Les gardes auraient tout aussi bien pu travailler pour lui pour tout ce qu'ils savaient — pour tout ce qu'ils seraient capables de l'arrêter.

Sa peau picotait d'anticipation. Ils ne le voyaient pas, mais lui les voyait. Il était expert en camouflage, en furtivité dans les quartiers, en jumelles et sweats à capuche. Et en masques, bien sûr.

Toujours les masques.

Ici, il n'en avait pas besoin. Ici, il était l'un des gentils.

Il s'adossa au mur et porta son attention sur les couloirs, où les enfants de Samuel lançaient des lames sur les cibles. Il leur fit un signe de tête, espérant que cela paraisse assez amical, puis redressa les épaules — professionnel. Personne ne regardait jamais trop attentivement les protecteurs. Il ne faisait que jouer un rôle dans le film de sa vie, avec ce nom, ce visage, ces yeux. Tout était faux, mais c'était un rôle qu'il jouait bien. Même Reid ne l'avait jamais remis en question, bien qu'ils ne se connaissent qu'en passant. Un hochement de tête dans le couloir.

Mais Maggie se souviendrait de lui une fois qu'il lui aurait donné son nom.

Son vrai nom.

La fille plissait les yeux vers la cible. Il supposait qu'elle était mignonne, ses cheveux noirs étroitement bouclés attachés par un ruban, l'expression de ses lèvres déterminée. Elle lança la lame. Elle frappa la cible sur l'anneau extérieur avec un *clac !* Chaque victime qu'il avait pourchassée possédait sa propre arme : couteaux, fusils, spray au poivre. Tout en vain.

Le garçon s'avança ensuite, la mâchoire tout aussi résolue, mais le pauvre petit chenapan n'était même pas près du centre. La fille se moqua de lui.

Il se raidit, son sourire forcé vacillant. La moquerie, le rire, cela l'agaçait, l'irritait. Et la façon dont Maggie laissait Alex poser sa tête sur son épaule... non. Il semblait qu'elle était sur le point de pardonner. Il s'appuya plus fort contre le mur pour s'empêcher de trembler.

Maggie avait-elle déjà oublié comment ses amis avaient tué Aiden — comment ils le lui avaient caché ? Ils étaient dangereux. Tous. Chaque membre de ce groupe, même ceux qui n'étaient pas là la nuit où c'était arrivé. Mais Maggie avait un penchant pour le pardon. Cela le servirait bien, car il avait ses propres démons, mais c'était la raison pour laquelle Kevin devait mourir. Elle n'aurait jamais laissé partir Kevin tant qu'il respirait encore, peu importe à quel point cet homme était mauvais pour elle.

Il était le seul à l'avoir jamais protégée. Même dans ce club, il l'avait protégée des autres hommes qui auraient pu vouloir profiter d'elle. Jusqu'à ce qu'elle choisisse quelqu'un d'autre.

Il se retourna vers les couloirs.

Prendre un enfant était ce qui se rapprochait le plus de la loi du talion, une punition pour Aiden. Ça pourrait être amusant — utile aussi. Il s'assurerait que les corps ne soient jamais retrouvés. Un enfant pour chaque adulte pécheur. Seuls deux des enfants étaient ici, mais les filles d'Owen seraient bientôt de retour en ville, avec sa garce de femme.

Et ils l'auraient tous bien mérité, n'est-ce pas ?

N'est-ce pas ?

Son sang bouillonnait. Il se décolla du mur, les bras croisés. Oui. Ce serait le cas. Il était temps pour lui de prendre sa place là où il appartenait : aux côtés de Maggie.

Pendant des années, il avait pris soin d'elle depuis l'ombre. Il l'avait laissée tranquille pour qu'elle vive sa vie avec une patience divine. Personne ne pourrait jamais l'accuser de la brusquer.

Mais il était temps.

La fille — Kendra — jeta un coup d'œil dans sa direction. Elle haussa un sourcil, surprise de voir quelqu'un qui regardait, et sourit.

Sammy ne remarqua rien, bien sûr. Sammy ne le voyait pas non plus — juste un autre professionnel chargé d'aider. Juste le masque.

Il rendit son sourire à la fille.

Oh oui, il était enfin temps.

CHAPITRE 22

L'air dans le vestiaire semblait différent ce soir, imprégné d'une pression si intense qu'elle pouvait la ressentir jusqu'aux racines de ses dents. Maggie voulait grogner, grincer des dents, libérer cette intensité dans l'univers — quelque part où elle ne pourrait pas lui faire de mal. Mais ce n'était pas possible. Pas ce soir.

Pas avant qu'ils ne l'attrapent.

Ses mains tremblaient tandis qu'elle laçait ses bottes en cuir montant jusqu'aux cuisses, tandis qu'elle enfilait la robe d'obsidienne qu'elle avait portée tant de fois auparavant, la soie comme de l'huile sur sa peau. Comme toujours, le masque était mis en dernier, un cuir qui couvrait son visage du front à la lèvre supérieure. Contrairement à l'homme qu'elle avait rencontré ici tant de fois, l'homme qui pourrait être le tueur, le bas de son visage était visible, froid dans l'air sec.

Elle émergea du vestiaire dans la salle de jeu avec un nœud dans le ventre et le cœur dans la gorge. La salle de jeu était animée ce soir, les ombres profondes dans les coins où la lumière des candélabres n'atteignait pas. Très vieille école et vampirique, mais la lumière des bougies gravait des motifs de dentelle sur sa peau qui la faisaient se sentir comme une œuvre d'art au design complexe. Elle projetait également des motifs similaires sur la chair des autres, les ombres s'allongeant sur ceux qui étaient plus éloignés du centre de la pièce, vacillant, miroitant sur la peau de la femme sur le canapé contre le mur du fond, effleurant le dos des hommes qui étaient là avec elle.

Où était Tristan ?

Et où était le tueur ?

Peut-être était-il l'un des hommes sur ce canapé. Cela ne correspondrait pas à son profil cependant — l'homme qu'elle recherchait serait ici pour elle, espérant, attendant, guettant son opportunité. Il y avait ceux qui correspondaient au profil physique. Des hommes se tenaient le long du mur du fond, un peu comme les gardes à Sherwood's. Stoïques, l'un d'eux les bras croisés. Tous avec des bracelets rouges.

Mais son gars avait du vert. Son gars *devait* avoir du vert.

Ah... il y avait un bracelet vert. Sa gorge se dessécha. De larges épaules, une musculature nerveuse, le haut de son visage couvert. Des abdominaux saillants, un torse brillant et imberbe à l'exception du tracé qui menait sous le bouton de son pantalon noir. Pas le tueur à moins qu'il n'ait changé son masque pour un demi-masque comme le sien, ce qui était clairement possible. Mais la partie inférieure de son visage — familière. Oui, définitivement familière. Et tandis qu'elle regardait, il se gratta le lobe de l'oreille droite. Un signe peut-être cliché, mais elle en était sûre — Tristan. Sexy en diable.

Non, ne pense pas ça, Maggie. Mais qui pourrait vraiment la blâmer ? Ce n'était qu'une pensée. Ce n'est pas comme si ça signifiait quoi que ce soit.

Elle prit un autre moment pour observer la salle. Aucun des hommes ne lui prêtait une attention particulière. Elle redressa les épaules et s'approcha de Tristan, lentement, lentement. *Fais en sorte que ça ait l'air réel, Maggie.* Était-elle trop directe ? Marchait-elle trop vite ?

Non, c'était son rôle quand elle était ici — être celle qui prenait l'initiative. Dans cet endroit, elle n'avait jamais vraiment été elle-même. C'était tout l'intérêt. Et maintenant, elle était censée être elle-même, une combattante du crime, mais aussi cette vamp masquée ? Sa tête lui faisait mal. Ses mains tremblaient. Et son cerveau — *merde.*

Maggie s'arrêta à portée de bras. Tristan suivait ses indices, et elle devait être parfaite, se comporter de la même façon qu'elle le faisait toujours, mais son esprit semblait pâteux, boueux, brisé. Que ferait-elle habituellement ensuite ? Lui demander... de venir à elle. Mais il était trop tard pour ça — ils étaient face à face. Peut-être que ça n'avait pas d'importance. Personne ici ne se comportait exactement de la même façon à chaque fois. La nouveauté faisait partie de l'attrait.

Maggie prit une inspiration. Elle s'avança davantage dans l'orbite de Tristan et fit courir ses doigts sur son poignet — l'électricité vibra jusque dans son épaule. Jouant, juste en train de jouer. N'est-ce pas ? Alors pourquoi son cœur battait-il si vite ? Pourquoi son souffle contre son oreille faisait-il picorer sa chair ?

— J'aime vraiment cet endroit, dit-il, en approchant ses lèvres de son cou — trop dominant pour quelqu'un avec un bracelet vert. Je pourrais revenir après qu'on ait attrapé ce type.

Il était à l'aise ici. Trop à l'aise à son goût. C'était bon pour l'image, pour le piège de ce soir, mais elle ne l'avait jamais connu comme étant un acteur exceptionnel. Elle fit courir ses doigts sur le renflement de son biceps — chaud, lisse, dur. Et pas entièrement *inconnu*.

Son souffle se bloqua dans sa gorge. Elle fut de nouveau frappée par l'idée qu'elle aurait pu avoir des rapports sexuels avec lui sans le savoir ; que le plus grand tour que le diable ait jamais joué était de faire croire aux gens qu'il n'existait pas. Si Tristan *avait* été un partenaire précédent, le croirait-elle avant qu'il ne soit à nouveau en elle ?

— Tu es sûr de n'être jamais venu ici ?

— J'en suis sûr. Ses doigts glissèrent le long de ses côtes, laissant une chair de poule picotante dans leur sillage. Il tourna sa main, ses articulations effleurant la peau juste au-dessus de son nombril à travers sa robe de soie. J'aime que mes partenaires sachent qui fait frémir leurs orteils.

Il bougea de nouveau, sa paume à plat contre son abdomen, la chaleur de sa main s'épanouissant dans son ventre et se répandant vers le haut dans sa poitrine et plus bas, plus chaud, entre ses jambes. Mais non, c'était mal. Elle dirigea son regard d'un côté, puis de l'autre, scrutant la pièce à la recherche de regards indiscrets. Les hommes contre le mur regardaient — tous. L'un d'eux donna un coup de coude à l'homme à côté de lui. Leur suspect travaillait seul, cependant. Elle en était certaine.

— Il faut qu'on soit convaincants, grogna Tristan.

Elle se retourna. — Tristan, tais-toi, sérieusement...

— Chut. Il remonta ses doigts entre ses seins jusqu'à ce qu'ils reposent sur sa clavicule. Elle voulait lui dire d'arrêter, mais ils étaient ici pour un piège, ils étaient ici pour faire exactement ça — faire semblant. Mais il jouait le mauvais rôle, et piège ou pas, cela semblait dangereux parce que ça ne semblait pas *mauvais*. Elle prit une inspiration, sentant son savon — épicé — mais c'est le visage de

Reid qui surgit dans sa tête quand il amena ses doigts à son menton et abaissa ses lèvres sur les siennes.

L'électricité fut vive et immédiate et inonda ses veines d'une chaleur palpitante. Quand il s'écarta, elle était essoufflée, mais ce n'était pas la pression de l'excitation sexuelle ; c'était le picotement profond de la honte. Ils n'étaient pas ici pour le sexe, pour l'attraction, ou même pour la réalité. Ils étaient ici pour attraper un tueur. Et n'importe qui ici aurait remarqué qu'elle n'avait pas initié ce baiser.

Elle recula, hors de sa portée. Elle se battait contre cet homme depuis le jour où ils s'étaient rencontrés, et bien qu'il ait semblé être la seule option ici, elle aurait dû savoir. Il n'avait clairement aucune intention de l'écouter ce soir, pas plus qu'il n'avait tendance à écouter quand ils portaient... eh bien, de vrais pantalons.

Maggie voulait aboyer *Allons-y, on a suffisamment appâté le tueur*, mais elle parlait rarement dans ce club. Elle enroula ses doigts autour de l'avant-bras de Tristan et tira.

Tristan resta simplement là, stoïque et suffisant. Il posa sa main sur la sienne. Que diable faisait-il ? Elle enfonça ses ongles dans sa chair et tira, tira assez fort pour faire couler le sang, son auriculaire raclant profondément la peau près de son poignet, arrachant une couche de son corps comme le tueur l'avait fait au pauvre Joel.

Tristan fronça les sourcils, mais sembla alors se rappeler ce qu'ils faisaient ici. Ses lèvres se relâchèrent. La résistance disparut.

La salle de jeu n'était qu'à dix pas sur sa droite, et elle le guida lentement au-delà du seuil, essayant de ne pas sembler trop pressée, essayant de faire passer cela pour une rencontre comme une autre. Elle se retourna pour fermer la porte derrière eux, regardant fixement la salle tandis que l'ouverture se rétrécissait. Un seul homme les regardait. Un nouvel arrivant, le bas de son visage découvert, une barbe de quelques jours brillant à la lueur des bougies. Fort. Aux épaules larges.

Sa gorge se serra. Intéressé, mais l'était-il suffisamment ? Un peu... plus costaud que son partenaire habituel, non ? Non, pas lui. Mais il était possible, bien qu'improbable, que son harceleur soit quelqu'un d'autre que l'homme avec qui elle avait couché. Quelqu'un qui avait toujours observé.

L'homme se détourna soudainement, scrutant le reste de la salle – évaluant d'autres partenaires. L'air se précipita à nouveau dans ses poumons.

Maggie ferma la porte et écouta le déclic.

— Je n'aime pas ça, chuchota-t-elle en retirant son masque. Je n'ai vu personne de familier. Je ne me suis pas sentie... observée. Pas comme d'habitude.

Était-ce à cause de Tristan ? Quand quelqu'un avait sa langue dans votre gorge, vous pouviez ne pas remarquer quelques regards, aussi intenses soient-ils.

— Crois-moi, il y avait beaucoup de gens qui te regardaient.

Il retira son propre masque et baissa les yeux.

Elle suivit son regard jusqu'à leurs mains encore liées, ses ongles comme des griffes. Elle le lâcha et recula pour s'asseoir sur le lit. Son pied rebondissait, rebondissait, rebondissait.

— Tu sais ce que je veux dire. Évaluer quelqu'un pour une rencontre sexuelle n'est pas la même chose que la façon dont les doigts d'un harceleur se sentent sur ta peau.

— Tu veux dire la façon dont les *yeux* d'un harceleur se sentent sur ta peau ?

— Oui, les yeux.

Elle cligna des yeux.

— Qu'ai-je dit ?

Il haussa un sourcil. Mais ne répondit pas.

Elle soupira.

— Personne ici ce soir ne correspondait au type que je... pensais que c'était.

— On peut revenir.

— Ça te plairait, n'est-ce pas ?

— Ouais. Tu es belle en noir.

Il lui fit un clin d'œil.

— Qui sait, peut-être que c'était moi toutes ces fois. Ce serait dingue, non ?

Elle regarda son torse nu. Le bracelet vert à son poignet.

— Nan. Il avait des pecs plus gros.

Il porta une main à sa bouche dans une horreur feinte.

— *Aïe*.

— Ce n'est pas une mauvaise chose. Je dis que tu n'es *pas* un tueur – que tu ne m'as pas piégée pour coucher avec moi. Ce qui sont deux points en ta faveur à moins que tu ne sois un psychopathe absolu.

Tristan renifla.

— Mon frère semble penser que je pourrais l'être.

— Comment s'est passé votre week-end dans les bois, d'ailleurs ?

— C'était... long. On a mangé beaucoup de marshmallows. Mais on t'avait promis qu'on essaierait.

Bien sûr. Maggie se poussa sur ses pieds – elle ne semblait pas pouvoir rester en place.

— Quelque chose ne va pas.

Devraient-ils faire des bruits de sexe ? Devraient-ils frapper contre la tête de lit ? Mais les chambres étaient insonorisées. Ça ne servirait à rien.

— Il est encore tôt. S'il t'a vue entrer ici...

— Il aurait dû regarder *là-bas* pour voir avec qui je suis entrée dans cette chambre. Mais et s'il n'était pas là ? Et s'il était ailleurs ? Ou s'il sait que c'est un piège parce que tu n'as pas pu t'en tenir au plan et jouer le soumis pendant cinq putain de secondes ?

Ou à cause de centaines de choses que le tueur avait remarquées au cours de la journée passée. Elle projetait – ce n'était pas la faute de Tristan, du moins pas entièrement. Faire de lui son punching-ball émotionnel était mal, dysfonctionnel, ridicule. Alors pourquoi ne pouvait-elle pas s'arrêter ?

Tristan fronça les sourcils.

— Tu penses que j'ai tout gâché ? Que...

— Ou il a entendu parler du piège d'une autre manière, dit-elle, sa voix plus basse, calme. Peut-être qu'il est dans la police – ce n'était pas rendu public.

Elle n'y avait pas pensé avant, mais maintenant que c'était dans l'air, cela semblait possible. N'importe qui dans les forces de l'ordre aurait accès à chaque détail de l'attaque de Maggie – saurait exactement où Dylan avait mordu Alex pour pouvoir reproduire la marque sur Joel. Pour un civil... il en savait beaucoup trop. C'était pour ça que Reid avait pensé que c'était quelqu'un proche de Kevin – il avait des informations internes auxquelles la plupart n'avaient pas accès.

— Tu penses que c'est un flic ? demanda Tristan.

Elle haussa les épaules.

— Je veux dire, qui sait ? Birman a disparu quand ma mère a disparu. Peut-être qu'il est de retour.

Tristan grimaça.

— N'est-il pas... vieux ? Tu saurais si tu couchais avec un vieux type aux vieilles couilles.

— Tristan, je ne sais pas, d'accord ? Je ne sais pas qui c'est. Si je le savais, je te le dirais. Mais je sais que ça ne *semble* pas juste.

Elle ne se sentait pas effrayée. Elle ne se sentait pas

observée. Elle n'avait aucune intuition qu'en quittant cette pièce, ils pourraient être en danger.

Et elle *devrait*. Bon sang, elle se sentait mal à l'aise la moitié du temps sans raison. Avait-elle simplement tort maintenant ? Elle avait certainement des angles morts. Elle n'avait pas tendance à soupçonner ceux chargés de sa protection. Mais... peut-être qu'elle le devrait. Les gardes que Tristan avait engagés, les officiers de police, c'étaient eux qui étaient chargés de les garder en sécurité, et si l'un d'eux était leur tueur...

Maggie sortit son téléphone de la poche de sa robe. Alex avait appelé – deux fois. Elle la rappellerait dans une seconde une fois qu'elle aurait pris contact avec le détective dans le parking. Les appareils électroniques de toute sorte n'étaient pas autorisés dans la salle principale – pour des raisons de confidentialité – mais aujourd'hui, ça valait le risque. Ce n'est pas comme si elle allait revenir.

L'idée de revenir ici, de s'ouvrir à un autre étranger après tout ça, lui retournait l'estomac.

Maggie tapa le numéro de Reid et pressa le téléphone contre son oreille.

— Hé, chuchota-t-elle, bien que les murs insonorisés suffisent à dissimuler la conversation. On est dans la chambre privée.

— Rien pour l'instant. La voix de Reid semblait tendue à l'autre bout du fil. — Je suis toujours en train de vérifier les plaques d'immatriculation des personnes sur le parking, mais jusqu'à présent, je ne vois personne qui corresponde au profil physique de l'individu que tu as décrit — le profil de l'homme vu sortant de l'arrière-cour de Yuri. La grande majorité a au moins un tatouage visible. Et la plupart des hommes présents sont plutôt petits. Mon demi-frère inclus.

— Tristan mesure plus d'un mètre quatre-vingts, dit-elle.

Tristan haussa un sourcil tandis que Reid terminait : — Il n'est pas aussi grand que moi, c'est tout ce que je dis. Je reçois un autre appel, mais préviens-moi si tu vois quoi que ce soit de suspect. N'importe quoi.

Elle baissa le téléphone, fronçant les sourcils.

— De quoi parlait-il ? Mon frère essaie de prétendre que je suis plus petit que lui ? Il a peut-être la taille, mais j'ai le...

— On s'inquiétera de vos mensurations plus tard, dit-elle. Le portable vibra dans sa main. Reid à nouveau. Avait-il vu quelque chose sur le parking ?

Elle porta rapidement le téléphone à son oreille, mais il n'attendit pas qu'elle dise bonjour. — Maggie, vous pouvez... vous rhabiller ou autre.

Les épaules de Maggie se détendirent, mais son ton... Sa main restait crispée autour du téléphone, le serrant si fort que ses articulations lui faisaient mal. — Tu l'as attrapé ? *Dis oui, s'il te plaît, dis oui.*

— Non, mais il n'est pas là dans votre club.

Je le savais. Mais comment... ?

Le trou dans son estomac s'élargit, lourd de terreur.

— Nous devons aller à l'hôpital, conclut-il. Ils viennent de repêcher ton ami de la rivière.

CHAPITRE 23

Le lit d'hôpital de son père se trouvait deux étages au-dessus de la chambre où l'on gardait Alex, mais l'unité de soins intensifs semblait... eh bien, intense. *Bravo Maggie, tu es une vraie poétesse.* Mais que pouvait-elle dire d'autre ? Aucun endroit dans cet hôpital ne lui offrirait de répit. Elle avait l'impression que chaque chambre du bâtiment contenait une personne qu'elle était en train de perdre, rapidement ou lentement mais sûrement, et chaque fois qu'elle franchissait les portes de l'hôpital, les enjeux étaient plus élevés.

La chambre dont Reid lui avait envoyé le numéro par texto se trouvait au bout d'un long couloir froid, l'air empestant l'antiseptique. Tristan la suivait, son téléphone collé à l'oreille, en train de passer un savon à l'entreprise qu'il avait engagée pour surveiller Alex et Sam. La porte était chaude sous sa paume moite. Lourde.

Dire qu'elle avait espéré qu'ils n'étaient pas en danger. Comment pouvait-elle se convaincre d'arrêter de trop réfléchir quand les choses étaient toujours pires que ce qu'elle imaginait ?

La rivière encore. Putain, pas la rivière.

Reid leva les yeux quand elle entra et fit le tour du lit, les bras croisés ; il avait dû foncer ici, sirènes hurlantes. Une autre patrouille l'avait escortée avec Tristan, Maggie au volant de la GTO de Tristan, pendant que celui-ci passait des appels, essayant de comprendre pourquoi les gardes qu'il avait engagés à ses frais n'étaient pas avec Alex quand elle était tombée à l'eau.

Alex était allongée sur le lit, une canule sous le nez, les bras transpercés de tubes. Ses joues creuses semblaient encore plus émaciées sous la lumière fluorescente éclatante, l'éclat de sa peau bleu-gris la faisant paraître à moitié morte... ou complètement morte. Ses lèvres étaient craquelées. Ses cheveux d'or filé étaient emmêlés et plus foncés qu'ils n'auraient dû l'être. Maggie ne pouvait pas voir l'étendue des dégâts sur son crâne, mais elle apercevait le bandage d'un blanc éclatant qui dépassait de l'autre côté de la tête d'Alex.

— Tes hommes étaient censés la surveiller ! Les mots jaillirent de ses lèvres, un flot de vitriol. Attraper le tueur n'avait aucune importance si tout le monde mourait d'abord. — Que s'est-il passé, bon sang ?

Reid leva les paumes — *doucement*. — Nous avions deux officiers de Fernborn plus deux gardes supplémentaires engagés par Tristan. Quand tes amis ont quitté le Sherwood's, le plan était de retourner chez Sam et Imani. Mais ils avaient à peine parcouru un pâté de maisons quand la femme d'Owen a appelé ; il a dit qu'il devait aller à l'aéroport, alors j'ai envoyé une unité avec lui...

— Ils sont arrivés plus tôt ?

— Ouais. Mais les officiers et les gardes étaient par deux. Deux voitures. Avec une unité sur Owen, et une autre avec Sammy et Imani, Alex était censée suivre la voiture de Sam. Tout aurait dû bien se passer. Mais Alex... n'a pas suivi.

— Pourquoi pas ? Ses mots étaient ponctués par le régulier *bip*, *bip*, *bip* des machines au chevet d'Alex. Ou peut-être les machines de l'autre homme dans la chambre, les yeux fermés, sa barbe broussailleuse couvrant ses joues jusqu'aux yeux. Alex n'aurait-elle pas dû avoir une chambre privée ? Si Alex était en danger, si quelqu'un lui avait fait du mal, pourquoi ce pauvre type devait-il risquer son cul à moitié mort ?

Bip. Bip. Bip.

— La patrouille derrière elle a dit qu'elle était au téléphone quand elle a tourné. Ils ont décidé de rester avec les quatre personnes dans la Jeep de Sammy. Reid secoua la tête. — Owen était pressé, avait déjà semé les gars de Tristan, alors on les a détournés pour suivre Alex.

Bon sang. — Owen a semé les...

— Il va bien, sa famille aussi. Ces abrutis sont des agents de sécurité privés. Ils n'ont pas de sirènes, ne sont pas formés pour les poursuites à grande vitesse. Owen était pressé d'arriver à l'aéroport, mais il s'est arrêté et a attendu que l'unité le rattrape. Quand on a localisé la voiture d'Alex quinze minutes plus tard...

— Où ? Elle passa la main dans ses cheveux. Son ongle s'emmêla dans une longue boucle, et une douleur soudaine et vive lui traversa la main quand elle tira, arrachant l'ongle à vif.

— Un officier l'a trouvée dans la rivière en contrebas de l'endroit où la voiture de Kevin a franchi la glissière. Sa voiture était garée sur le bas-côté juste après le pied du pont, la portière ouverte, son portable sur le siège passager. Je pense que celui qui l'a appelée l'a attirée là-bas. Ils espèrent qu'elle reprendra conscience, mais ils ne peuvent pas être sûrs de quand cela pourrait arriver. Elle s'est cognée la tête sur les rochers — traumatisme crânien. Il regarda le lit, la forme immobile d'Alex.

Les yeux de Maggie devinrent brûlants, aussi vifs que la culpabilité dans sa poitrine. *J'aurais dû répondre au téléphone.*

Alex n'avait pas laissé de message ; elle avait vérifié. Alex avait-elle appelé avant de quitter le convoi ? Était-elle au téléphone avec Maggie quand elle s'était éloignée ? Mais Maggie ne l'avait pas attirée là-bas.

— Je vais demander à Tristan de vérifier les caméras de rue, mais c'est assez désert là-bas près de la rivière.

Elle ne pouvait détacher ses yeux du lit. De son amie, bien que Maggie n'ait pas été une très bonne amie ces derniers temps. — Donc le gonflement... une fois qu'il aura diminué, elle devrait se réveiller ? Avec de la chance. Et la chance était quelque chose sur laquelle elle ne pouvait pas compter — elle n'en avait jamais eu beaucoup. Presque tous ceux qu'elle connaissait étaient soit déjà morts, soit en danger à cause d'elle.

Bip. Bip. Bip.

Reid ouvrit la bouche pour répondre, mais elle leva une main, de la même façon qu'il l'avait fait quand elle était entrée. Elle ne voulait pas entendre la réponse — qu'il aille se faire foutre avec sa réponse. Qu'ils aillent tous se faire foutre. — Et la voiture de Kevin n'a pas franchi la glissière, lança Maggie. Quelqu'un l'a tué. Tout comme il a essayé de tuer Alex. Maggie jeta un coup d'œil au fond de la pièce, où l'homme barbu s'accrochait à la vie. Peut-être était-il le tueur — le méchant. Peut-être devrait-elle l'étouffer avec un oreiller.

À quoi penses-tu, Maggie ? Qu'est-ce qui te prend ?

Reid l'observait — non. Sa main. Elle baissa les yeux juste à temps pour voir une goutte de sang s'échapper de son ongle blessé et heurter le carrelage à ses pieds avec un minuscule *ploc* rouge. — C'est à cause de nous, dit-elle en relevant la tête, la voix étranglée. À cause de moi. Il est plus malin que nous. Il a vu clair dans notre mise en scène au club et a saisi l'occasion de commencer à éliminer mes amis. Et si Alex ne se réveillait pas ce soir pour leur dire ce qui s'était passé ? Et si elle ne se réveillait *jamais* ?

— Je sais, Maggie. Vraiment. J'ai deux officiers chez Sammy maintenant avec les gars de Tristan, qui les surveillent, eux et les enfants, et une autre unité officielle avec Owen — lui et sa famille sont en route depuis l'aéroport.

— Ils auraient dû avoir chacun plus d'une voiture sur eux dès le départ.

— Pour être honnête, aucun de tes amis n'avait été menacé ; il n'y avait aucun signe qu'ils pouvaient être en danger. Et Alex et Owen sont partis d'eux-mêmes, pas mes officiers, ni les agents de sécurité de Tristan. Je fais de mon mieux ici. Le chef a refusé ma demande — j'ai dû appeler des faveurs pour obtenir des unités pour tes amis, des flics prêts à travailler pendant leurs heures de repos. Le maximum que le département voulait faire était de programmer quelques officiers pour passer en voiture. Mais maintenant qu'Alex a été blessée...

— Ouais, maintenant ton patron croit que quelqu'un s'en prend à eux et voit ça comme un vrai problème. Si le chef l'avait pris au sérieux avant, ça ne serait jamais arrivé. Mais au moins ils avaient réussi à mobiliser une unité ou deux de plus.

— Nous aurons plus d'agents d'ici une heure, dit Reid. La sécurité de l'hôpital et une unité ici. Et je veux que la maison de Sam soit entourée.

Mais son visage... Il y avait autre chose.

Son cœur palpitait comme un lapin dans sa poitrine.

— Qu'est-ce qu'il y a, Reid ?

— Il y a une autre raison pour laquelle vous avez tous besoin de protection.

Il semblait incapable de la regarder dans les yeux.

— Nous nous sommes trompés. Tout ce temps, nous nous sommes trompés.

— À propos de quoi ?

— Nous avons reçu les résultats ADN de la morsure sur Joel.

Le bip des machines devint silencieux, noyé par le bruit du sang dans ses oreilles.

— Vous avez trouvé une correspondance dans la base de données ?

— Eh bien, non, mais j'ai fait une comparaison en urgence au cas où — encore une faveur. Mais mon intuition a payé. La personne qui a tué Joel est apparentée à Alex.

La pièce s'immobilisa.

— Est-ce que... Je veux dire, son père est sorti de prison ?

Reid secoua la tête.

— Non. Son père est toujours enfermé, et il n'a pas eu une seule visite. Ni de lettres entrantes. Quoi que Dylan fasse, ça n'a rien à voir avec son père.

Entendre Reid prononcer son nom lui transperça la poitrine d'une lame de glace. *Il est vivant — Dylan est vivant.* Le meilleur tour que le diable ait jamais joué...

La cicatrice à l'arrière de sa tête palpitait, une douleur sourde qui irradiait le long de sa colonne vertébrale.

—Je ne peux pas... Je n'arrive pas à y croire. Tu dois te tromper.

— Ce n'est pas le cas. Il a dû tuer ce gamin dans l'Ohio — lui taillader le visage, l'immobiliser d'une manière ou d'une autre jusqu'à ce que l'infection s'installe. Ça montre beaucoup de prévoyance. Beaucoup de planification, surtout pour un gamin de seize ans. Les détails étaient... méticuleux.

Alex avait toujours dit qu'il était un génie. Mais c'était fou, totalement absurde — incroyable. Le bip reprit, plus fort qu'avant, résonnant dans ses oreilles.

— Alex n'a jamais cru qu'il était mort. Elle savait qu'il était trop intelligent pour ça.

Son regard s'attarda sur Alex, sur sa peau pâle et cireuse. Maggie s'approcha, soudain convaincue qu'Alex était vraiment *morte*, que les machines mentaient. Mais quand elle posa ses doigts sur le poignet immobile de son amie, le faible battement du cœur d'Alex délogea la pierre de sa gorge.

— Je ne l'ai pas crue. Je pensais que Tristan avait raison, ou peut-être que je voulais juste qu'il ait raison. Mais j'aurais dû l'écouter. *J'ai encore merdé.*

— Je pense que c'est la raison pour laquelle il agit si vite, dit Reid en s'approchant d'elle. Il supposait qu'on finirait par découvrir sa véritable identité. Il pariait que le temps qu'on le fasse, il serait si près de son but final que ça n'aurait plus d'importance.

Elle passa son pouce sur les phalanges d'Alex. Froides. Humides comme si elle venait d'être sortie de la rivière.

— Alors, que fait-on maintenant ?

Sa voix était creuse.

— On sait qui il est. On sait à quoi il ressemble. Mais aucun de nous ne l'a vu.

— Mais il te *connaît*. D'une manière ou d'une autre, il connaît tout ce que tu aimes.

— Je... n'ai aucune idée comment. Je ne suis pas sur les réseaux sociaux. Mes amis savent à quoi ressemble Dylan, du moins Sammy et Alex. Même s'ils ne le savaient pas, même s'il avait changé d'apparence, personne de proche ne dirait à un inconnu ce que j'aime et ce que je n'aime pas.

— Mais des questions apparemment anodines pourraient avoir un impact significatif. Ce n'est pas un si grand secret que tu aimes Weird Al.

Elle fronça les sourcils. Si son obsession pour Weird Al pouvait être de notoriété publique, les cadeaux de Kevin ne l'étaient pas. Mais s'il l'avait observée toutes ces années, une caméra bien placée aurait pu lui dire tout ce qu'il voulait savoir. Et il n'y avait aucun moyen de le vérifier maintenant — la maison où elle avait vécu avec Kevin avait brûlé jusqu'aux fondations.

— Est-ce que le nom "Special K" te dit quelque chose ? demanda Reid. C'était le dernier appel entrant sur le portable d'Alex.

Special K ? La compréhension se fit lentement, mais avec une intensité qui envoya de l'électricité dans son front. Elle ne se souvenait pas de son nom, son vrai nom, mais Alex l'avait mentionné aujourd'hui. Le DJ.

— Son petit ami... ex-petit ami. Tu penses qu'il l'a attirée sur le pont ?

Elle fronça les sourcils en regardant Alex, essayant de se rappeler à quoi ressemblait ce type — l'homme qu'elle avait vu une seule fois à travers un pare-brise.

— On sait qu'il l'a appelée. Mais son portable est prépayé, donc on ne peut pas obtenir d'adresse ni de nom.

Bip. Bip. Bip.

— À condition qu'il ait subi une chirurgie plastique extensive, ce type correspond à ton profil, non ? Entre trente et quarante ans, sous-performant, vivant en dessous de ce qu'il considère comme sa capacité intellectuelle. Et d'après ce que Sammy m'a dit, ils ont rompu juste avant le meurtre de Cara Price. Peut-être que le déclencheur était double : le rejet de ta part au club et celui d'Alex dans la vraie vie.

Maggie le fixa du regard.

— Tu penses qu'elle... *sortait* avec son frère ?

Après tout, Alex avait dit qu'ils n'avaient pas eu de relations sexuelles. Était-ce pour ça ?

Non... ce n'était pas correct. Elle n'avait jamais rencontré cet homme avant de le voir dans la voiture d'Alex. Dylan aurait au moins essayé d'approcher Maggie en premier, et probablement bien avant qu'Alex ne rencontre le DJ. De plus, Maggie ne sortirait jamais avec quelqu'un qui avait été avec Alex. Si le but était de séduire Maggie, sortir d'abord avec Alex signifiait un échec automatique.

— Je ne sais pas si elle sortait avec Dylan sans le savoir, ou si ce type l'aide simplement, dit Reid, et Maggie tourna brusquement son visage vers lui.

Il s'était rapproché, leurs coudes se touchant, son regard sincère. Inquiet.

— Mais je crois qu'elle a reçu un appel de lui, et que cela l'a poussée à abandonner son service de protection. Ce type, Special K, est impliqué dans son agression. Et nous ne connaissons même pas son vrai nom.

Le bras de Reid était chaud. Elle eut soudain envie de s'appuyer contre lui, de le laisser la tenir juste une seconde, de l'éloigner du bip des moniteurs. Au lieu de cela, elle s'éclaircit la gorge et recula. Son bras se refroidit.

— J'ai le double des clés d'Alex. Tu peux aller chez elle, fouiller un peu.

— Tu penses que tu reconnaîtrais ses affaires ? Au moins identifier celles qui n'appartiennent pas à Alex ? S'il a une brosse à dents chez elle, on pourra vérifier l'ADN. Et une photo serait plus rapide que de te faire faire un portrait-robot, sans parler de la précision.

Maggie acquiesça, muette. Parler lui semblait soudain demander trop d'efforts. Avec un dernier regard à Alex — *s'il te plaît, que ce ne soit pas le dernier* — elle se dirigea vers la porte.

Reid posa sa main sur le bas de son dos, protecteur, et la suivit.

CHAPITRE 24

pecial K. C'était ainsi qu'Alex l'avait appelé chez Sherwood ; c'était son nom dans son téléphone. Mais aucune recherche Google n'avait donné de résultat pour un DJ portant ce nom — bien sûr que non.

Kyle ? Non, ce n'était pas ça. Kristof ? Beurk — non, certainement pas. Kristof sonnait comme un vampire de fraternité.

Maggie regardait par la fenêtre du Bronco de Reid. Elle était montée dans ce SUV de nombreuses fois par le passé, mais elle n'avait jamais ressenti une telle distance entre les sièges passager et conducteur.

Qu'est-ce qui avait été si convaincant dans cet appel téléphonique pour qu'Alex s'éloigne de l'équipe chargée de la protéger ? Qu'est-ce qui l'avait menée à ce pont ? Le petit ami d'Alex l'avait appelée, et elle était partie le rejoindre ? Était-elle folle ?

Peut-être qu'elle avait juste des tendances suicidaires. Après tout, elle avait aussi renvoyé la première équipe de gardes.

Maggie plissa les yeux vers le rétroviseur latéral. Aucune autre patrouille ne les surveillait, elle et Reid, pas qu'elle s'y attendait. — Tu crois qu'on devrait faire appel à un dessinateur pour que je puisse décrire... le *corps* de l'homme au club ?

— Je ne suis pas sûr que ça aide. Il grimaça. — Nous avons déjà la morphologie générale. Et tu ne connais aucun trait facial distinctif.

— Ouais. D'accord. Elle s'adossa contre le siège. La bile serpentait dans son ventre, huileuse et acide. Elle déglutit avec difficulté.

— Je suis désolé.

Sa voix était si basse qu'elle crut l'avoir imaginé, mais quand elle jeta un coup d'œil, il la regardait. — Pour quoi ? Alex n'était pas sa faute. Sa demande d'unités supplémentaires avait été refusée, et c'était Alex qui était partie en voiture.

Reid se retourna vers le pare-brise. — Je n'ai pas bien géré tout ça. Toute cette histoire avec le club, toute la tension entre nous... Je sais que c'est de ma faute si nous ne sommes pas ensemble. J'essayais de faire ce qui était juste pour toi, pour Ezra, mais... j'avais tort. J'espère qu'on peut repartir à zéro. J'espère qu'il n'est pas trop tard pour nous.

Maggie cligna des yeux, stupéfaite. Que lui demandait-il ? Il ne s'agissait pas d'Alex ? Et elle pouvait encore sentir les doigts de Tristan sur sa cage thoracique. Elle pouvait goûter sa langue dans sa bouche, sentir la chaleur humide de son souffle contre ses cheveux.

— Maggie ?

Elle secoua la tête. — Ce n'est pas le moment, Reid.

— Il n'y aura peut-être jamais de bon moment. Mais je pense que ça vaut le coup de tenter sa chance quand même.

Maggie détourna le regard. L'acide remontait dans son œsophage, brûlant, brûlant, brûlant. — Je suis désolée de ne pas pouvoir me concentrer sur ma vie amoureuse quand quelqu'un s'en prend aux personnes qui me sont proches. Je suis sincèrement choquée que ce connard ne t'ait pas encore tué, *toi*. Cette petite voix dans sa tête chuchotait à nouveau : *Pourquoi* Reid *est-il* toujours en vie ? Pourquoi blesser Alex et pas l'homme qui avait réellement une chance de lui voler Maggie ?

— C'est un mystère, dit-il. Quand on l'attrapera, on lui demandera. Peut-être qu'il sait simplement que tu n'es pas si intéressée par moi — que je ne suis pas une menace. Il haussa les épaules. — Au risque de passer pour un crétin insécure, je ne peux m'empêcher de penser que j'aurais plus de succès à me rapprocher de toi si j'avais des menottes.

Maggie fronça les sourcils. — Tu *as* des menottes. Non ?

Il soupira en regardant le pare-brise. — Je faisais une remarque.

— Dans ce cas, c'est une remarque de merde.

— Tu crois ?

— Ouais. Elle se retourna vers la fenêtre côté passager. — Ce n'est vraiment pas le moment.

Le reste du trajet se passa en silence, mais l'air devint électrique d'anticipation lorsqu'ils s'engagèrent dans la rue d'Alex. Maggie sortit ses clés de sa poche, celle de la porte d'entrée d'Alex rose et pailletée, mais leva les yeux quand elle entendit Reid grommeler : — Qu'est-ce que c'est que ce bordel ?

Une voiture de patrouille était déjà dans l'allée, ses gyrophares éteints, la portière conducteur ouverte. Un officier se tenait à côté de la portière arrière du coupé d'Owen, et alors que Reid se garait le long du trottoir, les filles blondes à l'arrière se retournèrent et regardèrent par la fenêtre. L'une d'elles fit un signe de la main. Les enfants d'Owen.

Elle plissa les yeux. Où était Owen ? Et Katie était avec lui, non ?

Reid était déjà sorti de la voiture et à mi-chemin de la pelouse avant que Maggie ne parvienne à se démêler de sa ceinture de sécurité.

— Que se passe-t-il ici ? aboya-t-il.

L'officier haussa les épaules, ses courtes boucles grises aplaties contre son front par son chapeau. — Nous l'avons croisé en revenant de l'aéroport. Il a dit qu'il devait récupérer quelque chose pour l'apporter à la maison. Je ne pensais pas que vous voudriez qu'il revienne ici tout seul.

— Vous avez parfaitement raison, je ne voulais pas qu'il vienne ici tout seul ! gronda Reid. — Et je ne voulais pas non plus d'autres surprises. Qu'est-ce qui pouvait bien être si crucial pour qu'il s'arrête ici maintenant ?

Les yeux de l'officier s'écarquillèrent. Maggie n'avait jamais rencontré cet homme, mais elle se sentit instantanément désolée pour lui malgré le fait qu'il avait dévié du plan. Owen, Alex, aucun d'entre eux ne facilitait les choses ce soir.

Les narines du flic frémirent. — D'abord, il sème son escorte en allant à l'aéroport, je dois me précipiter là-bas comme un pilote de NASCAR, et maintenant, vous me faites chier pour un arrêt ? Il secoua la tête. — On est arrivés il y a cinq minutes. Il n'est pas en état d'arrestation, et cette maison est sur le chemin vers chez Sam. Billy est à l'intérieur avec eux deux, je suis ici avec les enfants — tout va bien. Que voulez-vous de plus ?

Une preuve de vie, peut-être ? Voir le visage de son amie ?

Maggie regarda la maison. La porte d'entrée était entrouverte, soit volontairement soit accidentellement — Owen avait aussi un double des clés.

Toutes les lumières étaient allumées.

Mais rien ne bougeait.

Absolument rien.

CHAPITRE 25

Ils sont probablement à l'arrière, dans les chambres.

Reid se dirigea vers la maison, les épaules tendues.

— Pourquoi penses-tu qu'il est ici ? Je n'imagine pas qu'Owen aurait besoin de quoi que ce soit chez Alex.

— Est-ce qu'Owen sait qu'Alex a été blessée ?

L'herbe ondulait dans la brise, produisant un léger *shh-shh-shh* contre ses chaussures.

Reid s'arrêta au milieu de la pelouse, et elle s'immobilisa brusquement à côté de lui.

— Pas que je sache. J'allais le dire à Sammy et Owen ensemble... ou te laisser leur dire plus tard ce soir.

— S'il ne savait pas qu'elle s'était écartée du reste du groupe... peut-être qu'il pensait qu'elle avait besoin de quelque chose ? Peut-être qu'elle a mentionné avoir oublié son pyjama chez Sherwood, mais qu'elle savait qu'elle devait rester avec Sammy, ou...

Elle secoua la tête.

— Oh, merde, je n'en sais rien.

— Vous les psy. Toujours à lire dans les pensées.

Il fit un signe de tête vers l'allée.

— Reste avec Harrison là-bas. Je reviens tout de suite.

Son dos se raidit.

— Pas question.

Reid croisa son regard, fronça les sourcils, puis monta lourdement les marches du porche.

— Vous êtes impossibles, tu sais ça ? Vous tous. Tout votre groupe.

Il cracha presque ces mots.

— Il n'y a pas d'urgence ici. Aucune raison pour qu'il ait besoin de venir ici ce soir. C'est comme si vous *cherchiez* tous à vous faire blesser.

—Je sais.

Et elle le savait. Elle le savait *vraiment*. Mais elle ne pouvait pas se forcer à retourner à la voiture.

Reid ouvrit la porte du bout du pied.

— Agent Billy ?

— C'est son nom ? demanda-t-elle en se glissant derrière lui.

— Je ne connais pas son nom de famille. C'est un nouveau ; Harrison le forme.

Ils avaient envoyé un bleu avec Owen, sachant qu'il pourrait être sur la liste des victimes d'un tueur en série ? *Génial.*

Maggie suivit Reid dans la maison, scrutant le salon — lumineux, le canapé d'un jaune vif, les fauteuils à oreilles peints de rayures criardes. Et les fleurs sur la table près de la porte... Elle se dirigea vers elles. Les roses coupées étaient pour la plupart fraîches, les pétales commençant à s'affaisser, mais ne libérant pas encore leur trésor sur le tapis tissé en dessous.

Maggie plissa les yeux sur la carte : *Avec amour, Kelsey*.

— Jackpot, dit-elle, tournant la carte pour que Reid la voie. Combien de Kelsey peut-il y avoir dans la région ?

— Espérons pas beaucoup, dit Reid en traversant le vestibule vers le salon. Et c'est un prénom super inhabituel pour un homme. Tu es sûre qu'elle sortait avec un homme ? Kelsey pourrait être une femme, peut-être non-binaire.

— Je ne pense pas. Alex a un type.

— Qui est ?

— Les connards. Les connards masculins. Et Alex a fait référence à Kelsey comme étant un « il ».

Mais Reid n'écoutait plus. Son regard était dirigé au-delà du salon vers le couloir au fond.

Elle reposa la carte sur les fleurs, et une poignée de pétales flotta jusqu'au sol du vestibule.

— Où sont-ils ? demanda-t-il.

Elle tendit l'oreille, s'efforçant d'entendre. Rien. Le vent faisait bruisser les branches contre les moustiquaires des fenêtres, mais aucun son ne provenait de l'intérieur de la maison.

— Billy ! appela de nouveau Reid.

— Owen ! Katie ! essaya-t-elle.

Leurs voix résonnèrent contre les murs, rebondirent sur le carrelage en porcelaine imitation bois qui serpentait dans toute la maison. Mais quand le timbre vibrant de leur désespoir s'éteignit et disparut dans les ombres, aucune réponse ne vint de l'obscurité au-delà du salon. La maison resta silencieuse.

Morte — voilà ce qu'elle était. *Morte*.

Mais Owen l'était-il ? Et sa femme ? Elle n'aimait pas cette femme, détestait ce qu'elle faisait à Owen, mais elle ne voulait pas qu'elle meure.

— Je n'aime pas ça, dit Reid en traversant le salon. Tu devrais retourner à la voiture.

— Va te faire voir, rétorqua-t-elle. Si Dylan est vraiment ici, alors c'est moi qu'il recherche. Il pourrait te tirer dessus, mais il ne me fera pas de mal.

— Il a essayé de te mordre le cerveau hors du crâne.

Comme en réponse, la vieille cicatrice pulsa de chaleur, un battement de cœur dans sa tête.

— C'était avant.

Il jeta un coup d'œil par-dessus son épaule.

— Avant quoi ?

Oui, Maggie, avant quoi ?

Comme elle ne répondait pas, il se retourna vers le salon.

— Comme je l'ai dit... vous ne savez jamais ce qui est bon pour vous, marmonna-t-il, la main sur la crosse de son arme. C'est comme si vous cherchiez à vous faire tuer.

Elle n'avait rien à répondre — il n'avait pas tort.

Ils avancèrent furtivement dans le couloir, Maggie calquant ses pas sur les siens, bien qu'elle doutât qu'ils puissent faire croire à quiconque qu'il n'y avait qu'un seul homme se faufilant dans la maison — ils avaient ruiné cette perception en parlant quand ils étaient entrés. Mais qui les écouterait ? Kelsey ? Dylan se faisant passer pour Kelsey ?

Elle avait du mal à respirer. Owen aurait dû être revenu maintenant. S'il était là, s'il était entré pour chercher quelque chose pour Alex, il aurait dû sortir quand ils avaient appelé son nom.

La première porte sur la gauche était le bureau — le bureau d'Alex au milieu, des étagères à trois niveaux de chaque côté. Le placard n'avait pas de portes ; Alex les avait retirées pour le transformer en une bibliothèque ouverte. Très cool dans des circonstances normales, encore plus parfait maintenant, car ils pouvaient voir sans entrer que personne ne se cachait à l'intérieur.

La pièce en face était la chambre d'amis. Personne ne se cachait sous le futon ni dans le placard. La porte de la chambre d'Alex était fermée. Reid tendit la main et tourna la poignée, puis la poussa ouverte, son arme prête...

Il la baissa alors qu'elle entrait dans la pièce derrière lui. Vide.

Maggie fronça les sourcils, mais ses épaules s'étaient détendues. Pas de nouvelles valait mieux que de mauvaises nouvelles — au moins ils n'avaient pas trouvé Dylan avec un couteau sous la gorge d'Owen.

Owen et sa femme étaient-ils déjà de retour devant avec l'agent Harrison et leurs enfants, attendant simplement Maggie et Reid pour qu'ils puissent se rendre chez Sammy ?

— Peut-être... qu'ils sont sortis par derrière ?

— Pourquoi feraient-ils ça ? dit Reid, agacé.

— Parce que nous sommes tous stupides et que nous ne savons pas ce qui est bon pour nous ?

— Pas faux.

Il pencha la tête, plissant les yeux, scrutant les murs, le sol. Probablement à la recherche de signes de lutte, mais elle ne voyait rien de déplacé. Pas une seule chaussette sur le tapis. Si Reid entrait dans la chambre de Maggie à la recherche de signes de lutte, il entrerait immédiatement en mode panique — sa maison ressemblait à l'explosion d'une bombe. Comme si elle avait combattu des démons dans chaque pièce.

Elle supposait que c'était le cas. Sa gorge se serra.

— Qu'ils sortent par derrière est mieux que si Dylan les avait *emmenés*, dit-elle. De plus, si c'était Dylan, comment aurait-il pu les maîtriser tous si rapidement, si silencieusement ? Trois personnes, dont un officier armé, n'auraient pas été une proie facile.

D'un autre côté, Dylan aimait le défi. Utiliser des objets

trouvés. Ne jamais tuer de la même manière deux fois. Verrait-il ce soir comme un jeu ? Si c'était le cas... il gagnait.

Son estomac se noua, rage et terreur, bile et chagrin, un bouillon bouillonnant d'horreur. *Où es-tu, Owen ?*

Reid s'approcha de la fenêtre la plus éloignée, scrutant le jardin. Il secoua la tête. Maggie examina le placard — fermé. Tout comme la porte vitrée qui menait à la terrasse arrière. Elle fronça les sourcils, son cœur s'accélérant, bien qu'il lui fallût un moment pour en identifier la cause. La porte de derrière n'était pas ouverte comme celle de devant, la poignée solidement fermée. Mais... y avait-il juste un soupçon d'ombre près du sol derrière les stores ?

L'air se raréfia. Elle voulait s'arrêter, voulait appeler Reid, mais la poignée de la porte était déjà dans sa main, et quand elle la poussa vers l'extérieur, elle heurta immédiatement quelque chose — quelque chose qui bloquait l'autre côté.

— Maggie, attends ! cria Reid, mais elle poussait déjà, poussait, puis passait à travers la fente. Un sac d'ordinateur portable gisait de l'autre côté de la porte. Le sac d'Alex — elle reconnut la bouteille d'eau qu'Alex gardait toujours accrochée dessus. Maggie en avait une identique dans son bureau autrefois.

Mais personne ne le tenait. Aucun corps ne gisait à côté du sac. Et bien que cela aurait dû être une bonne nouvelle, cela semblait de mauvais augure.

— Où sont-ils, Reid ? Sa voix n'était qu'un murmure, à peine intelligible, mais peu importait s'il pouvait l'entendre ; il ne voyait pas plus qu'elle dans le jardin d'encre. Avaient-ils escaladé la clôture en bois de deux mètres ? Non, c'était idiot. Si Owen et Katie étaient là, il n'y avait qu'un seul autre endroit où chercher : la remise, à peine visible dans la nuit brumeuse. Et où diable était l'officier ?

Tu as pensé que le tueur était un flic, Maggie — plus d'une fois, tu as pensé qu'il pourrait être un flic. Et si Dylan avait l'idée de se glisser dans la vie de quelqu'un d'autre… qui de mieux ?

Maggie se précipita vers les escaliers de la terrasse, déterminée à courir vers la remise, mais son orteil heurta la marche du haut. Elle bascula en avant, trébuchant dans les trois marches en bois, les bras tournoyant. Elle réussit à rester debout, sa cheville hurlant quand elle atterrit sur l'herbe. Elle trébucha trois pas en avant. Trois pas pour retrouver son équilibre.

Et un pas pour se retourner. Pour voir ce qui l'avait fait trébucher.

Une chaussure solitaire était posée près de la marche du haut — une chaussure de femme, à talon haut. Et à la base des escaliers, cachée derrière le rebord de la terrasse, se trouvait sa jumelle. Le dessus ouvert permettait de voir facilement le pied attaché. Le talon. Un mollet.

— Oh… oh non. C'était tout ce qu'elle pouvait dire en boitant pour s'approcher.

Reid descendit la dernière marche, son arme pointée sur le jardin. Comme dans la maison, rien d'autre ne bougeait. Certainement pas les corps.

Owen et Katie gisaient tous deux à la base des escaliers comme s'ils avaient essayé de s'enfuir, Katie au-dessus, enveloppée dans les bras d'Owen. Maggie aurait presque pu imaginer qu'ils s'enlaçaient si ce n'était la façon dont le coude inférieur de Katie était plié dans un angle bizarre, la façon dont la partie visible de sa gorge était sauvagement déchirée. Le tueur l'avait-il arrachée avec ses dents ? Elle ne pouvait pas voir le visage d'Owen d'ici, caché qu'il était sous sa défunte épouse, mais il n'y avait aucune chance que la flaque brillante autour d'eux soit uniquement la sienne. Des traînées de sang, noires au clair de lune, peignaient le côté de la terrasse au-dessus de leurs têtes — des éclaboussures artérielles. Leurs cœurs battaient encore quand ils étaient tombés à genoux dans l'herbe.

Clic !

Elle se retourna brusquement alors que Reid s'approchait, attachant son arme à sa ceinture. — Où est Billy ? chuchota Maggie. Mais elle n'avait pas vraiment besoin de demander. L'officier avait disparu. Mort quelque part, sûrement mort. Ou... coupable.

Je n'arrive pas à respirer.

Reid l'entoura d'un bras, avec l'intention de l'éloigner des corps, mais ses os étaient lourds. Elle s'effondra à genoux près des pieds de Katie.

— Owen... Le visage de Maggie était humide ; son cou aussi. Le silence dans le jardin était absolu. S'était-elle vraiment attendue à ce qu'il réponde ? Elle ne pouvait même pas le voir.

Elle *voulait* le voir. Voulait lui dire au revoir. Elle s'approcha un peu plus, essayant d'ignorer l'humidité chaude sur ses genoux — du sang, elle était agenouillée dans leur sang.

— Owen, je suis tellement... Sa voix se brisa, elle hoqueta, un gémissement ténu déchirant la nuit.

Mais attendez... avait-elle hoqueté ? Était-ce elle qui gémissait ? Elle fronça les sourcils.

Reid s'accroupit à côté d'elle, tendant la main vers Katie, soulevant doucement le corps de la femme, la retournant. Ses yeux morts étaient grands ouverts — sans paupières, le blanc vitreux au clair de lune. Définitivement morte.

Maggie porta son attention sur Owen. Le sang couvrait le visage de son ami, une entaille dans sa gorge brillait, sombre, une autre blessure déchiquetée sur son front. Mais il avait encore ses paupières. Avaient-ils interrompu Dylan avant qu'il n'ait pu accomplir sa mission ?

Elle tendit la main vers le visage d'Owen, touchant sa joue pâle, l'un des seuls endroits non couverts de sang. Encore chaud. Comme sa femme. Mais sa poitrine... bougeait-elle ?

Son souffle se coupa.

Owen gémit à nouveau.

CHAPITRE 26

La chaise en plastique de la salle d'attente de l'hôpital lui mordait les hanches, froide à travers la tenue d'hôpital qu'elle portait. Il faisait si clair ici — tellement clair. La tête de Maggie bourdonnait. Ses mains lui faisaient mal aussi, à vif après avoir frotté le sang d'Owen sous ses ongles.

Des dizaines de policiers fouillaient maintenant la ville à la recherche du partenaire disparu de Harrison, Robert-Billy-McGuire, âgé de quarante et un ans. Ils n'avaient pas manqué de remarquer qu'il avait le même âge que Dylan devrait avoir. Blanc, et de la même corpulence que Dylan. Pas de famille connue. Ses empreintes digitales n'avaient pas été signalées dans le système quand il avait rejoint les forces de l'ordre, mais ils n'avaient *pas* celles de Dylan dans le système — il n'avait jamais été arrêté. Bien qu'il ait laissé de l'ADN dans la morsure sur le dos de Joel, il n'avait pas laissé une seule empreinte digitale. Même le corps dans l'Ohio avait été trop décomposé pour être identifié. Et pas de dossiers dentaires pour Dylan non plus. S'ils avaient existé, il aurait arraché les dents du garçon mort.

Maggie fixait la photo de police : crâne rasé, mâchoire carrée, larges épaules. — Tu penses vraiment que Billy est notre homme ? Que c'est Dylan ? Son visage était si différent de l'adolescent qu'elle avait connu vingt ans auparavant, mais la chirurgie plastique pouvait faire beaucoup de nos jours. Ses yeux n'étaient pas non plus de la bonne couleur — marron, pas vert — mais une paire de lentilles de contact pouvait arranger ça.

Reid bougea sur la chaise à côté d'elle, à une place d'écart. Gardant ses distances. — Je ne sais pas — vraiment pas. Harrison semble prêt à donner un alibi à McGuire pour au moins un des meurtres, donc on ne peut pas écarter Deejay Kelsey. Son appel téléphonique a attiré Alex loin des officiers, pas quelque chose que McGuire a fait. À moins que McGuire n'ait eu le téléphone de Kelsey. Mais Kelsey l'a appelée tous les jours cette semaine, et elle le rappelait.

— Les fleurs chez elle étaient fraîches aussi, dit Maggie. Séparés ou non, ils ne sont pas en froid.

— Tristan rassemble les informations sur Kelsey. On ira chez lui ce soir. Si c'est notre homme, on le saura assez vite.

L'officier Billy, ou Special K ? Lequel était le plus susceptible d'être Dylan ?

Maggie était encore sous le choc, ses dents lui faisant aussi mal que sa tête. Elle essaya de forcer sa mâchoire à se détendre. Elle échoua. — Et qu'en est-il d'Owen ? Il a dit qu'Alex lui avait envoyé un message, lui demandant d'apporter l'ordinateur portable chez Sammy, mais nous savons évidemment que ce n'est pas vrai.

— Quand Owen a reçu ce message, son téléphone était dans sa voiture, et Alex était dans l'eau. Personne ne savait encore qu'elle était blessée.

Maggie hocha la tête. — Donc le tueur a jeté Alex du

pont, envoyé un message à Owen pour qu'il aille à la maison, puis est retourné là-bas en courant pendant qu'Owen finissait à l'aéroport. Il a probablement juste attendu chez Alex dans le noir, prêt à tuer Owen et quiconque aurait le malheur d'être avec lui. Si nous n'étions pas arrivés quand nous l'avons fait...

Owen n'aurait pas survécu.

Son regard effleura l'autre côté de la salle d'urgence, où les filles d'Owen étaient blotties dans un coin avec une assistante sociale à l'air somnolent. Maggie avait essayé de s'asseoir avec elles, mais elles lui avaient tourné le dos. C'était peut-être le traumatisme, peut-être leur mère — Katie ne laissait jamais les enfants traîner avec le reste d'entre eux, alors les filles n'avaient rencontré Maggie qu'une poignée de fois en passant.

— J'aurais dû appeler Owen pour faire le point quand j'ai appris qu'Alex était à l'hôpital, dit-elle. Il était encore en route depuis l'aéroport à ce moment-là, n'est-ce pas ? S'il avait su de ne pas aller chez elle...

— Tu étais au club, et tout s'est passé si vite, Maggie. Tu ne peux pas te blâmer. Ce type a réussi à embrouiller chaque situation. Et tu ne travailles sur cette affaire que depuis *hier*.

Hier... ça semblait être il y a un an. Maggie avala difficilement la boule dans sa gorge. Elle jeta un coup d'œil à l'horloge ; ils étaient là depuis près de deux heures. Au moins Owen était conscient quand ils l'avaient amené. La blessure à la gorge n'avait pas atteint l'artère, mais sa blessure à la tête était plus grave — Dylan l'avait frappé avec quelque chose, de la même manière qu'il l'avait fait avec Alex. Mais pas assez fort pour le tuer. Dylan avait-il merdé ?

Dylan ne lui semblait pas être le genre de gars qui merdait.

— Tu penses qu'il a laissé Owen et Alex vivre exprès ?

Reid haussa un sourcil. — L'un ou l'autre aurait pu mourir de ses blessures. Il n'a certainement pas essayé de les garder en vie. Est-ce que ça a du sens par rapport au profil ?

— Je... pense que oui. S'il a décidé que nous allons avoir une vie ensemble, il essaierait de se prouver. Une déclaration d'amour tordue.

— Donc tu penses qu'il dit : "Regarde, j'aurais dû les tuer, j'aurais pu, mais je ne l'ai pas fait parce que je t'aime ?"

— Peut-être. Il est fou, je veux dire... Maggie soupira. Je ne suis sûre de rien. Je saisis des pailles parce que la plus grande partie du profil, c'est qu'il aurait dû revenir avant maintenant. Il n'aurait pas dû me laisser seule toutes ces années, pas si son obsession est si profondément ancrée.

Reid cligna des yeux. — Je peux imaginer que ça prenne du temps pour évoluer, cependant. Peut-être que ça a commencé par de la rage et s'est adouci en affection. Il n'essayait certainement pas de te faire des cadeaux le jour où vous vous êtes rencontrés.

Elle hocha la tête vers le mur stérile, incapable de regarder les enfants d'Owen — incapable de regarder dans leurs yeux vides. — C'est vrai. Je l'ai poignardé au visage, et quoi qu'il ait fait pour corriger la blessure, ça ne veut pas dire que la cicatrice a disparu. Peut-être que le fait que je me sois battue et que j'aie réussi est la première chose qui lui ait jamais fait ressentir des émotions. Avec le temps, il a pu en venir à croire que c'était une bonne chose. Les psychopathes ne sont pas connus pour comprendre leurs sentiments. Même les gens normaux confondent parfois l'excitation et la panique. Peut-être qu'il en est venu à voir sa rage comme une sorte d'affection. Peut-être qu'il aimait simplement le fait de ressentir...

quelque chose. N'importe quoi. Après tout, c'était généralement la plus grande plainte des psychopathes : l'engourdissement omniprésent.

Il lui serra l'épaule, et Maggie se retourna. — Owen est là-bas avec les médecins depuis une éternité. Tu penses qu'il est...

Les yeux de Reid s'éloignèrent momentanément, mais ce fut assez long — ils s'écarquillèrent. Il bondit sur ses pieds, et Maggie fit de même, observant le couloir du fond d'où Owen émergeait, sa tête enveloppée d'un épais bandage blanc, une écharpe de bandage scotchée autour de sa gorge. Il portait aussi une tenue d'hôpital, mais elle pouvait encore voir le sang séché près de sa clavicule.

Owen cligna des yeux injectés de sang et s'appuya contre le mur.

L'assistante sociale fatiguée se leva. Les filles s'approchèrent lentement, ralentissant en s'approchant, sûrement rebutées par les bandages, leurs yeux terrifiés, leurs lèvres tremblantes. Mais quand il s'agenouilla, elles marchèrent dans ses bras et posèrent leurs têtes sur chacune de ses épaules. Owen ferma les yeux, mais cela n'empêcha pas les larmes de couler sur son visage. L'assistante sociale lui dit quelque chose, Owen hocha la tête sans la regarder, puis enfouit son visage dans les cheveux de sa fille. Ses épaules se secouèrent. N'essayant même pas d'être brave.

Juste être un père. Juste être désolé — en deuil.

Après un moment, les enfants reculèrent à nouveau dans leur coin, et Owen se leva, s'appuyant encore lourdement contre le mur. Devraient-ils lui chercher un fauteuil roulant ? Reid et Maggie s'approchèrent enfin. L'assistante sociale avait disparu.

— Quel est le verdict ? lui demanda Reid.

— Commotion cérébrale, dit Owen. Perte de sang, quelques « lacérations majeures » — selon leurs termes.

J'ai aussi des contusions internes, mais l'IRM n'avait pas l'air aussi mauvaise qu'ils le craignaient.

Mais il s'appuyait toujours contre le mur pour rester debout. Il luttait visiblement encore contre la douleur, à en juger par la crispation aux coins de ses lèvres.

— Et ils t'ont autorisé à rentrer ? demanda Maggie.

— Oui. Mais il ne hocha pas la tête. Trop étourdi pour bouger la tête ? Trop de douleur ?

Maggie hésita — devrait-elle appeler le médecin, demander les instructions pour les soins post-opératoires ? S'assurer qu'il avait le droit de partir ? Mais si Owen forçait sa sortie, elle n'allait pas l'en empêcher. Il savait ce que le médecin avait dit, et il était bien trop prudent pour risquer sa vie, surtout maintenant qu'il était père célibataire.

Elle lui serra le bras. — Alors, où va-t-on ? demanda-t-elle.

— Je ne... Ses lèvres se crispèrent. Ma tête est toute embrouillée. Il jeta un coup d'œil rapide vers le coin, vers ses filles, puis baissa la voix, ses yeux allant de Maggie à Reid et inversement. Je suis terrifié, d'accord ? J'ai l'impression de ne pas savoir ce qui est bien. Mes enfants... Je dois m'assurer qu'ils vont bien. Ses yeux se posèrent sur Reid — vitreux. Et si je m'évanouis et que le tueur entre par effraction ? Et si je ne peux pas protéger mes filles ?

— Nous aurons plusieurs officiers sur vous jusqu'à ce que nous attrapions ce type, dit Reid.

— Puis-je en avoir un de plus pour surveiller les enfants ? Peut-être cinq de plus ? Owen sourit, mais cela semblait douloureux. Oui, il souffrait. À l'intérieur comme à l'extérieur.

Reid hocha la tête. — Nous veillerons à ce que vous soyez couverts. Où voulez-vous rester ?

Owen leva les mains. — Je me fiche de l'endroit. Quelque part de sûr. N'importe où où vous pouvez *vraiment nous protéger*. La dureté dans sa voix fit grimacer Maggie, mais Reid ne sourcilla pas.

— Chez Sam serait le plus simple, dit Reid.

Owen hocha la tête — apparemment pas aussi étourdi qu'elle l'avait pensé — mais Maggie l'interrompit. — Je ne suis pas sûre que ce soit le mieux pour les filles, dit Maggie. Elles pourraient se sentir mieux dans leur propre maison — dans la maison d'Owen. Elles viennent de perdre leur mère. Et tout cela pourrait effrayer les enfants de Sammy.

Les yeux d'Owen se remplirent de larmes. Il baissa les yeux au lieu de répondre.

— Je resterai chez Owen, dit Maggie. Avec eux. Comme ça, tu pourras organiser les officiers en un seul endroit, couvrir toutes les entrées et sorties, et je pourrai surveiller le type si celui-ci s'évanouit. Elle fit un clin d'œil à Owen, mais elle était certaine que cela paraissait forcé.

— Je m'occuperai des officiers, dit Reid. Je m'assurerai qu'il y ait une unité devant, une derrière, et une autre paire en patrouille à pied. La même chose que nous aurons chez Sam. Si le chef me fait chier, on utilisera les gars de Tristan pour couvrir. Et Sammy sait déjà que les enfants ne peuvent pas aller à leurs activités d'été pendant quelques jours. Ce sera pareil pour les tiens.

— Au moins, les tiens n'ont rien à faire puisqu'ils prévoyaient d'être en Californie, dit Maggie. Cette fois, Owen grimaça. *Comment mettre les pieds dans le plat : un guide pour les nuls*. Mais il n'y avait pas de retour en arrière possible. La seule façon de s'en sortir était d'aller de l'avant. Et elle ne serait bonne à rien si elle ne se reposait pas. Ses yeux étaient pleins de papier de verre. Ses muscles lui faisaient mal. Chaque centimètre de son corps se sentait lourd et endolori.

— Nous allons résoudre cette affaire, dit Reid. Nous l'attraperons.

Quand Owen ne répondit pas à Reid, elle regarda le détective. Reid la regardait, pas Owen. *Nous l'attraperons.* Elle avait eu trop de déceptions pour y croire sans réserve, trop de morts jonchaient le sillage de telles promesses, mais elle voulait le croire. Peut-être devrait-elle essayer. Après tout, il devrait être mort... et il ne l'était pas. Reid avait échappé à ce tueur alors qu'il aurait dû être le premier à y passer.

Il avait déjoué la mort. Peut-être pourrait-il le refaire.

Peut-être aurait-il assez de chance pour eux tous.

CHAPITRE 27
REID

L'ex-petit ami d'Alex était un petit dealer de cannabis avec quelques arrestations pour délits mineurs à son actif. Il vivait dans la ville voisine, dans un immeuble situé entre une station-service et un cinéma, avec un ficus en plastique planté comme un buisson devant l'entrée du bâtiment. La cage d'escalier empestait l'urine. Le couloir menant à l'appartement de Kelsey sentait plus fortement le cannabis.

— C'est à peu près ce à quoi je m'attendais pour un DJ dealer de cannabis utilisant une drogue illicite comme nom de scène, marmonna Tristan. Il s'écarta pour laisser Reid frapper, mais ce dernier avait à peine effleuré le bois de ses jointures que la porte s'ouvrit.

Kelsey Thatcher avait les cheveux blonds et courts, son débardeur poudré de ce qui ressemblait à de la poussière de Cheetos. Mais son visage imberbe était beau, si on aimait le type super-héros à la mâchoire carrée. Maggie était-elle attirée par ça ?

— Ouais ?
— Kelsey Thatcher ?

Il fronça les sourcils, les rides aux coins de ses yeux bleus se plissant d'une manière qui le faisait paraître beaucoup plus âgé. — Qui veut savoir ?

Reid montra son badge. Kelsey déglutit difficilement et sortit dans le couloir. À en juger par l'odeur qui émanait de l'intérieur, le gars s'inquiétait probablement qu'ils soient là pour l'arrêter pour le cannabis — *surprise, Kelsey, on s'en fout*.

Reid recula pour que Kelsey puisse fermer la porte, puis appuya son épaule contre le mur opposé. Personne d'autre dans le couloir, l'appartement suivant étant à une bonne dizaine de mètres. Tristan se tenait au milieu du couloir, bloquant la fuite de Kelsey si nécessaire. Et il espérait que Kelsey était un tueur — qu'ils en avaient fini avec cette traque. Que c'était terminé.

Mais il ne croyait pas que ce serait si simple.

Quand Kelsey eut verrouillé la porte derrière lui, Reid dit : — Je pensais qu'on vous verrait à l'hôpital.

— L'hôpital ? Les yeux de Kelsey se plissèrent. Pourquoi ça ?

— Votre petite amie, Alex Dahlgren, a été agressée ce soir. Quelqu'un l'a jetée du pont de Fernborn.

Les yeux bleus de Kelsey s'écarquillèrent — injectés de sang. Sa mâchoire tomba. — Elle va bien ?

— Elle est en vie. Ce qui est une mauvaise nouvelle pour la personne qui a essayé de la tuer.

— Alors, vous... Kelsey se raidit. Je veux dire, ce n'était pas moi, mec. J'ai été ici toute la nuit.

— Quelqu'un peut confirmer ça ?

— Eh bien... non. Mais si j'étais coupable, n'aurais-je pas un meilleur alibi ? Il sourit comme si cela prouvait quelque chose — était-il sérieux ?

— Le truc, c'est qu'Alex a été attirée sur ce pont. L'appel venait de votre portable. Vous comprenez donc pourquoi nous pourrions avoir quelques questions.

Les yeux de Kelsey passèrent de Reid à Tristan. — Attendez... non, vous vous trompez complètement...

Reid se détacha du mur, utilisant chaque centimètre de sa taille pour dominer le DJ. — Si vous avez passé cet appel pour quelqu'un d'autre, peut-être même que quelqu'un vous a payé pour le faire... nous comprendrions.

— Être DJ, c'est un boulot difficile, acquiesça Tristan. Mais le meurtre entraîne une peine beaucoup plus longue que le trafic de drogue.

Reid réussit à éviter de grimacer ; il n'était pas prêt à révéler à Kelsey tout ce qu'ils savaient sur lui. Il aurait dû dire à Tristan de fermer sa putain de gueule.

Kelsey secoua la tête si violemment que ses cheveux s'agitèrent d'avant en arrière. — Cet appel datait d'aujourd'hui ? Sa poitrine se soulevait, ses mains tremblaient. J'ai perdu mon portable il y a deux jours, mec. J'en ai acheté un nouveau hier. Vous pouvez vérifier — je jure que je n'ai pas appelé Alex.

— Où avez-vous vu votre portable pour la dernière fois ? demanda Tristan.

— Je l'avais... au travail ? Il croisa les bras, un peu plus droit, plus confiant. Sincère. Il regarda Reid dans les yeux, bien que ce soit Tristan qui lui ait adressé la parole, probablement parce que Reid était celui avec le badge. J'avais un concert. J'ai pensé qu'il s'était perdu dans la confusion, en rangeant l'équipement et tout ça.

Un concert, une fête... c'était un endroit facile pour voler un portable sans se faire remarquer. Et un portable prépayé serait facile à utiliser — pas de compagnie pour le désactiver.

— J'aurai besoin de l'adresse de ce concert avant qu'on parte, dit Reid. Il demanderait à Tristan de regarder les images vidéo, de vérifier les caméras de circulation. S'ils avaient appris quelque chose sur Dylan jusqu'à présent, c'était qu'ils ne trouveraient pas grand-chose d'utile — le salaud était prudent. Mais ils devaient essayer.

— Connaissez-vous bien les amis d'Alex ? demanda Reid.

— Pas vraiment. J'ai rencontré Sam une fois. Et je l'ai vue parler à une rousse sur le parking il y a quelques mois.

Une rousse ? — Et que pensez-vous de la rousse ? Maggie Connolly ?

Il haussa les épaules, nonchalant. Trop nonchalant pour un homme obsédé. — J'sais pas. Belle, mais coincée ?

Tristan fronça les sourcils. Les narines de Reid se dilatèrent, sa poitrine se réchauffant. *Connard*. Mais ils n'avaient pas trouvé leur homme, seulement un autre maillon. Une autre personne qui avait été manipulée. Dylan avait soit utilisé ce type comme bouc émissaire, soit il avait délibérément conduit la police ici. Mais pourquoi ?

— Alex a-t-elle déjà mentionné son frère ? demanda Reid.

Kelsey hocha la tête. — Elle faisait des cauchemars à son sujet. Elle disait que c'était lui qui lui avait coupé le sein. Il grimaça. Ils ont fait du bon boulot pour la reconstruction cependant. Ce n'était pas comme... une situation à la *Frankenstein*.

Reid cligna des yeux. *Frankenstein* ? Ce type était vraiment un connard. La bouche de Tristan s'était également abaissée.

— Pourquoi posez-vous des questions sur son frère ? dit Kelsey. Je ne l'ai jamais rencontré ni rien, si c'est pour ça que vous...

— Nous pensons que vous pourriez être lui, dit Tristan, et Reid résista à l'envie de le pousser contre le mur. *Sérieusement, Tristan ?*

La bouche de Kelsey s'ouvrit en un petit *o*

choqué. — Vous pensez que j'essayais de baiser ma sœur ? On est dans l'Indiana, pas dans l'Alabama profond...

— Portez-vous des lentilles de contact, M. Thatcher ? demanda Reid.

Il hocha la tête. — Ouais, j'en porte. Ses joues restèrent roses, une fine couche de sueur perlant à ses tempes.

— Pouvons-nous les voir ?

Kelsey fronça les sourcils, mais haussa les épaules, puis leva les doigts vers son œil gauche et retira le minuscule morceau de plastique de l'iris. Transparent. Ses yeux bleus étaient bien les siens. On pouvait peut-être changer de visage, mais on ne pouvait pas changer la couleur de ses yeux.

— Un dernier test, dit Reid.

Kelsey cligna des yeux, puis retira son autre lentille et les tint mollement dans sa paume. — Vous voulez aussi mes lunettes ?

— Je veux votre sang.

Les yeux de Kelsey s'écarquillèrent, mais il s'affaissa ensuite contre la porte, comprenant. Il tendit une main, celle qui ne tenait pas les lentilles, son doigt pointé comme s'il pensait que Reid avait une aiguille dans sa poche. — Si vous voulez mon sang pour prouver que je ne suis pas le gars que vous recherchez, pour prouver que je ne suis pas parent avec mon ex, il est à vous. Alex et moi n'avons peut-être pas la meilleure des relations, mais je ne lui ai pas fait de mal.

— Pouvez-vous venir au commissariat ? J'aimerais enregistrer votre déposition, et nous pourrons prélever l'échantillon d'ADN en même temps.

Il haussa une épaule. — Ouais, d'accord. Dis-moi juste quand. Je n'ai rien à cacher.

Reid s'installa derrière le volant de son Bronco, plus troublé qu'à leur arrivée. — Qu'en penses-tu ?

Tristan attacha sa ceinture de sécurité. — J'ai lu le profil du tueur établi par Maggie, et... ce n'est pas notre gars.

— Où as-tu lu ça ?

— Dans tes notes. Le dossier.

Reid fronça les sourcils. Comment avait-il mis la main sur le dossier de l'affaire ? Mais était-ce vraiment important ? Ils faisaient partie de la même équipe, et puis, il avait raison. Si Dylan voulait Maggie, il essaierait de se transformer en quelqu'un qu'elle pourrait envisager comme partenaire. Et Kelsey ? Pas question. Maggie ne sortirait pas avec un DJ, survivant de petits boulots et de ventes occasionnelles de cannabis. Il n'était pas stable. — Il n'est même pas mignon, lança Reid d'un ton moqueur en démarrant la voiture.

— Pas comme toi, c'est ça ?

— Je dis juste que ce n'est pas qu'elle soit snob, mais, pour citer les philosophes de notre génération, elle ne veut pas d'un minable. Et notre tueur le sait. Reid s'engagea sur la route principale, perdu dans ses pensées. — Il n'essaie pas seulement de coucher avec elle - il pourrait le faire au club, et l'a peut-être déjà fait. Il veut qu'elle... l'aime.

C'était la partie qui le tracassait depuis que Maggie l'avait dit à l'hôpital. *S'il a décidé que nous allions avoir une vie ensemble, il essaierait de faire ses preuves. Une déclaration d'amour tordue.*

Mais il fallait bien plus qu'une déclaration pour conquérir une femme comme Maggie.

Le bourdonnement des pneus emplissait l'habitacle. Le silence s'étira jusqu'à ce que Tristan dise : — Alors, comment prouver à une femme qu'on peut être le partenaire dont elle a besoin ?

Reid cligna des yeux en regardant la route. — Dylan aurait passé ce temps loin d'elle à se transformer en une meilleure personne, au moins sur le papier. Il voudrait créer un personnage auquel elle ne pourrait pas dire non.

— Les flics font de bons pères de famille, non ?

Les sourcils de Reid se haussèrent. — On a grandi ensemble, donc je suis certain que tu aurais remarqué si quelqu'un m'avait remplacé.

— Je parlais de McGuire. Mais c'est *vraiment* bizarre qu'il ne t'ait pas tué. Tristan haussa les épaules. — À moins que tu ne représentes pas une menace parce que ton coup d'un soir avec le médecin n'a rien donné, et qu'il le sait.

Reid s'arrêta doucement à un feu rouge et fusilla son frère du regard. Il n'aimait pas la façon dont Tristan l'avait dit - n'aimait pas qu'il soit même au courant. Est-ce que Maggie le lui avait dit ? L'avait-il simplement deviné ? Dans tous les cas, il semblait si sûr que ça n'avait été rien. Mais pour Reid... cette nuit avait été tout sauf rien. Son téléphone vibra dans sa poche.

Tristan détourna le regard en premier. — L'ADN de Dylan n'a rien donné dans la base de données criminelle, mais le fait qu'il ait une correspondance familiale avec Alex m'a donné une idée. Je ne suis pas sûr que ça aboutira, mais on pourrait avoir de la chance.

— Espérons-le. Le feu passa au vert. Reid sortit son téléphone de sa poche, activa le haut-parleur, puis appuya sur l'accélérateur.

— Détective ? Une voix grave et rauque - féminine.

Il plissa les yeux pour lire l'identifiant de l'appelant : l'hôpital.

— C'est Lydia. Vous m'avez dit de vous appeler si Alex se réveillait.

Il pouvait visualiser l'infirmière dans sa tête grâce à sa voix de fumeuse : des vêtements verts brillants et une barrette violette. Et Reid pouvait dire à la tension dans son ton qu'il n'allait pas aimer ce qui allait sortir de sa bouche ensuite.

— Est-ce qu'elle va bien ? demanda lentement Reid, pas sûr de vouloir connaître la réponse. Il ne voulait pas avoir à dire à Maggie qu'une autre personne à laquelle elle tenait était morte.

— Eh bien... elle est réveillée.

Ses épaules se détendirent. Tristan s'affaissa contre le siège, souriant. — Elle l'est ? Il mit son clignotant et se glissa sur la voie de gauche - retour à l'hôpital. Si Alex était réveillée, avec un peu de chance, elle pourrait répondre à quelques questions.

— Eh bien, ce n'est pas exactement pour ça que je vous ai appelé. L'infirmière fit une pause. — Elle est partie.

CHAPITRE 28

L'inspecteur Clark Lavigne, l'un des plus proches amis de Reid et apparemment le seul en qui il avait confiance actuellement, ramena Maggie et Owen à la maison en voiture. En les gardant dans une voiture de patrouille, aucun d'eux ne pouvait s'écarter de l'escorte de sécurité... encore une fois. De plus, Owen lui-même avait pratiquement supplié qu'on lui envoie tous les agents disponibles, et personne n'allait le contredire.

Lui et Alex étaient les seuls à avoir vu le tueur. Avec un peu de chance, quand Alex se réveillerait — si elle se réveillait — elle pourrait fournir une meilleure description. Owen avait fait de son mieux, mais le suspect l'avait frappé par derrière. Il ne se souvenait même pas d'être allé sur la terrasse arrière. Sa meilleure hypothèse était qu'ils avaient entendu quelque chose dehors, mais il n'en était pas sûr — si l'agent McGuire était Dylan, il lui aurait été facile d'attirer Owen dans le jardin.

La dernière chose dont Owen se souvenait était d'être entré dans la chambre d'Alex où elle gardait son ordinateur portable. Il l'avait trouvé à côté du lit, pas étendu devant la porte comme un chat mort. Reid l'avait toujours en sa possession. Mais le tueur l'avait mentionné, avait demandé à Owen de le récupérer, ce qui signifiait qu'il était presque certainement inutile pour les autorités.

Alex avait raison. Dylan était intelligent.

Elle s'ennuyait de son amie. Elle s'ennuyait *vraiment* de son amie.

Owen resta silencieux pendant tout le trajet de retour à sa maison, Gillian collée contre son côté sur la banquette arrière, Rachel sur ses genoux, Maggie pressée contre la porte opposée. Gillian en particulier ne semblait pas ravie de la présence de Maggie, lui lançant des regards noirs de temps en temps, mais la fillette devrait s'y faire. Maggie allait rester dans les parages, surtout maintenant que Katie n'était plus là. Owen avait toujours été un peu en marge du groupe, ne s'intégrant jamais vraiment avec ses amis d'enfance — un peu trop coincé pour leur façon de plaisanter. Mais il s'y habituerait.

Il avait besoin d'eux. Il avait besoin d'elle. Et elle n'allait pas le laisser tomber.

Son cœur se serra. Ces pauvres, pauvres filles. Mais elles étaient des survivantes. Tout comme leur père.

À moins qu'elles ne tiennent de leur mère. Maggie chassa cette pensée.

Ils s'engagèrent dans l'allée d'Owen à côté d'une voiture de patrouille banalisée. Owen passa ses clés de maison à un agent en uniforme dans l'allée et gratta le bandage autour de sa gorge — ça devait faire mal. Pas étonnant qu'il ne parlât pas beaucoup.

Clark resta assis, stoïque, les mains crispées sur le volant. Les autres regardaient depuis la banquette arrière pendant que trois officiers entraient dans la maison et passaient ce qui semblait une éternité à fouiller les pièces. Au moment où ils réapparurent et firent un signe de tête à

Clark, son genou rebondissait frénétiquement, mais elle aurait passé des heures dans la voiture si cela signifiait qu'ils seraient en sécurité entre ces murs.

Clark les escorta à travers la pelouse jusqu'au porche avec l'énergie d'un videur. — Je serai juste derrière cette porte, dit-il en les faisant entrer dans le salon. Phoebe et son partenaire seront à l'arrière. Si vous avez besoin de quoi que ce soit...

Elle lui serra la main — un peu audacieux, mais c'était moins gênant que de le serrer dans ses bras en signe de gratitude. — Merci infiniment. Reid a de la chance d'avoir un ami comme toi. Et moi aussi.

Clark sourit, les coins de la bouche crispés. — Vous êtes en sécurité ici — personne n'entrera sans que nous le remarquions. Tout ira bien.

Maggie le regarda jusqu'à ce qu'il ferme la porte derrière lui. Ses épaules s'étaient détendues en présence de Clark, mais dès qu'elle tourna le verrou, elle sentit le silence dans sa moelle, épais et visqueux — lourd. Owen alla coucher les filles. Cela prendrait probablement des heures.

Elle se mit à faire la vaisselle dans l'évier — comme elle aurait dû le faire chez elle, *merci beaucoup*. Maggie fit chauffer de l'eau pour le thé, supposant qu'elle devrait en refaire avant qu'il n'ait fini avec les filles. Mais quand la bouilloire siffla, Owen était de retour dans la cuisine avec elle.

— Comment vont-elles ?

Owen palpa son cuir chevelu, puis le bandage sur son cou. Il grimaça. — Aussi bien qu'on pourrait s'y attendre. Je les ai installées toutes les deux dans la chambre de Gillian ; elles voulaient dormir ensemble. Sa voix était rauque — un murmure. Il jeta un coup d'œil à la fenêtre latérale, et Maggie aperçut le mouvement du coin de l'œil : un officier patrouillant le périmètre.

— Tu as toujours détesté que je travaille avec la police, et maintenant, nous voilà, entourés par eux. Je suis désolée que ta partenaire commerciale soit une femme folle avec une vie folle. *Je suis désolée que la mère de tes enfants soit morte.* Elle sortit une deuxième tasse du placard d'une main tremblante et la posa devant lui, puis versa l'eau et prit un autre sachet de thé dans la boîte sur le comptoir. — La camomille semblait être la meilleure option dans ces circonstances. Pas que le thé va vraiment arranger quoi que ce soit.

Owen cligna des yeux devant la tasse fumante, puis dit : — Tu crois qu'Alex... va s'en sortir ? Je ne voulais pas en parler dans la voiture avec les enfants, mais je n'arrête pas de penser à elle. Je n'arrête pas de penser qu'elle a été frappée de la même façon que moi, de la même façon que Katie... Sa voix se brisa sur le dernier mot.

Sa gorge se serra. — Je suis tellement désolée pour Katie. Pour tout ça. Elle enroula ses doigts autour de la tasse comme si la chaleur pouvait atténuer la pression qui émanait maintenant de lui, la tension qui hérissait les poils de son dos. Ses yeux brûlaient plus que ses paumes contre la tasse.

— C'est justement ça, dit-il. Je devrais me sentir tellement plus mal, mais je... Il croisa son regard. Le tic-tac de la pendule se mêlait au murmure bas des officiers dans la cour. — J'ai l'impression d'être une personne horrible.

— Oh, Owen. Elle posa sa tasse sur le comptoir. Katie lui rendait la vie infernale — il avait presque perdu ses enfants. Et maintenant... elle ne pouvait plus lui faire de mal. — Nous avons tous les deux traité des personnes traversant des divorces conflictuels. Avoir des sentiments mitigés, même espérer que quelque chose de mal arrive au partenaire séparé... c'est normal. Tu le sais. Tu es psychologue, bon sang.

Il leva un sourcil, puis grimaça comme si le geste lui faisait mal à la tête, et c'était probablement le cas. — Bon... sang ?

Elle haussa les épaules. — Je sais pas. Ça semblait approprié. Avec tout ce mystère qu'on est censés résoudre.

Il la regarda fixement. Owen baissa la tête.

Maggie fit un pas vers lui. Owen resta debout là où il était, face au comptoir tandis qu'elle entourait ses larges épaules de ses bras maigres, sa joue contre son biceps. — Tu as traversé tellement d'épreuves dernièrement. Rien de tout ça n'est de ta faute.

— N'est-ce pas ? marmonna-t-il. J'étais *juste là* quand Katie a été frappée. Quand il a enfoncé cette branche dans sa gorge.

Elle se raidit. — Je croyais que tu t'étais réveillé après. Après sa mort.

— Je n'ai pas vu qui m'a frappé. Mais certains morceaux me reviennent maintenant, et je sais que je n'ai pas... intervenu.

Maggie resta figée, ses bras verrouillés autour de lui. Sa voix sonnait faux. L'absence de tristesse pouvait être compréhensible, même l'absence de culpabilité après tout ce que Katie lui avait fait subir. Mais quelque chose d'autre dans le timbre n'allait pas. Trop aigu, peut-être, un accroc à peine perceptible, mais elle l'avait suffisamment entendu en consultation. Comme s'il... mentait. Parlait à demi-mots.

Il frissonna, puis se tourna pour l'étreindre à son tour, ses mains froides et sèches. Il caressa ses épaules avec ses pouces, faisant hérisser sa peau le long de sa colonne vertébrale. — Je savais que tu comprendrais. Tu comprends toujours. Ceci, au moins, sonnait authentique. — Je suis juste content qu'on soit enfin seuls. J'avais vraiment besoin de digérer tout ça, et jusqu'à présent, il y avait toujours quelque chose qui nous empêchait d'avoir une conversation... une vraie conversation.

Maggie semblait incapable de bouger. Non, ce n'était pas normal. *Il* n'était pas normal. Était-ce le coup à la tête qui avait changé sa personnalité, même temporairement ? — Owen, on parle tout le temps.

— Pas des choses qui comptent. J'ai toujours l'impression que tu te retiens. Et, à vrai dire, je me suis retenu aussi. Il la serra plus fort, ses doigts faisant frissonner sa peau. — Nous sommes partenaires depuis si longtemps, amis depuis plus longtemps encore. Depuis l'université. Nous nous sommes soutenus mutuellement à travers les traumatismes, les peines de cœur, la douleur. Et je pense qu'il est temps qu'on admette ce qu'on représente l'un pour l'autre.

Que disait-il ? Il... la draguait, n'est-ce pas ? Mais le soir d'un traumatisme n'était pas le moment de prendre des décisions importantes. Pas le moment de coucher avec un vieil ami ou d'appeler son ex en état d'ébriété. Mais les gens le faisaient. Tout le temps.

Pour se distraire.

— Owen, je...

Elle sursauta en entendant un bruit sourd venant de l'avant de la maison — la porte d'entrée qui s'ouvrait ? Mais cette porte était verrouillée. Maggie se retourna, se dégageant de l'étreinte d'Owen, mais... non, elle se trompait. La porte d'entrée restait fermée. La porte de derrière aussi — elle pouvait la voir à travers la buanderie de l'autre côté de la cuisine.

Ce bruit ne venait pas d'une des sorties. C'était une porte intérieure qui se fermait. Et cela ne venait pas de la direction des chambres des enfants.

Maggie fixa le couloir du fond, celui qui menait au bureau d'Owen. Cette pièce avait-elle une porte vers l'extérieur ? Elle ne s'en souvenait pas, mais il n'y avait pas à se tromper sur le grincement du plancher.

Cela devrait être impossible — il y avait des policiers partout.

Mais quelqu'un d'autre était dans la maison avec eux.

CHAPITRE 29
REID

La chaleur dans la poitrine de Reid ressemblait à un coup de soleil. Ses entrailles le démangeaient, profondément, dans un endroit qu'il ne pouvait pas atteindre. Il avait déjà établi un périmètre autour de l'hôpital, appelé des renforts, mais les caméras de sécurité lui permettraient-elles enfin de voir leur tueur ?

Il entra d'un pas décidé par l'entrée des urgences, écoutant le grincement de ses molaires puisque son frère n'était pas là pour lui parler sans arrêt. Tristan avait reçu un appel pendant que Reid se garait, et Reid n'était pas enclin à l'attendre sur le parking. Cette fois, il ne se dirigeait pas vers la chambre d'Alex, mais vers le bureau de sécurité au rez-de-chaussée. Parce qu'Alex n'était plus *dans* sa chambre.

Disparue.

Il traversa l'hôpital d'un pas vif, prenant à peine conscience de son environnement. Où diable était Alex ? Comment cela avait-il pu se produire ? Il y avait deux gardes postés dans le couloir. Il ne pouvait pas imaginer que Dylan était entré et avait emporté Alex, mais s'il était policier...

Billy-Dylan était-il revenu, toujours en uniforme ? Reid poussa la porte en acier inoxydable, SÉCURITÉ gravé sur la plaque en lettres étonnamment minuscules.

Le bureau de sécurité de l'hôpital était plus chic que Reid aurait pu l'imaginer, avec un long canapé capitonné le long du mur du fond, le mur d'en face contenant des dizaines d'écrans plats. Ce n'était rien comme l'installation de Tristan dans sa maison moderne et carrée, mais ça ferait l'affaire. Il fallait que ça marche.

L'infirmière du service — blouse verte, barrette violette, voix de fumeuse — leva les yeux quand Reid entra, le regard tendu, puis pointa un moniteur au milieu du mur. Reid ne pouvait pas le voir de son point de vue près de la porte ; il ne voyait pas à travers la tête carrée de l'agent de sécurité. Mais le garde fit reculer sa chaise à roulettes quand Reid s'approcha du bureau.

— La voici, dit le garde. Il n'y a évidemment pas de caméras à l'intérieur des chambres, mais on la voit sortir ici.

Reid plissa les yeux vers l'écran, puis fronça les sourcils lorsque la tête d'Alex apparut dans le couloir. — Elle *est* réveillée. Il avait supposé que le tueur était entré et l'avait emmenée, mais... disaient-ils qu'elle était sortie en marchant ?

L'infirmière fronça les sourcils. — Eh bien, oui, comme je l'ai dit au téléphone : réveillée et disparue.

— Où est l'officier ? demanda Reid.

L'infirmière pointa un endroit plus haut dans le couloir, un panneau près du plafond. Toilettes.

— Sérieusement ?

— L'autre officier est toujours posté de l'autre côté du couloir — votre homme n'avait pas fait pipi depuis quatre heures, dit l'infirmière. Mais regardez donc.

— La porte est restée entrouverte pendant un bon

moment, interrompit l'agent de sécurité, et Reid le regarda enfin. Sa tête carrée n'était pas si carrée de face, la fente de son menton asymétrique, une profonde cicatrice traversant sa joue. Pendant un instant, Reid le fixa simplement — sa joue. Est-ce ainsi que Dylan avait l'air après que Maggie l'ait coupé ? Pourrait-il *être* Dylan ?

Mais ensuite, il indiqua la porte d'un geste de la main — il lui manquait trois doigts. Blessures par éclats d'obus à l'arrière du poignet. Dylan n'aurait jamais servi dans l'armée ; narcissique, trop préoccupé par sa propre peau.

Le garde, prenant l'attention de Reid pour de l'intérêt pour son opinion, poursuivit : — On dirait qu'elle a entrouvert la porte et observé pendant une demi-heure jusqu'à ce que le garde s'éloigne. Votre homme est parti moins de deux minutes. De plus, il y a un autre gars posté ici près des ascenseurs ; il aurait vu quelqu'un la porter dehors. Il pointa vers l'extrémité opposée du couloir. — Ils cherchaient un personnage suspect, pas la fille elle-même essayant de s'échapper.

Exact. Les officiers pensaient Alex inconsciente — pourquoi fixeraient-ils sa porte quand la menace était censée venir de l'extérieur ?

— Tout ce dont elle avait besoin, c'était dix secondes, conclut l'homme.

Ils regardèrent tous Alex sortir discrètement de la chambre. Mais le garde avait tort ; il ne lui fallut que cinq secondes pour parcourir la distance entre elle et une porte sans marquage plus loin dans le couloir, une après la salle de bain. Elle s'y glissa. L'officier sortit des toilettes et prit son poste devant sa porte, dos à la pièce où Alex avait disparu.

— Qu'est-ce que c'est ? demanda Reid.
— Un placard à balais.

— Hum.

Alex ressortit quelques instants plus tard avec une veste marron enveloppée sur ses épaules, la capuche faite de matière de sweat-shirt gris. Une blouse deux tailles trop grande. Elle répéta le même manège — jeter un coup d'œil, scanner, se dépêcher. Mal assurée sur ses pieds, mais toujours assez rapide.

— Elle remonte le couloir là et parvient à atteindre la cage d'escalier sans que personne dans le service ne la remarque. Le garde de sécurité mit en pause la scène du couloir et bascula une autre vue sur le moniteur voisin — le rez-de-chaussée. Ils regardèrent tous Alex traverser les urgences et s'enfoncer dans la nuit.

— Ça n'a aucun sens. La voix de Reid était creuse. — Elle... est sortie en marchant ? Je ne savais même pas qu'elle serait capable de marcher une fois réveillée. Encore une fois — elle s'était enfuie de la garde à vue *encore une fois*. La troisième fois en une journée. Qu'est-ce qui n'allait pas chez cette fille ?

— Elle aura des difficultés, dit l'infirmière, le visage grave. Des maux de tête, des vertiges, des évanouissements, des vomissements. Elle doit revenir ici en observation. Elle pourrait mourir si cette fracture du crâne provoque une hémorragie cérébrale, et courir partout comme ça...

— Elle doit savoir qu'elle n'est pas en bon état, dit Reid, pointant l'écran où le garde avait mis la vidéo en pause au milieu d'une foulée. — Vous avez vu comment elle marchait ? Son équilibre est perturbé.

— Mais elle a eu la présence d'esprit de voler cette veste et une blouse, dit l'infirmière. Elle est peut-être confuse, mais pas *à ce point*. Sa voix rauque semblait presque impressionnée. Inquiète, mais impressionnée.

Reid l'était aussi, avec l'accent sur l'inquiétude. Les mouvements d'Alex avaient été bien élaborés. Intentionnels. Et risquer sa santé, quitter l'hôpital sans sécurité, sachant qu'elle était en danger... elle avait une raison.

La porte claqua. Ils se retournèrent tous quand Tristan entra, mais Reid terminait déjà sa pensée à voix haute : — Elle sait qui est le tueur. Elle sait exactement qui l'a jetée de ce pont. Et elle est en route pour l'attraper. Elle a l'intention d'en finir ce soir.

— Moi aussi, dit Tristan, les mots sortant dans un souffle. — J'ai obtenu une correspondance sur l'ADN.

Reid fit un signe de tête à l'infirmière, dont les yeux s'étaient écarquillés, puis au garde. — Je vous appellerai si j'ai d'autres questions.

Il se dirigea vers la porte, faisant signe à son frère de le suivre.

— Accouche, mec, dit-il alors qu'ils poussaient dans le couloir, au milieu du cliquetis des brancards, du bip des moniteurs, de l'agitation du personnel hospitalier qu'il n'avait pas remarquée à l'aller. Ça ne fait que quelques heures. Comment as-tu réussi à obtenir une correspondance ADN, même approximative ?

— Parce que je n'ai pas eu besoin de faire un nouveau profil, dit Tristan, se dépêchant derrière lui. Certains enfants les font faire à l'école. Empreintes digitales, échantillons d'ADN, tout le toutim.

C'est vrai. C'était autrefois pour la prévention des enlèvements, mais maintenant c'était monnaie courante à cause des fusillades dans les écoles — utile pour l'identification des corps quand une arme oblitérait tout le visage.

— C'est Billy McGuire ?

— Il est mort. Ils ont trouvé son corps dans un cabanon à trois maisons de celle d'Alex.

Voilà qui réglait ça.

— Il faut qu'on—

Tristan lui attrapa le bras si fort que Reid s'arrêta net, ses chaussures couinant contre le linoléum.

— Reid ! Putain, écoute ! Les enfants d'Owen... ils ont une correspondance familiale avec Alex.

Le bruit dans le couloir s'arrêta. L'oxygène avait disparu, mais ensuite le cœur de Reid se remit à battre la chamade, et il parvint à articuler :

— Tu es en train de me dire—

— Owen est le frère d'Alex. Je ne sais pas comment, mais il a été là tout ce temps. Il la surveille depuis l'université. Il s'est transformé en son homme parfait, et maintenant il en a assez d'attendre. Il se débarrasse de tout ce qui se trouve sur son chemin.

Et... merde. Maggie était seule avec lui en ce moment.

Reid croisa son regard.

— Que se passera-t-il quand il réalisera que tout ça n'aura servi à rien ? Sa voix était tendue, rauque dans sa gorge. Quand elle le rejettera ?

Tristan ne répondit pas. Ils connaissaient tous les deux la réponse.

Au moment où Owen réaliserait que Maggie ne serait pas à lui, elle serait aussi bien morte.

CHAPITRE 30

— C'était quoi ce bordel ? demanda Owen avec force. Maggie fixait le salon, mais son cœur s'était arrêté. Ce n'était pas seulement qu'une personne inattendue se trouvait dans la maison ; avait-elle déjà entendu Owen jurer ? Mais la soirée avait été exceptionnellement émotionnelle. Personne ne devrait voir son ex-femme se vider de son sang à côté de soi et se comporter de manière tout à fait normale.

— Je... je ne suis pas sûre, répondit-elle lentement, en s'avançant vers la source du bruit, mais Owen lui saisit le bras. — Maggie, et si c'était le tueur ?

Le tueur — le tueur est ici. La panique frissonna le long de sa colonne vertébrale, vive et coléreuse. La tension suintait des murs, vibrant de l'endroit où ses doigts touchaient son poignet. Mais elle ne pouvait pas se concentrer là-dessus. Elle pouvait à peine voir. Sa tête était un chaos de pensées qui s'affolaient.

Owen n'était pas amoureux d'elle — était-ce ce qu'il voulait dire avec tout ce discours sur « nous avons traversé tellement de choses » ? Se faisait-elle des idées ? Se trompait-elle tout simplement ? Et comment pouvait-elle même envisager cela maintenant ? Quelqu'un d'autre était dans la maison. *Le tueur est dans la maison !*

Elle jeta un coup d'œil par-dessus son épaule à Owen, mais il ne la regardait pas — son regard était fixé sur la partie de la maison d'où provenait le bruit, la mâchoire serrée, les muscles en action, en tout point l'ami stable et solide qu'elle avait appris à aimer au fil des années. Il se tourna enfin vers elle, mais la familiarité de son visage, de sa posture, ne ralentit pas les battements frénétiques de son cœur. Ils n'étaient pas seuls. Ils étaient en danger.

— Reste derrière moi, dit-il. Je ne veux pas que tu sois blessée. Je ne le supporterais pas s'il t'arrivait quelque chose.

Ses épaules se détendirent très légèrement. Owen l'avait toujours protégée. Il avait toujours été là pour elle, même quand elle le repoussait.

Il lâcha son bras et se glissa devant elle dans le salon, mais il n'alla pas loin. Alex sortit du couloir arrière et s'avança sur le tapis. Son pantalon était trois tailles trop grand, et elle portait... le T-shirt d'Owen ?

Maggie retint son souffle, essayant de comprendre ce qu'elle voyait, et finalement, tout s'éclaira. La tension dans son dos disparut, remplacée par une vague chaude de soulagement. — Alex... Elle s'éloigna d'Owen, mais il la suivit, restant à ses côtés, toujours protecteur, peut-être pas encore convaincu qu'ils étaient en sécurité. — Tu es réveillée ! Tu vas bien !

— À peine. Les pieds d'Alex étaient sales, son vernis à ongles écaillé. — J'ai fermé à clé la porte de la chambre des enfants. J'ai attaché la poignée à celle d'en face.

Attaché... pour qu'ils ne puissent pas sortir ? — Pourquoi ? commença Maggie — *pourquoi enfermer les enfants, pourquoi es-tu pieds nus, pourquoi portes-tu le T-shirt d'Owen ?* — mais Owen parlait aussi : — Comment es-tu entrée ici ?

C'était une question valable, mais prononcée sans la moindre trace de soulagement. Juste... de l'irritation ? Était-il inquiet qu'elle puisse réveiller les filles ? Contrarié qu'elle les ait enfermées dans la chambre ? C'était certainement étrange. Peut-être que la blessure à la tête d'Alex altérait son jugement.

Alex ne tressaillit pas devant son ton. — La police est censée me protéger aussi — ils étaient contents de nous avoir tous au même endroit. J'ai même eu l'occasion de m'excuser d'avoir quitté le convoi.

Alex était simplement... entrée par la porte du bureau ? La porte de derrière ? Mais bien sûr, la police l'avait laissée entrer. Les avoir tous ensemble était le plan initial.

Alex ne détournait pas son attention d'Owen, l'observant de la même manière qu'il l'observait. Qu'est-ce qui se passait entre ces deux-là ? C'était troublant d'être la seule dans la pièce sans un crâne fracassé.

— Dylan m'a appelée sur le chemin vers chez Sammy, dit Alex. Il m'a dit que si je voulais te revoir vivante, je devais venir seule. Son regard se porta sur Maggie. — Je pensais qu'à nous deux, on pourrait le maîtriser. Comme une manœuvre robo-destructo. Mais tu n'étais pas... Elle cligna des yeux, sa posture vacillant. Étourdie — blessée. *Merde*. Il fallait la ramener à l'hôpital. — Tu n'étais pas là, finit Alex.

Parce que Maggie était au club, sous couverture. Dans le club dont elle n'avait jamais parlé à Alex.

Maggie fit un autre pas en avant, et encore une fois, Owen la suivit comme pour la protéger d'Alex. *Allez, mec.* Alex était blessée, effrayée, mais elle n'était pas le tueur... même si elle avait tué Aiden. — Si Dylan t'a appelée, peut-être que la police peut retracer l'appel. Tu leur as dit ?

Alex cligna des yeux. — Je n'ai pas besoin qu'ils le retracent. Je sais exactement où est Dylan. Mais elle ne regardait plus Maggie. Elle fixait... Owen.

Maggie fronça les sourcils. *Attends... que dit-elle ?* Maggie n'arrivait pas à focaliser son regard. Les murs étaient plus proches qu'ils ne l'étaient quelques instants auparavant. Le sol bougeait-il ?

Owen secoua la tête — *venait-il de lever les yeux au ciel ?* — Maggie, elle est évidemment confuse. C'est peut-être la blessure à la tête.

Elle avait pensé la même chose quelques instants auparavant, mais cela ne sonnait pas juste venant de lui — trop calme. Il n'avait pas l'air choqué. Ni nerveux. Son estomac était noué comme un bloc d'acier, son sang vibrait, ses mains tremblaient, mais lui n'avait l'air... de rien.

— Comment aurais-je pu jeter Alex d'un pont avec une escorte policière ?

Mais tout ce qu'il avait à faire était de semer les gardes après s'être éloigné du convoi... et il l'avait fait. Reid avait dit qu'il avait dû s'arrêter pour laisser les officiers le rattraper. Le pont était sur le chemin de l'aéroport. Il n'avait besoin que de deux minutes pour jeter Alex dans la rivière. Et quinze minutes plus tard, la nouvelle patrouille était avec lui, et il avait l'air parfaitement innocent. Un peu de planification, un timing méticuleux, et le tour était joué.

Mais... non, à quoi pensait-elle ? C'était impossible. Ridicule.

Ce ne pouvait pas être Owen. Elle le connaissait depuis toujours, était allée à l'école avec lui. Il était impossible qu'il soit un tueur. Qu'Alex soit confuse avait plus de sens. C'était logique.

Alors pourquoi son dos était-il couvert de chair de poule ? Pourquoi n'arrivait-elle pas à respirer ?

— Je sais que je n'ai jamais été ta personne préférée, dit

Owen à Alex. Tu veux Maggie pour toi toute seule. Mais lancer des accusations à tort et à travers n'est pas la façon de gérer ta peur que je puisse te remplacer.

Cette phrase la frappa en pleine poitrine, la sortant de sa torpeur. — Personne ne pourrait remplacer Alex, dit Maggie avec difficulté, et c'était vrai. Peu importe ce qu'Alex avait fait, elle l'aimerait toujours. Le fait qu'elle ait accidentellement tué son frère était douloureux, horrible, traumatisant, mais c'était le mensonge qui faisait mal. Qu'Alex ne lui ait pas fait assez confiance pour lui parler de l'accident.

L'accident. C'est ce que ça avait été — un *accident*.

Les yeux d'Alex étaient vitreux. — Maggie, tu dois me croire, dit-elle doucement. Même si tu ne peux pas me pardonner, même si tu ne me parles plus jamais après ce soir, j'ai besoin que tu me croies maintenant. Que tu me fasses confiance. Je ne suis pas folle. Il reviendra à ma poursuite — à la tienne. Il n'arrêtera jamais.

Maggie tourna son regard vers Owen. Il se tenait debout, stoïque, la tête légèrement penchée. S'il était le tueur, pourquoi demanderait-il plus d'officiers ? Il les avait pratiquement suppliés de mettre tous les hommes disponibles à la porte.

Parce que ce qu'il veut est... ici.

Des frissons de panique lui glacèrent les veines. Était-elle folle ? Ça semblait fou.

Mais bien que la blessure à la tête d'Alex menant à une fausse accusation ait du sens, cela ne semblait pas *juste*. Le regard d'Owen était beaucoup trop calme. Owen, stable et posé, ne se souciait pas qu'Alex ait enfermé ses enfants, ne s'inquiétait pas de la santé d'Alex. Il n'était pas bouleversé par Katie, mais il avait suffisamment d'expertise psychologique pour comprendre comment il était *censé* agir.

Cela semblait impossible, ridicule, mais elle n'avait jamais été aussi certaine de quoi que ce soit dans sa vie.

C'est lui. Owen *était* Dylan.

Son profil correspondait. Sa stature physique correspondait — il la dissimulait avec des chemises boutonnées et du tweed ringard, mais il pourrait très bien être l'homme avec qui elle avait couché dans ce club. Il était docteur en psychologie, mais peut-être estimait-il que même cela était en dessous de lui. Il voulait être le maître de l'univers. Le maître de... Maggie elle-même.

— Tu m'as coupée en deux, dit Alex.

Owen secoua à nouveau la tête. — Je suis un homme meilleur que ça. Un père. Un médecin. Un citoyen respectable.

Un médecin. Parce qu'elle étudiait la psychologie quand ils s'étaient rencontrés. Si Maggie avait fait de l'ingénierie, aurait-il changé de spécialité ? Probablement. Chaque décision qu'il avait prise avait été à propos d'elle.

Sa chair se hérissa.

— Je me fiche de ce que tu dis, dit Alex, la voix tremblante. Tu n'es pas un citoyen respectable. Tu es un connard meurtrier.

Owen jeta un coup d'œil à Alex puis revint à Maggie. — Les gens peuvent changer, dit-il doucement. Tout psychologue le sait.

Le cœur de Maggie s'arrêta. Venait-il de l'admettre ? Pas exactement, pas d'une manière qui tiendrait devant un tribunal. Mais le tribunal était-il même l'objectif ? Alex savait qui il était, pourtant elle n'avait pas prévenu la police en entrant.

Elle ne veut pas qu'il soit en prison. Elle veut qu'il soit mort.

L'air était piquant de chaleur, des aiguilles dans ses poumons. *Maggie, à quoi penses-tu ?* Elle ne pouvait pas donner voix à l'idée qui prenait racine dans son cerveau — c'était un pur instinct. Pour une fois dans sa vie, son esprit était complètement vide. Elle ne pouvait que ressentir.

La poussière âcre de l'immeuble de bureaux lui chatouillait le nez.

L'agonie aiguë de ses dents lui déchirait le crâne.

Son souffle avait disparu, expulsé de ses poumons par son genou dans son dos — pression et terreur alors qu'il la clouait au sol.

Ses cheveux étaient mouillés de son sang. Elle pouvait le sentir, le goût cuivré comme des pièces dans sa gorge.

Maggie détourna son regard de l'homme à ses côtés. Son cerveau lui hurlait — *Ne tourne pas le dos à un tueur ! Es-tu folle ?* — mais elle haletait. Sa poitrine était prise dans un étau. Elle ne semblait plus pouvoir respirer du tout quand ses yeux étaient fixés sur les siens. Elle ne l'avait jamais reconnu auparavant, mais elle *connaissait ces yeux*.

— Tu ne peux pas changer, dit Alex. Tu ne changeras jamais. Tu es un putain de psychopathe. Alex jeta un coup d'œil à la table basse, si brièvement que Maggie ne le remarqua presque pas. Mais elle l'avait fait. Maggie avait également remarqué la façon instable dont Alex se tenait debout. Pas seulement à cause de sa blessure à la tête. Une main contre sa cuisse droite, paume à plat. Elle connaissait Alex depuis le collège, et elle n'avait jamais vu les mains d'Alex aussi immobiles. Même dans ses moments les plus calmes, Alex était agitée.

Faisait-elle confiance à Alex ? Oui. La confiance n'avait jamais été le problème — tous les conflits entre elles avaient été à propos de la peur. La peur de l'homme à côté d'elle.

Ça n'aurait jamais dû être Aiden.

Ça aurait dû être *lui*.

La colonne vertébrale de Maggie se raidit, une seule

tige forgée dans le fer. Ses doigts étaient des griffes contre ses cuisses.

Owen ricana. — Tu ne trompes personne, dit-il à Alex, d'une voix basse et calme. Insensible. Maggie sait mieux — elle *sait* que je suis un homme bien. Elle et moi sommes amis depuis plus d'une décennie. Il aurait dû avoir peur, être inquiet, confus, mais tout ce qu'elle voyait dans son regard bleu vibrant était un mélange fulgurant de rage et de haine, des indices de la bête tapie en lui — affamée, avec des dents acérées et des griffes vicieuses.

Alex fit un pas en avant. La table basse était juste là. — Fais-moi confiance, dit Alex. S'il te plaît, Maggie, fais-moi juste *confiance*. Elle suppliait — elle suppliait.

— Alex et moi sommes amies depuis plus longtemps. Les mots semblaient plats, dénués d'émotion, mais elle ne pouvait penser à rien d'autre à dire.

Owen se tourna enfin vers elle — tout son corps, pas seulement sa tête. — Et pourtant, tu n'appelles pas la police. Parce que c'est elle qui a tué ton frère. Pas moi. C'est moi qui prends soin de toi quand elle te fait du mal. Je serai toujours celui qui prend soin de toi. Je te vois pour qui tu es — qui tu es vraiment. Et tu me vois aussi.

Vois-moi. Est-ce pour cela qu'il prenait leurs paupières ?

Un lent sourire s'étala sur son visage. Il leva la main vers son œil gauche et retira la lentille colorée. En dessous... vert.

La bouche de Maggie était remplie de coton. Oui, elle se souvenait de ces yeux. Owen n'avait jamais montré le moindre signe de l'homme qu'elle avait rencontré dans ce bâtiment abandonné, mais, oh, elle pouvait le voir maintenant. Elle pouvait voir le monstre qui s'était caché en lui tout ce temps. Caché à la vue de tous.

— Je savais que tu ne me dénoncerais pas. Il sourit. Je savais que tu me choisirais plutôt qu'elle.

— Ce que je veux n'a pas d'importance, dit lentement Maggie, bien plus calme qu'elle ne l'était réellement. La police a ton ADN grâce à la morsure sur Joel.

Il haussa les épaules comme si cela n'avait aucune importance. — Tout ce que tu veux, tout ce dont tu pourrais avoir besoin, je l'ai. Je sais où se trouve ta mère — on peut y aller. Pas d'extradition. On peut vivre le reste de nos jours en paix.

En paix ? Vivre avec un meurtrier semblait plutôt être une situation où il fallait dormir avec un œil ouvert. — Et mon père ?

— On peut s'arranger pour lui. Je trouverai un moyen.

— Et les filles ? Des enfants — il a des *enfants*.

— J'ai vu comment tu es avec les enfants de Sammy. Je suis sûr que ça ira.

Ça ira ? Elle ne voulait pas d'enfants — n'en avait jamais voulu. Mais elle était soudain convaincue que si elle le disait à voix haute, il irait là-bas et trancherait la gorge de ses filles sans hésitation. Les filles avaient été un moyen d'arriver à ses fins, nées non par amour mais par nécessité. Elles n'étaient qu'un moyen de garder Katie près de lui tant qu'elle lui était utile. Une façon de montrer à Maggie qu'il était un homme bien, un homme de famille — un homme qu'elle pourrait... aimer ?

Impossible, c'est impossible. Mais quand toutes les solutions probables sont incorrectes, l'impossible, aussi improbable soit-il, doit être vrai.

— As-tu tué Harry ? demanda-t-elle.

— Harry s'est suicidé. Mais ses yeux brillaient — sauvages. Ses épaules se redressèrent. Il était... fier de lui.

Le sang de Maggie se glaça. Owen l'avait convaincu. D'une manière ou d'une autre, Owen — *Dylan* — était responsable de Harry, s'était acheté un jour de plus avec le sang de Harry. La manipulation était sa véritable arme de prédilection. Si on comprenait l'esprit humain — si on comprenait vraiment ce qui motivait les gens comme Owen le faisait — la langue était aussi mortelle qu'une lame.

Et il ne s'arrêterait jamais. Si la police débarquait ici, armes au poing, ils l'emmèneraient. Mais Owen était plus intelligent qu'eux, plus intelligent qu'eux tous — il trouverait un moyen de s'échapper de n'importe quelle prison. Et il ne cesserait jamais de la poursuivre. Tant que Dylan serait en vie, ce ne serait pas fini.

Maggie cligna des yeux en regardant son associé, essayant de se convaincre qu'elle avait tort, que c'était impossible, que tout cela n'était qu'un mauvais rêve, mais la pièce pulsait, floue sur les bords, son regard fixé sur l'homme devant elle. Mais il n'était plus cet homme-là. Ils étaient à nouveau adolescents, et cette faim scintillante dans son regard n'était ni de l'affection ni de l'obsession — il ne voulait pas la protéger.

Il voulait la tuer.

Il voulait la dévorer vivante.

Il *allait* la dévorer vivante si elle ne l'arrêtait pas. Mais elle n'avait pas d'éclat de verre tranchant pour se protéger. Elle n'avait que... Alex.

Que fais-tu, Maggie ? Elle ne savait pas. Elle n'avait pas besoin de savoir, pas maintenant. Une fois de plus, elle pouvait sentir le goût du cuivre dans sa gorge. Sentir l'odeur de la poussière dans son nez. La cicatrice sur sa tête pulsait, pulsait, pulsait, pointue et en colère.

Ses poumons se dilatèrent. Son champ visuel s'éclaircit.

— Ça ne va pas marcher, Dylan. Son ancien nom. Pas le nouveau. Elle cligna des yeux en le regardant, observant Alex du coin de l'œil, et leva sa main gauche vers sa tempe. Le geste était romantique, doux, mais il servait aussi à bloquer Alex de son regard multicolore. Pas une trace de la cicatrice sur sa joue. Juste la gaze autour de sa gorge. Le bandage sur sa tête.

Ses narines se dilatèrent. — Tu ne penses pas ce que tu dis. Tout ça, je l'ai fait pour toi. On peut être heureux, Maggie. Je ne voulais pas que tu l'apprennes exactement comme ça, mais on est faits l'un pour l'autre.

— Tu as tué Kevin. C'était sorti comme un sifflement. — Comment suis-je censée pardonner ça ?

Un coin de sa lèvre se releva, mais il y avait une folie sincère dans son regard. Il pensait vraiment avoir fait ce qu'il fallait. — C'était un drogué, et il t'entraînait dans sa chute. Mais je te rendrai plus heureuse que Kevin n'aurait jamais pu le faire.

Non, il ne le ferait pas. Dans son esprit, elle voyait Joel, cette bande de peau arrachée de son biceps. Le visage de Cara, le trou béant dans sa joue où il l'avait tailladée. Katie, la mère de ses enfants, sa gorge comme une seconde bouche béante. Et ses filles... il détruirait ces filles avant longtemps. Autant qu'il était capable de faire semblant en public, la vie privée d'un psychopathe n'était jamais aussi idyllique qu'elle le paraissait. Pas étonnant qu'il ait tenu Maggie éloignée d'elles.

Et Aiden... pauvre Aiden. Pauvre Kevin. Ils n'avaient jamais eu aucune chance.

Mais elle, si.

La rage brûlait comme des charbons ardents dans son ventre. Alex bougea. Maggie cala ses pieds contre le sol et murmura : — Tu ne peux pas me rendre heureuse, Dylan. Tu ne seras jamais aussi bien que Kevin.

Que dis-tu ? Appelle la police, ne fais pas confiance à Alex pour t'aider, elle est déjà blessée, c'est stupide, c'est tellement-

Le visage de Dylan changea en un instant. Ses lèvres se retroussèrent sur ses dents, ses yeux perçants, l'un vert, l'autre bleu. Il n'eut presque pas besoin de bondir. Ses dents s'enfoncèrent dans son avant-bras.

La douleur était si brûlante et aiguë qu'elle se mordit la langue pour ne pas crier. Maggie pivota vers lui, orientant son corps face à Alex, et Dylan attrapa la table d'appoint pour se soutenir, la retenant avec ses dents. Il serra plus fort, sa main droite sur son bras, son autre main tenant le meuble, se calant — frénétique. Tellement perdu dans son fantasme qu'il ne vit pas Alex lancer le coupe-papier de la table basse.

Maggie l'attrapa au-dessus de la tête de Dylan, leva la lame, et se pencha sur son bras blessé, saignant, poisseux. Elle enfonça le coupe-papier à travers sa main, le clouant à la table. *Lâche-moi — lâche-moi, espèce de connard !*

Owen — *Dylan* — grogna, et Maggie poussa son corps contre lui, son bras plus profondément dans sa bouche, étouffant le son. Elle ne pouvait pas penser, ne pouvait pas respirer, elle avait du sang dans la bouche, sa tête pulsant en battements aigus de misère. Owen bougea, essayant d'arracher le coupe-papier de la table, tentant de se libérer, mais Maggie appuya son poids contre la lame, contre lui. Il secoua la tête de droite à gauche, une danse agonisante de peau et de canines. Les muscles de son bras hurlaient d'agonie, une pression profonde et torturante, ses dents déchirant sa chair. Elle serra les molaires, essayant d'étouffer ses propres cris, laissant échapper un gémissement ténu et haletant.

Fais-moi confiance, avait dit Alex. Maggie lui faisait confiance, *oh*, oui, mais son bras était en feu, les muscles et les tendons de plus en plus mutilés à chaque seconde. Que faisait-elle ? Où était Al-

Maggie ne vit pas Alex lever le couteau, elle n'était même pas sûre d'où elle l'avait pris, mais elle le vit s'abattre, droit vers l'arrière de la tête d'Owen, tranchant le bandage qui lui entourait le cou, rencontrant une résistance au niveau de sa colonne vertébrale. Mais Maggie n'arrivait pas tout à fait à comprendre ce qui se passait. Elle cligna des yeux, et au lieu de voir la lame dans son cou, Maggie vit un morceau de verre dentelé qui dépassait de sa joue — elle vit la blessure qu'elle lui avait infligée, scintillant dans la lumière terne des fenêtres du bureau. Avait-elle fait ça ? L'avait-elle poignardé ?

Oui. Parce qu'il essayait de la tuer. Il essayait de les tuer tous.

Owen grogna. La douleur dans le bras de Maggie lui traversa le cerveau comme un éclair. Maggie cligna à nouveau des yeux, et la pièce — la maison d'Owen, pas le bureau désaffecté — réapparut alors qu'Alex secouait l'arme d'un côté, puis de l'autre, d'avant en arrière, sectionnant la colonne vertébrale et les nerfs. Si vite. Si vite. Il fallait faire vite. Dès que quelqu'un regarderait par la fenêtre...

Les muscles d'Owen se relâchèrent.

Sa mâchoire se desserra.

La douleur lancinante dans son bras était toujours là, toujours cuisante, mais la pression diminuait. Les mâchoires autour de son avant-bras se relâchèrent. Maggie lâcha le coupe-papier et recula en chancelant, serrant son bras blessé tandis qu'Owen — *Dylan* — glissait au sol, sa main toujours clouée à la table d'appoint en bois traditionnel qu'il avait probablement choisie pour avoir l'air d'une personne traditionnelle.

Alex trébucha pour se retrouver devant le corps de Dylan — il ne bougeait plus. Alex ne semblait pas s'en rendre compte. Elle recula son pied et martela son visage de son talon. Encore et encore, la pièce remplie de halètements et de sanglots, du bruit humide de la peau contre la peau, du craquement des os du nez. Quand elle s'arrêta enfin et recula en titubant, ce fut dans les bras de Maggie.

Alex tomba comme une poupée de chiffon contre la poitrine de Maggie, suffoquant et crachant. Maggie la tenait, le sang de son bras tachant le T-shirt d'Owen, s'étalant sur le sein reconstruit d'Alex. Toute l'échauffourée n'avait pas duré plus de deux minutes. On aurait dit qu'il s'était écoulé vingt ans.

Elles se tenaient au-dessus du frère d'Alex, l'ami de Maggie. L'air sentait le fer. Alex finit par se redresser — tremblante. Elle se tourna pour regarder Maggie, les sourcils levés.

Était-elle censée faire quelque chose ? Oui.

Maggie s'approcha et s'accroupit à côté du corps, comme dans un brouillard. Elle appuya ses doigts dans le creux de sa gorge, juste au-dessus du bandage trempé. Rien. Cette fois, Dylan ne reviendrait pas d'entre les morts. Elle hocha la tête.

Alex hocha la tête en retour. Elle trébucha vers la porte, les mains ensanglantées au-dessus de sa tête, mais elle n'atteignit même pas le vestibule. La porte tremblait déjà, des éclats de bois volaient, des officiers envahissaient la pièce, armes au poing.

Maggie glissa au sol, les genoux contre sa poitrine. Des larmes coulaient de ses yeux, nettoyant son visage.

Il lui manquait un morceau de bras, un morceau de tête, mais elle ne s'était jamais sentie aussi entière.

CHAPITRE 31

Les bois scintillaient dans l'aube filtrée, la lumière brumeuse perçant à peine à travers la canopée. Ils avaient formé un demi-cercle autour du bord pierreux du puits — Imani à l'extrémité, puis Sammy, puis Alex, puis Maggie elle-même. Regardant fixement la forêt de l'autre côté de la division. Laissant les choses non dites filtrer dans l'abîme.

Alex tenait l'urne à deux mains, aussi loin de son corps qu'elle pouvait. On aurait dit qu'elle portait un nourrisson emmailloté ayant désespérément besoin d'une couche. Elle avait prévu d'acheter la moins chère possible, mais finalement, ils avaient trouvé un récipient couvert chez Owen. Maggie se souvenait quand il l'avait acheté dans une foire artisanale locale, le genre d'endroit qu'on ne s'attendrait jamais à voir fréquenter par un psychopathe. C'était, bien sûr, la raison pour laquelle il l'avait fait. Les psychopathes intelligents étaient une chose, mais un homme si obsédé qu'il était allé à l'école avec Maggie, un homme si intelligent qu'il pouvait non seulement passer pour un être humain mais aussi pour un ami... c'était troublant. Cela lui donnait l'impression que n'importe qui pouvait être un monstre.

Et ils le pouvaient, bien sûr. N'importe qui.

— Merci à vous d'être venus, dit Alex.

Ils avaient décidé du lieu de repos final d'Owen — Dylan — un soir après une longue partie de Threes Wild et une séance encore plus longue à se gaver de tacos et de glace. C'était là que tout avait commencé — avec Aiden. Il était logique que ce soit là que tout devait se terminer.

— Pourquoi faisons-nous ça déjà ? demanda Sammy. Il portait un jean et un T-shirt qui disait « Nourrissez-moi un chat errant », un sentiment dont il était convaincu qu'il faisait partie du dialogue intérieur d'Owen.

Imani lui donna un coup de coude. Elle était tout en noir, comme Maggie.

— Pour qu'on puisse cracher sur sa tombe, dit Alex, les yeux rougis mais vifs.

— Oh. Sammy hocha la tête. D'accord. Et je veux lui pisser dessus.

Alex renifla, grimaçant à cette pensée, mais elle sourit. Elle le faisait plus souvent ces derniers temps, sourire, maintenant que Dylan était mort. Maintenant qu'ils guérissaient tous — maintenant qu'ils étaient tous en bons termes. Leur relation n'était pas parfaite, il faudrait du temps, mais il y avait quelque chose dans le fait de tuer un psychopathe ensemble qui vous rapprochait d'une personne. Ils devraient s'en souvenir la prochaine fois qu'ils se disputeraient. L'homicide : le sexe de réconciliation pour les relations platoniques.

Ou ils pourraient en discuter comme des gens normaux. Po-tay-toe, po-tah-toe.

Maggie hocha la tête. — Je pense qu'on veut tous pisser sur cet enfoiré. Elle n'arrivait toujours pas à croire qu'elle avait été son amie depuis l'université. L'homme qu'elle avait vu comme l'âme la plus gentille et la plus douce qu'elle ait jamais rencontrée, et c'était un tueur. Tout n'était qu'un acte.

Était-elle nulle ? Terriblement mauvaise dans son travail ? Peut-être.

Mais qui aurait pu voir ça venir ? Scooby-Doo aurait poussé un « Ruh-roh » choqué s'il s'était avéré que Sammy avait été le méchant masqué tout ce temps. Il aurait regardé bêtement, puis se serait faufilé dans l'ombre, juste un autre dogue allemand — juste un autre chien assez bon.

C'est tout ce qu'elle voulait maintenant : être assez bonne.

Survivre.

Et qu'elle reprenne ou non son travail de psy, qu'elle prenne l'année suivante pour s'occuper de son père, qu'elle change complètement de carrière pour devenir artiste ou musicienne ou même avocate comme Sammy... elle *survivrait*. Elle en était sûre.

Elle était aussi sûre qu'aucun d'entre eux n'était le même.

Alex était mère maintenant, le seul parent survivant de Gillian et Rachel, à part le père d'Alex incarcéré. Maggie avait été choquée quand elle l'avait appris, mais cela avait un sens bizarre. Alex était absolument dévouée à ces filles, à aider les enfants à guérir. Elle voulait étouffer la haine de Dylan avec de l'affection, avec de la bienveillance. Elle voulait laisser le passé derrière elle.

Et Maggie allait la laisser tout laisser derrière elle, même la mort d'Aiden. Ce monde n'avait pas besoin de plus de douleur. Il avait besoin de plus de rires, de plus de brillance, de plus de rayons de soleil filtrant à travers la pénombre.

Oui, n'importe qui pouvait être un monstre. Mais ils

devaient quand même se faire confiance — ils devaient aimer. C'est ce qui les rendait humains.

C'était le seul moyen pour eux de s'en sortir véritablement, authentiquement *vivants*.

Alex renifla. — Au revoir, Dylan. Des larmes coulaient de son menton, mais ce n'étaient pas des larmes de tristesse, pas avec sa mâchoire si serrée. Maggie posa une main sur le dos d'Alex, et son amie croisa son regard pendant un battement de cœur, puis deux. Trois.

Alex lâcha le récipient. Ils s'avancèrent tous pour regarder.

L'urne tomba, tomba, tomba, rebondissant une fois sur le côté pierreux du puits avec un *clang* sonore. Elle heurta le fond et s'effondra sur elle-même, un panache de cendres et de haine s'élevant comme si Dylan tentait de les atteindre d'outre-tombe. Mais il ne pouvait plus les atteindre, pas maintenant. Même la poussière ne pouvait que flotter sans cérémonie au fond du puits avant de se déposer en une pâte brumeuse en rencontrant l'humidité de la terre.

Cela ne ressemblait pas à des funérailles. Mais c'était familier.

Et quand les oiseaux dans les arbres prirent leur envol, Maggie comprit pourquoi — les oiseaux donnaient l'impression qu'ils avaient lâché des colombes lors d'une cérémonie de mariage. Ce n'était pas une fin solennelle. C'était un nouveau départ. Une nouvelle vie pour eux tous.

Maggie tendit la main vers les doigts d'Alex. Alex tenait déjà la main de Sammy. Imani serrait celle de son mari. Ils observèrent tous le trou jusqu'à ce que la poussière retombe.

— Adieu, espèce de salaud en tweed, marmonna Sammy. Au fait, tu étais nul au Three's Wild.

C'était tout ce qui devait être dit. Sauf que ce n'était pas le cas.

— J'allais dans un club échangiste, lâcha Maggie. Je crois que j'ai couché avec Dylan. Mais je ne savais pas que c'était lui.

Alex tourna brusquement la tête vers Maggie, grimaçant. — *Beurk*, dit Alex.

— Pas le pire choix possible, haussa les épaules Sammy. Il était plutôt bien bâti. Au moins, tu n'as pas essayé de te taper un *DJ*.

Alex resta bouche bée.

— C'est vrai, dit Imani en hochant la tête. Maintenant... où se trouve ce club ?

La canopée brumeuse au-dessus d'eux s'éclaircit. Maggie fixa le puits. Quoi qu'il arrive demain, ce serait à eux de gérer. Mais au moins, ils le feraient ensemble.

Un jour prochain, le ciel se dégagerait. Des stries de soleil blanc et jaune scintilleraient sur l'herbe à leurs pieds, dissipant la brume, clarifiant les endroits profonds en eux où la douleur avait autrefois résidé. Elle se sentirait mieux une fois qu'elle ressentirait la chaleur sur sa peau, mais elle savait que le pardon n'était pas magique.

Parfois, il fallait travailler pour trouver la lumière.

Avez-vous aimé la série *Jeux d'Esprit* ? Il y a encore beaucoup d'autres thrillers à découvrir !

Pour se sauver, elle devra affronter le tueur en série le plus vicieux du monde. Elle l'appelle simplement « Papa. »

« Une aventure palpitante. O'Flynn est une maîtresse conteuse. » (Auteur à succès du USA Today, Paul Austin Ardoin) : Lorsque Poppy Pratt part en voyage dans les montagnes du Tennessee avec son père tueur en série, elle est simplement heureuse d'échapper à leur mascarade quotidienne — mais après une série d'événements malchanceux qui les mènent à la maison isolée d'un couple, elle découvre qu'ils sont bien trop similaires à son père meurtrier… Parfait pour les fans de Gillian Flynn.

***Tranchant et Méchant* est le tome 1
de la série Né Méchant.**

TRANCHANT ET MÉCHANT
CHAPITRE 1

POPPY, MAINTENANT

J'ai un dessin que je garde caché dans une vieille maison de poupée — enfin, une maison pour les fées. Mon père a toujours insisté sur le fantaisiste, bien qu'en petites doses. Ce sont ces petites excentricités qui vous rendent réel aux yeux des autres. Qui vous rendent inoffensif. Tout le monde a une chose étrange à laquelle s'accrocher en temps de stress, que ce soit écouter une chanson préférée, se blottir dans une couverture confortable, ou parler au ciel comme s'il pouvait répondre. Moi, j'avais les fées.

Et cette petite maison de fées, maintenant noircie par

la suie et les flammes, est un endroit aussi bon qu'un autre pour garder les choses qui devraient avoir disparu. Je n'ai pas regardé le dessin depuis le jour où je l'ai ramené à la maison, je ne me souviens même pas de l'avoir volé, mais je peux décrire chaque ligne irrégulière par cœur.

Les traits grossiers de noir qui forment les bras du bonhomme allumette, la page déchirée là où les lignes griffonnées se rejoignent — lacérée par la pression de la pointe du crayon. La tristesse de la plus petite silhouette. Le sourire horrible, monstrueux du père, au beau milieu de la page.

Avec le recul, ça aurait dû être un avertissement — j'aurais dû savoir, j'aurais dû fuir. L'enfant qui l'avait dessiné n'était plus là pour me dire ce qui s'était passé quand j'ai trébuché dans cette maison. Le garçon en savait trop ; c'était évident d'après le dessin.

Les enfants ont une façon de savoir des choses que les adultes ignorent — un sens aigu de l'autoconservation que nous perdons lentement au fil du temps, alors que nous nous convainquons que le picotement le long de notre nuque n'est rien d'inquiétant. Les enfants sont trop vulnérables pour ne pas être gouvernés par l'émotion — ils sont programmés pour identifier les menaces avec une précision chirurgicale. Malheureusement, ils ont une capacité limitée à décrire les périls qu'ils découvrent. Ils ne peuvent pas expliquer pourquoi leur professeur est effrayant ou ce qui les fait se précipiter dans la maison s'ils voient le voisin les épier derrière les stores. Ils pleurent. Ils font pipi dans leur pantalon.

Ils dessinent des images de monstres sous le lit pour traiter ce qu'ils ne peuvent pas articuler.

Heureusement, la plupart des enfants ne découvrent jamais que les monstres sous leur lit sont réels.

Je n'ai jamais eu ce luxe. Mais même enfant, j'étais

réconfortée de savoir que mon père était un monstre plus grand et plus fort que tout ce qui pouvait exister à l'extérieur. Il me protégerait. Je savais que c'était un fait comme d'autres savent que le ciel est bleu ou que leur oncle raciste Earl va gâcher Thanksgiving. Monstre ou non, il était mon monde. Et je l'adorais comme seule une fille peut le faire.

Je sais que c'est étrange à dire — aimer un homme même si vous voyez les terreurs qui se cachent en dessous. Ma thérapeute dit que c'est normal, mais elle a tendance à enjoliver les choses. Ou peut-être qu'elle est si douée pour la pensée positive qu'elle est devenue aveugle au véritable mal.

Je ne suis pas sûre de ce qu'elle dirait du dessin dans la maison de fées. Je ne suis pas sûre de ce qu'elle penserait de moi si je lui disais que je comprenais pourquoi mon père a fait ce qu'il a fait, non pas parce que je pensais que c'était justifié, mais parce que je le comprenais. Je suis une experte quand il s'agit de la motivation des créatures sous le lit.

Et je suppose que c'est pour ça que je vis où je vis, cachée dans la nature sauvage du New Hampshire comme si je pouvais garder chaque morceau du passé au-delà de la frontière de la propriété — comme si une clôture pouvait empêcher l'obscurité rôdante de s'infiltrer par les fissures. Et il y a toujours des fissures, peu importe à quel point on essaie de les boucher. L'humanité est une condition périlleuse, remplie de tourments auto-infligés et de vulnérabilités psychologiques, les et si et les peut-être contenus seulement par une chair fine comme du papier, dont chaque centimètre est assez mou pour être percé si votre lame est aiguisée.

Je savais cela avant de trouver le dessin, bien sûr, mais quelque chose dans ces lignes irrégulières de crayon l'a ancré, ou l'a enfoncé un peu plus profondément. Quelque chose a changé cette semaine dans les montagnes. Quelque chose de fondamental, peut-être le premier soupçon de certitude que j'aurais un jour besoin d'un plan d'évasion. Mais bien que j'aime penser que j'essayais de me sauver dès le premier jour, c'est difficile à dire à travers le brouillard de la mémoire. Il y a toujours des trous. Des fissures.

Je ne passe pas beaucoup de temps à me remémorer ; je ne suis pas particulièrement nostalgique. Je pense que j'ai perdu ce petit morceau de moi-même en premier. Mais je n'oublierai jamais la façon dont le ciel bouillonnait d'électricité, la teinte verdâtre qui s'enroulait dans les nuages et semblait glisser dans ma gorge et dans mes poumons. Je peux sentir la vibration dans l'air due aux oiseaux s'élevant sur des ailes battant frénétiquement. L'odeur de terre humide et de pin pourrissant ne me quittera jamais.

Oui, c'était l'orage qui l'a rendu mémorable ; c'étaient les montagnes.

C'était la femme.

C'était le sang.

Obtenez *Tranchant et Méchant* ici :
https://meghanoflynn.com

Adoriez-vous les romans criminels intenses ?
***Salut* est le tome 1 de la série Ash Park.**

SALUT
CHAPITRE 1

Qu'est-ce que tu veux devenir, petit ?

La voix du sergent instructeur résonnait dans la tête d'Edward Petrosky, bien que cela fasse deux ans qu'il ait quitté l'armée, et six ans qu'on lui ait aboyé cette question. À l'époque, la réponse avait été différente. Même un an auparavant, il aurait dit — flic —, mais c'était plus parce que cela semblait être une échappatoire à l'armée, tout comme la guerre du Golfe avait été une échappatoire au silence pesant de la maison de ses parents. Mais l'envie de s'échapper était passée. Maintenant, il aurait dit — Heureux, monsieur — sans la moindre trace d'ironie. L'avenir s'annonçait bien ; meilleur que le début des années 90 ou les années 80, ça c'était sûr.

Grâce à *elle*.

Ed avait rencontré Heather six mois plus tôt, au printemps précédant son vingt-cinquième anniversaire, alors que l'air d'Ash Park sentait encore la mort terrestre. Maintenant, il se retournait sur les draps violets qu'elle avait appelés — prune — et passait un bras autour de ses épaules, le regard fixé sur le plafond au crépi. Un petit demi-sourire jouait sur son visage avec un étrange tic à un coin, presque un spasme, comme si ses lèvres ne savaient pas si elles devaient sourire ou froncer les sourcils. Mais les coins de ses yeux encore fermés étaient plissés — définitivement un sourire. *Au diable le jogging*. La nuit où il l'avait rencontrée, elle avait souri comme ça. À peine 4 degrés dehors et elle enlevait son manteau de cuir, et le temps qu'il s'arrête, elle avait enveloppé la veste autour de la femme sans-abri assise sur le trottoir. Sa dernière petite amie avait l'habitude de fourrer du pain à l'ail supplémentaire dans son sac à main quand ils sortaient manger, mais refusait de donner ne serait-ce qu'un quart de dollar aux affamés, invoquant le — manque de volonté — de ces dégénérés. Comme si quelqu'un choisirait de mourir de faim.

Heather ne dirait jamais quelque chose comme ça. Son souffle était chaud contre son épaule. Ses parents l'aimeraient-ils ? Il s'imaginait conduire les trente minutes jusqu'à Grosse Pointe pour Thanksgiving la semaine prochaine, s'imaginait assis à leur table à manger antique, celle avec la nappe en dentelle qui couvrait toutes les cicatrices. — Voici Heather —, dirait-il, et son père hocher ait la tête, impassible, tandis que sa mère offrirait du café avec raideur, ses yeux bleu acier jugeant silencieusement, ses lèvres pincées en une ligne mince et exsangue. Ses parents poseraient des questions à peine voilées, espérant qu'Heather venait d'une famille aisée — ce n'était pas le cas — espérant qu'elle ferait une bonne femme au foyer ou qu'elle rêvait de devenir enseignante ; bien sûr, seulement jusqu'à ce qu'elle lui donne des enfants. Des conneries du Moyen Âge. Ses parents n'aimaient même pas Hendrix, et ça en disait long. On pouvait cerner n'importe qui en demandant son opinion sur Jimi.

Ed prévoyait de dire à ses parents qu'Heather était

travailleuse indépendante et de s'en tenir là. Il ne mentionnerait pas qu'il l'avait rencontrée lors d'une opération contre la prostitution, ni que le premier bracelet qu'il avait mis à son poignet était en acier. Certains pourraient arguer que le début d'une grande histoire d'amour ne pouvait pas impliquer la prostitution et une quasi-hypothermie, mais ils auraient tort.

D'ailleurs, s'il n'avait pas mis Heather dans sa voiture de patrouille, une des autres unités l'aurait fait. Une autre fois, une autre fille, il aurait peut-être réagi différemment, mais elle reniflait, pleurant si fort qu'il pouvait entendre ses dents claquer. — Ça va ? — avait-il demandé. — Tu as besoin d'un verre d'eau ou d'un mouchoir ? — Mais quand il avait jeté un coup d'œil dans le rétroviseur de la voiture de patrouille, ses joues étaient mouillées, ses mains frottant frénétiquement ses bras, et il avait réalisé que ses tremblements étaient plus dus au froid.

Heather s'étira maintenant avec un bruit qui était à moitié gémissement, à moitié miaulement, et se blottit plus loin sous les couvertures. Ed sourit, laissant son regard dériver au-delà de son épaule vers son uniforme sur la chaise dans le coin. Il n'arrivait toujours pas à croire qu'il l'avait démenottée sur le parking du supermarché et l'avait ensuite laissée assise dans la voiture chauffée pendant qu'il se dirigeait seul vers le magasin. Quand il était revenu avec un épais manteau jaune, ses yeux s'étaient remplis, et elle lui avait souri à nouveau d'une manière qui lui avait fait sentir son cœur quatre fois plus grand, l'avait fait se sentir plus grand comme s'il était un héros et non l'homme qui venait d'essayer de l'arrêter. Ils avaient parlé pendant des heures après ça, elle chuchotant d'abord et regardant par les fenêtres comme si elle pouvait avoir des ennuis rien qu'en parlant. Elle ne lui avait pas dit alors qu'elle détestait le jaune — il l'avait découvert plus tard. Ce n'est pas comme s'il y avait eu beaucoup d'options dans ce supermarché au bord de l'autoroute de toute façon.

Ed laissa sa vision se relâcher, son uniforme noir se floutant contre la chaise. Heather lui avait dit qu'elle n'avait jamais parlé à personne de cette façon auparavant, si ouvertement, si facilement, comme s'ils se connaissaient depuis toujours. Cela dit, elle avait aussi dit que c'était la première fois qu'elle faisait le trottoir ; les chances que ce soit vrai étaient minces, mais Ed s'en fichait. Si le passé d'une personne la définissait, alors il était un meurtrier ; tuer quelqu'un en temps de guerre ne rendait pas la personne moins morte. Lui et Heather recommençaient tous les deux à zéro.

Heather gémit doucement à nouveau et se rapprocha de lui, ses yeux clairs mi-clos dans la pénombre. Il écarta la mèche acajou solitaire collée sur son front, accrochant accidentellement son doigt calleux au coin du cahier sous son oreiller — elle avait dû rester éveillée pour écrire des notes sur le mariage à nouveau.

— Merci d'être venu avec moi hier, chuchota-t-elle, sa voix rauque de sommeil.

— Pas de problème. Ils avaient emmené son père, Donald, à l'épicerie, les doigts noueux de Donald tremblant chaque fois qu'Ed baissait les yeux vers le fauteuil roulant. Insuffisance cardiaque congestive, arthrite — l'homme était dans un sale état, incapable de marcher plus de quelques mètres depuis plus d'une décennie, et selon toute vraisemblance, ne devrait pas être en vie maintenant ; généralement, l'insuffisance cardiaque congestive emportait ses victimes en moins de cinq ans. Une raison de plus de sortir de la maison et de profiter de chaque jour, disait toujours Heather. Et ils avaient essayé, avaient même emmené son père au parc à chiens, où le pinscher nain du vieil homme avait jappé et couru autour des chevilles d'Ed jusqu'à ce qu'Ed le prenne et gratte sa tête duveteuse.

Il s'allongea sur l'oreiller à côté d'elle, et elle fit glisser ses doigts sur les muscles durs de son bras et sur sa poitrine, puis nicha sa tête dans son cou. Ses cheveux sentaient encore l'encens de l'église d'hier soir : épicé et doux avec une légère amertume de brûlé par-dessus son shampooing à la gardénia. Les offices religieux et le bingo hebdomadaire de Donald étaient les seules sorties auxquelles Petrosky se dérobait. Quelque chose dans cette église dérangeait Ed. Sa propre famille n'était pas particulièrement religieuse, mais il ne pensait pas que c'était le problème ; peut-être était-ce la façon dont le pape portait des chapeaux fantaisistes et des sous-vêtements dorés, pendant que des gens moins fortunés mouraient de faim. Au moins, le père Norman, le prêtre de Heather, donnait autant qu'il recevait. Deux semaines auparavant, Petrosky et Heather avaient apporté trois sacs poubelle de vêtements et de chaussures que le père avait collectés au refuge pour sans-abri où Heather était bénévole. Puis ils avaient fait l'amour sur la banquette arrière nouvellement vidée de sa voiture. Quelle femme pourrait résister à une vieille Grand Am aux freins grinçants et à l'intérieur qui puait l'échappement ?

Heather embrassa son cou juste sous son oreille et soupira.

— Papa t'aime bien, tu sais, dit-elle. Sa voix avait la même qualité rauque que l'air glacial d'automne qui faisait bruire les branches dehors.

— Bah, il pense juste que je suis un type bien parce que je fais du bénévolat au refuge.

Ce qu'Ed ne faisait pas. Mais des semaines avant qu'Ed ne rencontre l'homme, Heather avait dit à son père qu'elle et Ed travaillaient ensemble au refuge, et même après qu'il eut été présenté à Donald, elle n'avait pas dit à son père qu'ils sortaient ensemble. Il pouvait comprendre cela cependant — l'homme était strict, surtout avec sa fille unique, un autre parent de l'ère « qui aime bien châtie bien ». Comme le propre père d'Ed.

Une boucle tomba dans son œil, et elle la souffla.

— Il pense que vous avez beaucoup en commun.

Donald et Ed passaient la plupart de leur temps ensemble à parler de leurs affectations au Vietnam et au Koweït, respectivement, mais ils n'avaient jamais discuté exactement de ce qu'ils y avaient fait. Ed supposait que c'était une autre raison pour laquelle Donald aimait bien le père Norman ; le prêtre avait été soldat avant de rejoindre l'église, et rien ne transformait les hommes en frères comme les horreurs du champ de bataille.

— J'aime bien ton père aussi. Et l'offre tient toujours : s'il a besoin d'un endroit où rester, on peut s'occuper de lui ici.

Elle changea de position, et le parfum de gardénia et d'encens emplit à nouveau ses narines.

— Je sais, et c'est gentil de proposer, mais on n'a pas besoin de faire ça.

Mais ils le feraient, éventuellement. Un malaise picota au fond du cerveau d'Ed, un petit glaçon de givre qui se répandit jusque dans la moelle de sa colonne vertébrale. Donald avait travaillé à la poste après la guerre, pendant la petite enfance de Heather, et après le suicide de sa femme, mais son cœur l'avait mis hors service quand Heather était adolescente. L'homme avait mis un peu d'argent de côté, mais si Heather avait été assez désespérée pour vendre son corps, le petit nid soigneusement constitué par Donald devait être en train de s'épuiser.

— Heather, on pourrait...

— Il ira bien. J'économise depuis la mort de ma mère,

juste au cas où. Il a plus qu'assez pour subvenir à ses besoins jusqu'à ce qu'il... s'en aille.

Si elle a tout cet argent, pourquoi aller dans la rue ?

— Mais...

Elle couvrit sa bouche de la sienne, et il posa sa main sur le bas de son dos et la serra plus fort contre lui. Était-ce la façon de son père de maintenir son indépendance en vivant dans son propre appartement ? Ou était-ce celle de Heather ? Dans tous les cas, son intuition lui disait de ne pas insister, et l'armée lui avait appris à écouter son instinct. Son père était un sujet que Heather abordait rarement. Probablement la raison pour laquelle Ed n'avait pas su que sa relation avec Heather était un secret... jusqu'à ce qu'il laisse échapper l'information. Et le lendemain, il était rentré du travail, et les affaires de Heather étaient dans sa chambre. *C'est parfait pour nous, Ed. Je peux rester ?*

Pour toujours, avait-il dit. *Pour toujours*.

Allaient-ils trop vite ? Il ne se plaignait pas, ne voulait pas d'une longue cour interminable, mais cela ne faisait que six mois, et il ne voulait jamais que Heather lui lance le même regard que sa mère lançait toujours à son père : *Mon Dieu, pourquoi es-tu encore en vie ? Va donc mourir que je puisse avoir quelques années heureuses seule avant de passer l'arme à gauche.*

— Es-tu heureuse ici ? lui demanda-t-il. Avec moi ?

Peut-être devraient-ils ralentir un peu les choses. Mais Heather sourit de cette façon nerveuse et saccadée qui lui était propre, et sa poitrine se réchauffa, le glaçon dans sa colonne vertébrale fondant. Il était sûr. Son instinct lui disait : « Bon sang, épouse-la tout de suite. »

— Plus heureuse que je ne l'ai jamais été, dit-elle.

Ed embrassa le sommet de sa tête, et comme elle se cambrait contre lui, il sourit dans la grisaille subtile de l'aube. Tout sentait plus doux quand on avait vingt-cinq ans et qu'on en avait fini avec le service actif dans le sable, quand tous les chemins s'offraient encore à vous. Il avait vu des trucs, Dieu savait qu'il en avait vu, et ça lui revenait encore la nuit : l'horreur des camarades abattus à côté de lui, le brouillard brûlant de la poudre dans l'air, le goût métallique du sang. Mais tout cela semblait si loin ces jours-ci, comme si rentrer chez lui l'avait transformé en quelqu'un d'autre, quelqu'un qui n'avait jamais été soldat du tout — toute cette merde militaire était le bagage de quelqu'un d'autre.

Il traça la courbe douce de la colonne vertébrale de Heather et laissa l'éclat de porcelaine de sa peau dans la pénombre du matin effacer les derniers vestiges de mémoire. Même avec les rues couvertes de neige fondue qui vous gelait les orteils dès que vous mettiez un pied dehors, son sourire — ce petit sourire excentrique — le réchauffait toujours.

Oui, cette année allait être la meilleure de la vie d'Ed. Il le sentait.

Obtenez *Salut* ici : https://meghanoflynn.com

Chaque personne sur l'île de Glace a un agenda — certains compréhensibles, d'autres compliqués, certains carrément sadiques. Evelyn Hawthorn en est un exemple. Je vous parlerai d'eux tous plus tard… si nous tenons aussi longtemps.

FOUS BRISÉS GLACÉS
CHAPITRE 1

Il existe un outil de catégorisation officieux dans les hôpitaux psychiatriques, chuchoté parmi les psys : Fous, Brisés, Glacés. Si les gens de l'extérieur en avaient connaissance, ils grinceraient des dents et s'emporteraient sur le caractère politiquement incorrect de tout cela, mais ils ne se sont jamais volontairement entourés de personnes qui aimeraient leur crever les yeux. Certes, nous avons tous rencontré au moins une personne qui a envisagé à quoi pourrait ressembler notre peau tendue sur un fauteuil à la mode, mais là n'est pas la question. Des histoires comme celle-ci ne peuvent pas avancer sans transparence.

Donc... Fous, Brisés, Glacés.

Les *Fous*, ainsi nommés en référence au Chapelier Fou. Les troubles sévères et persistants ne répondent pas au genre de thérapie que les vingtenaires mentionnent sur les réseaux sociaux dans des blagues qui commencent par « OMD, mon thérapeute a dit ». Les *Fous* nécessitent des médicaments et une surveillance, tandis que la démence ou la schizophrénie creusent des trous dans leur matière grise. Ils quitteront ce monde aussi fous que le jour où ils ont été admis à l'Île de Glace — anciennement Domaine Iverson, puis Sanatorium Iverson, plus récemment Hôpital Psychiatrique Iverson, bien qu'ils pourraient tout aussi bien l'appeler « Le Manoir de Ceux qui n'Ont Plus Rien à Perdre ». Bienvenue chez vous, malades.

Mais je m'égare, comme mon père m'a prévenu que j'avais tendance à le faire. C'est l'une des raisons pour lesquelles j'ai passé une grande partie de mon enfance enfermé, là où il n'avait pas besoin d'écouter le ton agaçant de ma voix ou d'endurer mes longs discours insensés.

D'ailleurs, je préfère ne pas lui donner raison.

Continuons.

Les *Brisés*, malgré leur nom, n'ont rien à voir avec l'argent. Un traumatisme a coupé les *Brisés* de leur ancienne vie, les laissant gratter les murs comme s'ils pouvaient déterrer qui ils étaient avant que « ça n'arrive ». Il y a de l'aide pour les *Brisés* — les *Cassés* si vous voulez être pédant.

Médicaments, thérapie, EMDR, électrochocs, oh oui, il y a de l'espoir pour les *Brisés*.

Bien sûr, tant qu'il y a de l'espoir, il est facile de croire que le problème, c'est *vous*. J'ai toujours pensé que si je travaillais plus dur, je pourrais comprendre ce que je faisais de mal — que je pourrais chasser mes démons et être comme les « gens normaux » qui étalent leur « vie normale » comme une parade interminable de mes propres échecs.

Mais les démons ne partent pas facilement. Ils s'enfouissent dans votre âme et résistent violemment à l'exorcisme. Tant que vous avez de l'espoir, vous avez de la douleur. J'ai appris à faire face au fil des ans — je suis un peu con, mais plutôt bien ajusté, voire même sympathique, si je puis me permettre — mais la plupart n'ont pas cette chance. J'en suis venu à croire qu'un espoir non partagé, ou l'espoir d'une vie « normale » impossible, est un sort pire que la mort. Surtout pour ceux enfermés ici.

Sur l'Île de Glace, *Fous* et *Brisés* signifient la même chose que les termes utilisés dans les hôpitaux du continent.

Les *Glacés*, c'est une autre histoire.

Sur le continent, les *Glacés* cherchent « trois repas chauds et un lit » — les admissions psychiatriques qui culminent début février avant le dégel. Ce sont les personnes que personne ne remarque dans la rue, sauf pour éviter leurs paumes tendues. Des vétérans, inutiles au gouvernement une fois qu'ils ont donné un membre à la cause ; ceux qui n'ont pas accès aux médicaments ou à la thérapie jusqu'à ce qu'ils s'ouvrent les veines et forcent un traitement d'urgence trop bref ; des types solitaires sans proches pour remarquer quand ils perdent le contact avec la réalité. Mais perdre sa prise sur la réalité ne rend pas nécessairement dangereux.

Mot-clé : *nécessairement.*

Je devrais clarifier ceci dès le départ : « psychopathe » n'équivaut pas à « meurtrier ». Le trouble de la personnalité antisociale augmente les chances d'homicide, le gène du guerrier déclenche des tendances agressives en surdrive, mais c'est le traumatisme de l'enfance qui active l'interrupteur — pardonnez-moi — « tueur ». N'importe lequel des *Fous*, *Brisés* ou *Glacés* pourrait être déclenché pour se baigner dans votre sang. Convainquez n'importe qui qu'il ne peut pas survivre sans faire des choses horribles, et il saisira une lame. Si vous avez de la chance, ils l'utiliseront sur eux-mêmes.

Si vous n'avez pas autant de chance ? Eh bien.

Personne sur l'Île de Glace n'a littéralement froid, et c'est pour le plus grand bien. Les *Glacés* veulent votre peau tendue sur ce fauteuil, vos entrailles tressées en un délicat cordon, votre graisse utilisée pour alimenter le feu dans leur foyer. À défaut, vous leur êtes aussi inutile que les sans-abri le sont pour vous — ceux que vous ignorez parce que « il pourrait le dépenser en alcool » ou quelle que soit la justification morale qui vous aide à dormir. Les *Glacés* ont des justifications similaires pour les choses qu'ils aimeraient vous faire, et aucun de vous n'a plus raison — ou tort — que l'autre. La perspective est une chose amusante, n'est-ce pas ?

Bref.

Si vous rencontrez par inadvertance quelqu'un de *Glacé* sur le continent, vous pourriez vous en sortir. Nous connaissons tous au moins une personne que nous qualifierions de « psycho », et la moitié d'entre nous a probablement raison. Mais sur le continent, la plupart des *Glacés* ont appris à se comporter. Ils peuvent désactiver leur « interrupteur tueur » ; ils se soucient des conséquences. Ils ont encore des choses à perdre.

Mais contrairement à vous, qui piétinez dans la rue avec vos bottes de neige, faisant semblant que personne d'autre n'existe, les *Glacés* sur l'Île de Glace ne contournent pas les paumes tendues. Ils saisiront votre main, vous tireront dans l'enfer qu'ils jugent approprié. Vous ne les verrez jamais venir — ni partir non plus, d'ailleurs, sauf s'ils se plantent.

C'est pourquoi ils sont ici.

Ne vous y trompez pas : malgré l'erreur qui les a fait prendre, ceux enfermés sur l'Île de Glace sont vicieusement intelligents. Assez intelligents pour que les autorités refusent de les enfermer dans des prisons en raison des risques pour les autres meurtriers, refusent de les mettre n'importe où d'où ils pourraient s'échapper. Et une île au large des côtes de l'Alaska est aussi proche que possible de l'inévadable, comme elle a été conçue pour l'être — comme la famille d'Alcott Iverson s'en est assurée.

Mais le cher Alcott est une histoire pour une autre fois, tout comme les histoires des patients qui résident ici. Leurs dossiers, leurs antécédents, les rapports de police, les dossiers hospitaliers — je les ai tous. Je vous les transcrirai, mot pour mot, au fur et à mesure qu'ils deviendront pertinents. C'est intéressant, je vous l'assure, sans la moindre embellissement. Chaque personne dans cet établissement a un agenda, certains compréhensibles, certains attachants, certains alambiqués, certains carrément sadiques. Je vous parlerai d'eux plus tard...

Si nous tenons jusque-là.

Découvrez plus de livres de Meghan O'Flynn ici : https://meghanoflynn.com

À PROPOS DE L'AUTEUR

Avec des livres jugés « viscéraux, envoûtants et totalement immersifs » (Andra Watkins, auteure à succès du New York Times), Meghan O'Flynn a laissé son empreinte dans le genre du thriller. Meghan est une thérapeute clinicienne qui puise son inspiration pour ses personnages dans sa connaissance approfondie de la psyché humaine. Elle est l'auteure à succès de romans policiers saisissants et de thrillers sur les tueurs en série, qui emmènent tous les lecteurs dans un voyage sombre, captivant et irrésistible, pour lequel Meghan est reconnue.

Vous voulez entrer en contact avec Meghan ?
https://meghanoflynn.com

Droits d'auteur © 2022 Pygmalion Publishing

Ce livre est une œuvre de fiction. Les noms, personnages, entreprises, lieux, événements et incidents sont soit le produit de l'imagination de l'auteur, soit utilisés de manière fictive. Toute ressemblance avec des personnes réelles, vivantes ou décédées, ou des événements réels est purement fortuite. Les opinions exprimées sont celles des personnages et ne reflètent pas nécessairement celles de l'auteur.

Aucune partie de ce livre ne peut être reproduite, stockée dans un système de récupération, scannée, transmise ou distribuée sous quelque forme ou par quelque moyen que ce soit, électronique, mécanique, photocopiée, enregistrée ou autre, sans le consentement écrit de l'auteur. Tous droits réservés.

Distribué par Pygmalion Publishing, LLC

www.ingramcontent.com/pod-product-compliance
Ingram Content Group UK Ltd.
Pitfield, Milton Keynes, MK11 3LW, UK
UKHW030838171224
452675UK00005B/517